JN270277

アラフォー賢者の
異世界生活日記
1
Kotobuki Yasukiyo
寿安清

ツヴェイト
ルーセリス
ゼロス
クレストン
Characters

イリス
ベラドンナ
デルサシス
セレスティーナ

な、何なんですか、
この森はあああああああああああああああっ!?
異常なまでに増え続けるゴブリン達。
聡は知らなかったが、この広大な森は未開の地、
ファーフランの大深緑地帯と
呼ばれ恐れられていた。

Contents

プロローグ　おっさん、死す

ＶＲＲＰＧ【ソード・アンド・ソーサリスⅦ】。

最新ゲーム機器【ドリーム・ワークス】が発売されてからの人気の体感型ＲＰＧである。

ゲーム自体は今作で七度目のバージョンアップを果たし、その熱狂的なユーザー数は今も尚増え続けている。脳内シナプスに電子機器による感覚同期を行う事で、その臨場感は他社のゲーム機器を圧倒しており、デジタルな世界でありながらもリアルな世界は五感の感覚も加わる事で、更にこの世界にハマり込む者達が殺到した。

些か筐体の販売価格が高くなるが、数多くのプレイヤーが臨場感溢れるスリルを求め、その広大で冒険溢れる世界に魅了されていく。

そんな熱狂的なプレイヤーの一人である【大迫《おおさこ》　聡《さとし》】もまた、プレイヤー名【ゼロス・マーリン】と名乗り、広大なるデジタル世界で仲間と共に冒険を満喫していた。

聡のアバターは目が前髪で隠れるほどの放置ぶりで、無精髭が生えている、何ともうだつの上がらない中年男性の姿であった。纏《まと》っている装備も最上級の物なのだが、態々《わざわざ》目立たないように地味なデザインで統一されている。

灰色ローブの汚れが、いかにもな胡散臭さを際立せた中肉中背のローブ姿な魔導士で、彼が五指に入るトップ・プレイヤーの一人であるなどと、誰も思わない事だろう。

だが、彼はこの世界ではトップクラスの【殲滅者】であった。

このゲームは、基本的にスキルと個人のレベルに応じて戦闘ダメージが異なる。

そして注目される拘りと呼べる要素が、装備やアイテムの創造は勿論、魔法の作成が出来る事であろう。デジタル世界での魔術は基本的な56音の文字と、10の数字を表す記号を並べ重ねる事により、様々な魔法効果を生み出すのである。

【スペル・サーキッド】（潜在意識《イデア》領域内に刻む魔法陣の総称）と呼ばれるこの術式は、初期魔法をプレイヤー自身の手で改造する事で威力や効果が変えられるのだが、精緻で複雑なほど威力増大と魔力消費率が低くなるおかしな状態を生み出す事になる（何故か魔力消費量も低くなるのだ）。

どう計算しても攻撃力がゼロになってしまう筈なのに、稀に尋常ではない威力が発揮される事が頻発し、プレイヤーは挙ってそれを調べ上げるようになった。

この現象に発売当初は混乱をもたらし、一時期はクソゲー呼ばわりされた事も有名な話だ。

その後、プレイヤーの必死な探索活動により、隠し要素的な裏設定である事が判明。それによるとアバターの保有する魔力を呼び水に、フィールド内の魔力を使用して威力を上げている事が分かった。

条件に合う効率的運用が可能な魔法術式であれば、それがどんなに稚拙で杜撰《ずさん》なものでも魔法は完成とみなされるようだった。

厄介な事に、フィールドの魔力など数値として表れないので、呼び水として使う魔力消費量がいかほど必要なのか手探り状態で調べ上げる事となる。

発売当時の騒ぎは、何のヒントもなく適当に魔法を改造した者達がいたために起きた、ただの偶然による産物だったのだ。

こうした裏の設定は、プレイヤー自身がフィールドやダンジョンでヒントを得て調べ上げ、それに挑むも無視するもプレイヤー自身に任せられている。

ゲームとしては恐ろしく自由度が高いが、ハマったのは現実に相応の知識を持つ者達で、プレイヤーの大半は既存の魔法をそのまま使う事になる。魔法作成は恐ろしく手間が掛かり、それよりは寧ろ自由に冒険を楽しんだ方が建設的に思われたのだ。

しかし、改良した魔法は時間差におけるリキャストタイムや詠唱時間をゼロにする事も可能で、他のプレイヤー達は威力の差で不満が積もる事となる。

だが、深みにハマった聡は他人の意見などお構いなしであった。

聡達パーティーはゲームの楽しみ方は個人の自由とし、自分達が制作した魔法を【魔法スクロール】にして売る事がなかったため、強力な魔法を公表しない事に対してネット上で非難される事が多かった。それでも聡達は誹謗中傷する他者の意見を無視し、常軌を逸した熱意で常識を簡単に吹き飛ばした。彼等は他人の目など気にも留めず様々な魔法を自由に開発していったのである。

このゲームが発売されてから七年もの歳月がたつが、上位プレイヤーのトップは常に聡達が独占し続けた。かなりの廃人と言えよう。

その魔法も異常なまでに複雑化し、攻略を目的とした他のプレイヤーはこの不可解なシステムに難色を示しているが、そもそも魔法製作に関する知識は、フィールドや拠点である街などを探索すれば簡単に手に入れられる技術なのだ。

聡達曰く、『他人の努力に頼るな！』と……。

かつては一流企業のプログラム技術者として名を馳せていた彼だが、ある理由からリストラ宣告を受け、現在は孤独な田舎暮らしである。

毎日、畑の世話をしてはゲームにハマり込む、言うなればひきこもりに近い状態であった。

この架空の世界では彼は【大賢者】であり、誰もが羨むほどの実力者である事が、彼自身を更にこの世界に繋ぐモノとなっている。

既に四十歳の身空でありながら独身な上、ついでに家族と言える者も姉以外に存在しない彼にとって、この電脳世界は自分自身を曝《さら》け出せる安らぎの世界なのである。

身なりを整えればモテそうなのに、適当な生活が婚期を逃していた。

そんな経歴のある聡の技術が、強力な魔法を生み出す事に一部で使われているのだが、他のメンバーも似たような技術を持っているため、更に凶悪な魔法を生み出していく事に繋がるのは否めない。聡達パーティーは、この世界で実に傲慢で愚かな研究者であった。

面白半分に高威力省エネ魔法を作り続け、数多くの難易度の高いクエストを攻略し、現在彼はストーリーモードで仲間と共にラスボスと思われる邪神と闘っている。


どれだけ長い時間を戦っていたのかは分からない。ただ言える事は、完全に邪神を倒すところにまで来ている事だろう。

三段変身を遂げた邪神の禍々しい姿は、彼等五人の手によって無残な姿を曝している。

魔導士でありながらも彼等は独自に改造した様々な武器を装備し、凶悪なまでに強大な火力と暴力によって邪神を終始圧倒し続けていた。

『しぶとい、いい加減に倒れてくんねぇかな？』

『ラスボスなんだから、そう簡単に倒れないわよ！』

『あ～攻撃が来ますなぁ？　魔法防御を展開しますかぁ』

邪神の強力な魔法攻撃が、フィールドを引き裂くが如く聡達に向けて放たれた。

その攻撃を複数に多重展開した魔法障壁が凌ぎ切り、隙が出来た瞬間を狙い、それぞれが武器を手に一斉に斬りかかった。

邪神の腕が斬り落とされ、地面に轟音と共に落下する。

全員が魔法職である筈なのに、そのような真似が出来る大きな理由が、共同で作り出した魔法や装備の成果である。趣味に走った最強装備や魔法、アイテムなどを惜しみなく投入する事で、気ままに敵モンスター相手に実験を繰り返していた。

邪神討伐も幾度も挑戦したが、いずれも完敗し今回もリベンジで戦いを挑んだのである。

『さて……そろそろ、止めと行きますかい？　これからバイトがあるんだよ』

『おう！　さっさと殺っちまえ』

『フォローはこちらでしてあげる。感謝してよね？』

『どんなレア・アイテムが手に入るか、楽しみだぜ♪』

『それじゃ、最後はかっこ良くフォーメーションで行きますか？　何しろ相手はラスボスだからね、ここで魅せなければトップ・プレイヤーの名折れ』

不敵な笑みを浮かべるプレイヤー達。同時に圧倒的な威力の魔法による波状攻撃が邪神を包み込み、ＨＰが瞬く間にゼロへと近付いていく。

非常識な愉快犯達は、やり過ぎ感がハンパないような最悪なまでに高威力の魔法を、邪神に対し情け容赦なく撃ち込む。寧ろ邪神の方が哀れであろう。

邪神は無数の爆炎に包まれ、もの悲しい断末魔を上げながら、空中からゆっくりと地面に崩れるように倒れた。

『終わったな……。流石はラスボスですねぇ～、手強かった』

『これからどうするの？　打ち上げはパス。アタシは今から寝落ちするから……』

『俺もこの後、仕事があるからパスだな。直ぐに落ちるから』

『俺も。悪いな、また今度でも埋め合わせする』

『では、今日のところはこれでお開きという事で。バイトに行くんで、皆、お休みぃ～♪』

『『『お休みぃ～♪』』』

仲間達が次々に転移しログアウトしていく中で、聡だけが邪神の城に残り、確保したアイテムをチェックしていた。

だが、彼がこの場にいた事が全ての始まりとなる切っ掛けとなった。

目の前で僅かに動いている邪神の躯に気付かず、聡は未だにステータス画面を見ては上がったレベルと溜まったポイントを見て、次はどのスキルを獲得するかを悩んでいた。そんな彼の直ぐ傍で、
突如として動き出す邪神の躯。

禍々しい瘴気を放出しながらも、憎悪の籠った目は眼前の敵を睨み付けている。

『許さぬ……我を滅した貴様等の存在を決して許さぬ!!』

『なっ!?　そんな馬鹿な、ＨＰはゼロの筈なのに……』

『呪われよ、忌々しき女神共……。我を封じた奴等もそうだが、何も知らずに我に敵対した愚か者

共もだぁ!!　貴様等も道連れにしてくれるわ!!』

『まさか、イベントが終わってない?!　そんな筈は……』

邪神はその怒りの全てをぶつけるが如く、呪詛の籠った力を解放した。

周囲が深紅の光に包まれる。


その日、日本の全ての電力供給が停止した。

その中で、数十名ほどの国民が遺体となって発見されたが、何が死因となったかは判明する事がなかった。

電力供給の復旧作業が急務となり、彼等の事は騒ぎの中で忘れ去られていく事となる。

新聞の片隅に僅かに記事として書かれただけで、時間と共に消えていく存在となった。

第一話　おっさん、異世界に転生す

気が付けば、そこは緑豊かな森の中であった。

聡《さとし》は周囲を見回したが、何故自分がこのような場所にいるかなど皆目見当もつかない。

しきりに周囲を見渡すが、どこを見ても木々に囲まれており、中には見た事もない植物まで存在している。

「確か、僕は部屋でゲームをしていた筈なんだけど……。ここはどこなんですかねぇ?」

──ゲギャッ、ゲギャァァ！


上空を飛んでいくサイケデリックな色調の鳥に、聡は思わず言葉を失う。

明らかに地球上の生物ではない事に、増々混乱が広がる一方であった。

寧ろ地球ではない可能性が高いだろう。何しろ周りは鬱蒼《うっそう》としたジャングルであり、空に月が二つもあるのだから、彼が絶句するのも無理はない。

「少なくとも日本ではないように見える。いったい何が起きたんだ？　変な植物も生えてるし、と言うより、図鑑ですら見た事のない植物なんだけど……」

ラフレシアとウツボカズラを足したような植物が、目の前で狼らしき生物を蔦状の何かで捕らえ巨大な花の中央へ運び、骨を噛み砕くような音を立てて捕食していた。

少なくともこんな物騒な植物は地球上に存在せず、まして二メートルを超すような食獣植物など先ずない。特に花の中央から牙が生え揃い、不気味に蠢く植物などあり得ない。


そんな時、彼は腰に違和感を覚え、おもむろに目を移す。いや、薄々とは感付いていたのだが、それを自覚する事を理性が拒絶していた。だが、それを見て聡は思わず言葉を失う。

彼の腰には、装飾は少ないが明らかに戦うための武器が二振り。ゲーム内で彼自身が良く見知った物が目に映った。無論、剣である。

俗にショートソードと呼ばれる片手で扱えるほどの細剣。この剣はゲーム内の生産職でもある聡が鍛えた業物であり、レア素材をふんだんに取り入れた強力な武器で、彼の腰に吊り下げられていた。この場所がゲーム内の世界かとも思ったが、僅かな常識がそれを否定する。

あまりに荒唐無稽過ぎる。だが、彼が着ているのは灰色の薄汚れたローブで、これもまた彼のアバターが装備していた代物である。嫌でも現実を突き付けてくるのだ。

見た目は薄汚いローブだが、実際はベヒーモスという名のレイドモンスターからドロップした素材を使用し、防御力に特化した装備だ。同系統の魔物から作られたレザーアーマーも着込んでいる。

「ハ、ハハハ……そんな訳が、ある筈がない。ゲームの世界に転移？　どこかのラノベの定番設定じゃあるまいし……」

もう笑うしかない。どんなに否定したところで、答は既に出ているのだから。

それでも少ない理性がそれを拒否し、夢か幻であると思いたい心境に駆られる。

「ステータス……オープン、何て……」

冗談だと思いたくて思わず声に出した言葉。しかし、彼の目の前にはゲーム内でお馴染みのステータス画面が浮かび上がったのだ。暫しの間、聡の意識が飛んだ。

「まさか……て、これ、冗談でしょ!?　あり得ない。誰かの悪戯……にしては規模が大き過ぎるかぁ～。ホント、僕の身に何が起きたんでしょうかねぇ!?」


＝＝＝＝＝＝＝＝＝＝＝＝＝＝＝＝＝＝＝＝＝＝＝＝＝

【ゼロス・マーリン】　レベル１８７９
ＨＰ　８７５９４５０３／８７５９４５０３
ＭＰ　１７９３２４５８／１７９３２４５８　　職業　大賢者
【職業スキル】

魔導賢神Ｍａｘ　錬金神Ｍａｘ　鍛冶神Ｍａｘ　薬神Ｍａｘ　魔装具神Ｍａｘ
剣神Ｍａｘ　槍神Ｍａｘ　拳神Ｍａｘ　狩神Ｍａｘ　暗殺神Ｍａｘ
料理85／100　農耕56／100　酪農24／100
【身体スキル】
全異常耐性Ｍａｘ　全魔導属性Ｍａｘ　属性耐性Ｍａｘ　身体強化Ｍａｘ
防御力強化Ｍａｘ　魔力強化Ｍａｘ　魔力操作Ｍａｘ　魔導の極限Ｍａｘ
武道の極致Ｍａｘ　生産の極みＭａｘ　鑑定Ｍａｘ　霊視Ｍａｘ　看破Ｍａｘ
暗視Ｍａｘ　隠密Ｍａｘ　索敵Ｍａｘ　警戒Ｍａｘ　鉱物探査Ｍａｘ　植物探査Ｍａｘ
気配察知Ｍａｘ　気配遮断Ｍａｘ　魔力察知Ｍａｘ　製作補正Ｍａｘ
解体補正Ｍａｘ　強化改造補正Ｍａｘ　自動翻訳Ｍａｘ　自動解読Ｍａｘ
自動筆記Ｍａｘ　魔物辞典Ｍａｘ　素材辞典Ｍａｘ
限界突破Ｍａｘ　臨界突破Ｍａｘ　極限突破Ｍａｘ
【個人スキル】
マーリンの魔導書Ｍａｘ　アイテム製作レシピＭａｘ　亜空間倉庫Ｍａｘ
＝＝＝＝＝＝＝＝＝＝＝＝＝＝＝＝＝＝＝＝＝＝＝＝＝＝＝＝＝＝＝

「つーか、これは……人としての領域を見事にぶっちぎっているのでは？　色々とヤバイよなぁ〜、超人類じゃないですか。マジで……」

明らかに人間の能力ではない。

この世界の標準が分からないが、どう考えても異常としか言いようがなかった。

事実、ゲーム内で聡は無双していたし、生み出した魔法に関しては既に邪神と同レベル。寧ろ五人がかりとはいえ邪神を圧倒した事を考えると、既に人の域を超えている。

ステータス画面を弄りながら、聡は死んだような顔で画面を見つめ続けていた。

「あれ、これは……メール？　ふむ、差出人は……不明……アヤシイ」

ステータス画面の真下にあるコマンド表示に、メールが来ている事を指し示す赤い文字が点滅している事に気付き、震える指でそのメールを開くと……。

「えーと、何々……女神って!?」

メールタイトルが『女神ちゃんの、今君に起きている事について♡』だった。

文面の初めを見て嫌な予感しかしない。ハートマークが信憑性を見事に破壊し、何かの事件に巻き込まれたのではと現実を疑った。

だが手掛かりはなきに等しく、読みたくなくとも読まねばならない。仕方なくも『開く』のコマンドに触れる。

『ヤッホォ～♪　初めまして、女神のフレイレスちゃんだぉ。頭が高い、控えおろぉ～♡』

文面を見て、早くも脱力と後悔をした。

「消しても良いよなぁ～……。ロクでもない臭いが悪臭レベルでかなり漂っている気がする。絶対に何かをやらかしているパターンだな」

何となく――いや、かなりウザそうな気がした。

精神的に混乱しているところに、更なる追い打ちをかけるハイテンションは、正直キツイ。

『時間がないから手早く言うね。今から数えて二四八七年ほど前に、邪神を勇者と封じたんだけどぉ～、その封じた場所が君達の世界のゲームの中だったんだぉ～。

この世界でぇ～多大な犠牲を払って封じたんだけど、復活しそうだったんで異世界に再封印するしかなかったんだよねぇ～。邪神戦争なんて言われちゃってさぁ～、アハハハ♡』

やはりロクでもない内容であった。思うところはあるが、感情を押し殺して先を読む事にする。

『不燃物を勝手に人の世界に捨てるなって？　その通りなんだけどぉ～、あの時はこうするより手がなかったんだよねぇ～。それで、それでぇ～。ゲーム内なら君達でも倒せるかなぁ～って思ったら、見事に倒してくれたね。ありがとう、マジでウザイ奴だったんだよねぇ～。あんな醜いくせに女神だなんて信じらんない！』

「……アレが女神？　ただの気色悪い臓物の塊にしか見えなかったが……。マジですか？」

思い出すのは、他の生物の気色悪い部分を融合させた難解なＵＭＡ。内臓を集め塊にし、百倍ほどおぞましくしたような、何だか分からない正体不明の不確定生物。

今思い出しても『気持ちが悪い』の一言しかなく、とてもではないが女神とは思えない。

『でもまさか、君達を巻き込んで自爆するなんて思わないじゃん。正直、焦ったよぉ～？　それでぇ～、その時に死んだ数十名をこちらの世界に転生させる事にしたのだぁ～。他の三人の女神と協力してね☆（キラリ）　それもゲームのデータを基にしてさ♡』

「まさか、その数十名かに僕も含まれている!?　しかも殺されている、て……いったい何人が犠牲者になったんだ？　最悪じゃないか……」

完全に産業廃棄物で汚染され、その結果死んだ被害者になっていた。

『君は邪神を倒してくれたから特別にぃ～、ゲームデータをそのままベースにして転生させてあげました♡　この世界とあまり変わらない世界設定だから、実に楽に転生出来たね。無双し放題じゃん。やったねぇ♪　まぁ、アタシ達が転生させた訳じゃないけどねぇ～』

「殴りたい……産廃をプレイヤーに処理させた挙句、全く反省すらしていないこいつ等を無性に、泣くまで殴ってやりたい……」

ゲームを楽しんでいたら、いきなり人生を一方的な企みで奪われた事になる。

犠牲となった者達にも自分の思い描いていた夢や未来、生活があっただろう。それを適当な理由で厄介者を押し付けられ、結果として死んだ訳であり、凡《およ》そ納得出来るものではない。

『所有している素材から装備まで、全部この世界の物で再構築してあげたからガンバ♡　でも、消費アイテムは自分で作ってね？　作り方は君達の脳内にインストールしてある筈だから、ゆっくり確かめてねぇ～。年齢設定は元の世界のままだけど、若返りたければアイテムを作るしかないよ？　ごめんね、ごめんねぇ～。

いやぁ～、君達の世界を管理する神々から苦情が来る事、来る事……。仕方がないので転生させるしか手がなかったんだぉ？　手が足りなかったから手伝ってもらったけどねぇ～。死者蘇生は自然の摂理に反するから大変。苦労したのは君達の世界の神々だけどねぇ～♪　そんな訳でぇ～、この世界で残りの人生を楽しんで生きてね♡　それじゃ、まったねぇ～、バイバ～イ♡』

「仕方ないと言うか……。どこまでも自己中な女神、つーか、こいつら後始末を何もしてねぇ！人生を奪われて楽しめと言うのか？　ふざけろよ!!」

理由は分かったが、事態は全く好転していない。未だにどこにいるのかさえも分からず、ただ森に佇んでいるだけなのであるのだから。

何よりも、この女神のいい加減な態度に対して怒りすら通り越し、殺意を覚えるほどだ。

「……。取り敢えず現状は把握したが、問題は『この辺りに人が住んでいる場所があるのか？』だな。……どう見ても原生林のど真ん中だよなぁ～」

自分がどこにいるのかさえ分からない以上、何の当てもなく移動するのは危険である。ゲーム内の世界と似ているという事は、この世界にも魔物が徘徊している可能性が高いであろう。

どうしたものかと思案し、取り敢えずは高いところから見渡してみる事にする。

「使えれば良いが……【闇烏の翼】」

【闇烏の翼】は、聡がゲーム内で作成した飛行魔法である。

この魔法はベースとなった飛行魔法の効率の悪さを考慮し、膨大な術式を用いて限りなく魔力消費を抑える事に成功した秀逸な作だ。ゲーム世界の設定では、世界の住人は魔力で構築された魔法式を脳内に保有している潜在意識領域《イデア》に保管する事が出来るようになっていた。

基本の魔法式を脳内に保管する事で、様々な魔法をインストールする形で行使する。また、記憶した魔法式を取り出し改良する事も可能で、そのために必要な魔法陣も存在する。

得られた情報が正しいなら、この世界でも自分が作った魔法は使える筈であると判断した。

頭の上と足元、左右に魔法陣が顕現し、四方に展開する四角形を二つ合わせたような八芒星魔法陣同士が共鳴。更なる複雑な魔法陣を生み出す。

セフィロトの図形を歪ませたかのような魔法陣が、全身を包み込むような形で顕現。魔法陣は斥力場を生成し、ゼロスを重力の楔《くさび》から解き放つ。

「お？　おぉ!?　凄い。飛んだ、飛びましたよぉ!!」

アラフォーのおっさんは、子供のように燥《はしや》いだ。自分の製作した魔法が顕在化した事を喜ぶが、直ぐに目的を思い出し上空から周囲の様子を見渡す。だが……。

「見渡す限りは森ばかり……。どこに町があるんだ？　僕に対しての悪意しか感じないのは気の所為か？」

広大に広がる原生林と雄大な山。人が住んでいるような場所はない。

必死で町や村を探したが、そんな物は一切見つける事は叶わなかった。

「……どう考えても、罰ゲームなんじゃないですかねぇ？　これ……」

そうボヤキながら、彼は気になる方向へ空を飛び続けた。

当てのない渡り鳥のように……。

◇　◇　◇　◇

魔力が消える前に静かに地面に降り立ち、再び魔法を掛けてと面倒な事を幾度となく繰り返し、ひたすら飛び続ける事数時間。やはり町や村の姿形は見えなかった。

そうなると今度は食料確保や野宿の事も考えねばならなくなる。

人は生きている以上、当然の事だが食事は必要であり、空腹で飢えて死ぬ事もあり得る。

何より睡眠も大切だ。今の彼は事実上、遭難者である。

「とは言うものの、ねぇ～……」

素材も再構築したとメールでは書いてあったが、インベントリーの項目を覗くと食料の影すら見当たらない。ゲームの時は食料もきちんと集め、仲間と共に冒険の数々を繰り広げてはいたのだが、本気でガチのサバイバルになるような気がしていた。

幸い調味料は存在しているようだが、調理する素材が全くない。

「狩りをするしかないか……。この世界で食べられる動物なんているんですかねぇ？」

そう言いながらも聡はインベントリーから弓を取り出し、矢筒を背中に背負う。

狙うは小動物だが、ここに来て大きな問題が出てくる。

「考えてみれば、僕一人で狩りをした経験がない。近所の山田さんとは良く行ったんだが……、果たして解体出来るのだろうか？」

聡の住んでいた場所は瀬戸内海が山間から見える片田舎なので、ご近所付き合いはマメに熟していた。農作物に被害をもたらす猪を狩り、猟師の指導の元で捌いた事は記憶にあっても、それは猟師が傍にいて丁寧に指示をくれたから出来た事である。

単独での狩りはこれが初めての経験で、食料を確保出来なくては獣が蠢く森の中で飢え死にする事に繋がる。背に腹は代えられず、彼はオンラインゲームの時のようにスキルを行使し、気配を消して獲物を探す事にした。

スキルを意外にすんなりと使えた事に驚いたが、今は先ず食糧確保が最優先課題である。

「いた……」

草叢から顔だけを出し、警戒しながらも生えている草を食むウサギ。

＝＝＝＝＝＝＝＝＝＝＝＝＝＝＝＝＝＝＝＝＝＝＝＝＝＝＝

【フォレスト・ラビット】レベル300
ＨＰ　２３２１／２３２１　ＭＰ　514／514

ウサギは警戒心が強く、ほんの僅かな物音でも逃げる習性がある。

更に糞食の習性があるのが嫌なところだが、必要なのは肉であり内臓は要らない。

矢を番えて木の上から狙いを定める。息を殺して待ち続ける事数分、フォレスト・ラビットが背を向けた一瞬を狙い弓から矢を放つ。


＝＝＝＝＝＝＝＝＝＝＝＝＝＝＝＝＝＝＝＝＝＝＝＝＝

――――ドゴォオオオオオオオオオオオオオオオオオオオオン!!


轟音が響き、弓の攻撃とは思えない威力で地面ごとウサギを吹き飛ばす。

「威力が高過ぎだったか……。使った弓が不味かったなぁ？　にしても、ウサギのレベルがたけぇ……」

哀れ、ウサギさんは無残な肉片へと姿を変えた。使用した武器の性能が強力過ぎたのだ。

聡はマジマジと弓を睨む。


＝＝＝＝＝＝＝＝＝＝＝＝＝＝＝＝＝＝＝＝＝＝＝＝＝＝

【魔改造弓三二一号】
攻撃力　＋１００００
筋力強化　威力倍増　攻撃力増加
命中率向上　一撃必殺　標的爆散

＝＝＝＝＝＝＝＝＝＝＝＝＝＝＝＝＝＝＝＝＝＝＝

「無益な殺生をしてしまった……」

狩りに使うような武器ではなかった。仲間と共に面白半分で作った弓だが、どう見てもこれは兵器である。これほどまでに実用性がないとは思わなかった。

解体する事を悩む前に、獲物が爆散しては意味がない。これでは食糧調達など不可能である。

「待て、落ち着け……。確か、戦闘スキルの中に【手加減】があった筈だ。それを利用すれば、何とか……」

【一撃必殺】で獲物が死に、【爆散】で粉々に粉砕する。ならばスキル【手加減】を使い、ウサギを瀕死に追い込み、ナイフで止めを刺せば良い。そう考えて再び獲物を探す。

「今度こそ……」

再びウサギを発見し、慎重に矢を放つと、今度はきちんと瀕死に追い込んだ。手早くナイフを装備し、フォレスト・ラビットに止めを刺す。

瀕死なのでまだ生きており、血抜きをする意味では実に良い状況である。幸いにも爆散せずに済み、ようやく一息を吐く事が出来た。問題は、どこで解体するかである。

「出来れば水辺が良いな」

この後ウサギを三羽仕留め、水辺を探して森をうろつく。空腹だが今はそれどころではない。

血の臭いを嗅ぎ付け、他の肉食獣が襲って来ないとも限らないのだ。

――ギャ、ギギャ、ギギャギャ！

こんな風に……。ファンタジー界の定番。一匹見かけたら百匹はいると判断すべき雑魚の王様。

Gのつくお約束なモンスターである。

ゴブリンは聡を確認すると、まるで時代劇の岡っ引きの如く笛を鳴らす。すると森が騒めき始め、森の奥から無数のゴブリン達が湧き出るかのように次第に数が増えてくる。

「ゴブリン!?　じょ、冗談じゃない!!」

聡は慌てて勢い良く走り出した。

狩りでウサギを殺すのは良いが、人型を相手にする気にはまだなれない。

勝てない訳ではないが、現代社会に生きていた人間には殺人に対する嫌悪感がある。それ以前に、聡は未だ過酷な環境で生きる覚悟が足りない。

その事が甘い考えだと自覚するのには、しばしの時間が掛かる事となる。

全力で逃げる聡と、それを追い続けるゴブリン軍団。逃げ足は聡の方が早いが、いかんせん数が多く、逃げ道を別のゴブリンが現れては退路を塞ぎ、更に別の方向へ逃げれば、また別のゴブリン軍団が現れる。次第に増えていくその数は優に百を超えていた。

「な、何なんですか、この森はぁああああああああああああああああっ!?」

異常なまでに増え続けるゴブリン達。聡は知らなかったが、この広大な森は現世界で未開の地、【ファーフランの大深緑地帯】と呼ばれ恐れられていた。

数多の魔物が生息し、中には未発見の存在もいる野生の王国なのだ。

千を優に超える魔物の群れも数多く存在し、ゴブリンはその定番に過ぎない。

飛行魔法で逃げようとも思ったのだが、周囲から矢が無数に飛んで来て、上空へ逃げる暇がない。

正に数の暴力である。必死に逃げる聡の先に、僅かにだが明かりのようなものが見えた。

光に惹かれる蛾のように、聡は本能的にそちらへ向かう。

彼の目に飛び込んで来たのは村であった。いや、規模からすれば町と言ってもおかしくはない。

「た、助かった……ウゲッ!?」

そう思ったのも束の間、それが間違いである事を直ぐに認識する。何故なら、そこにいたのはゴブリンの大軍。そう、彼が向かった先はゴブリンの集落だったのだ。

結果的に敵地に飛び込んでしまった彼は、最早笑うしかない。

「アハ……アハハハハ……フハハハハハハハ!!」

散々追い回されてきた彼の精神は、既に危険な兆候にあった。

――――ギギャ！　ギョギャギャギャ!!

ゴブリンは雑食性で、何でも食らう。過酷な環境下において、人間もまた野生生物にとっては貴重なタンパク源であり、その日限りの狩りを続けるゴブリン達にとって聡は良い食料であった。

しかし、ゴブリン達もまた気付いていない。

目の前にいる聡が、決して手を出して良い存在ではない事を……。

「皆……消し飛べぇぇえええええええええええええっ!!」

突如、吹き荒れる魔力の嵐。その猛威は魔物達を恐怖で震撼させる。

だが、時は既に遅く、聡により禁断の魔法が解き放たれようとしていた。

「【闇の裁き】」

膨大な魔力で構築された漆黒の巨大な球体が出現し、そこから生み出された同色の小型の球体が複数のゴブリン達を情け容赦なく飲み込んでいく。

雷を撒き散らし、嵐の如き旋風が巻き起こり、巨大な黒い球体は大地ごとゴブリン達全てを飲み込み、消滅する時に大爆発を起こす。それは一方的な破壊と殺戮。

ゲーム内で数回ほど邪神と闘い、その攻撃を科学的に解析して作り上げた最悪の魔法。

その蹂躙劇はゴブリン達の集落をあっさりと消滅させ、それでも足りぬと言わんばかりに、余波は広大な森に更地を生み出していた。

超重力魔法【闇の裁き】は、要するに臨界寸前のブラックホールを生成して乱発する魔法で、ゴブリンを量子単位まで圧縮し、範囲破壊攻撃の火薬代わりにされるのである。

敵の数が多いほどにその威力は高く、敵の姿が消えるまで決して攻撃は終わらない。

正に悪夢のような魔法である。

その後、聡が正気を取り戻し見た光景は、まるで隕石が落ちたかのような巨大なクレーター群であった。辺りは月面と言ってもおかしくないような、大小のクレーターが大地に無数に刻まれている。

「……僕は、取り返しのつかない過ちを犯してしまった。これではただの自然破壊、しかも大量虐殺……。核弾頭より始末が悪い」

生き残るためとは言え、その強力な魔法の爪痕は想像を絶していた。

環境破壊の後に残されたのは、ゴブリンであった者達の大量の魔石だけである。

たとえ肉体を破壊されようと、後に残される魔石はダイヤよりも硬い魔力の結晶体なのだ。そのため、強力な殲滅魔法でも魔石だけが残される。

無論、中には砕け散る物も存在するが、それでも有りあまるほどの魔石を手に入れる事に成功した。だが問題はそこではない。

「量子レベルに潰されて、何で魔石が残るんだ？　まぁ良い……水辺を探そう」

まだ知らない摂理が存在する事を知り、更に自身の力が戦略兵器並みの非常識で平穏からはほど遠い脅威である事を自覚してしまい、聡の足取りは重くまるで幽鬼のようである。


落ちている魔石を回収し移動を始めてから三時間後、疲れたように歩き続けた聡は川に出る事に成功した。透明度が高い湧き水が川となり、水中を泳ぐ魚すら見える。

「解体かぁ～、どうしたものか。山田さんに手解きを受けただけだからなぁ……」

空腹感には耐えきれず、川の直ぐ傍で解体を始めようとする。

ゲーム時の解体ナイフも再現されたようで、幸いにも狩りの経験があり解体は出来るが、一人での作業は初めてである。その上、周囲は野生の世界であり、いつ魔物が襲って来るかが分からない。

じっとしていたら、また魔物に襲われかねない。

聡は心を決めていざ解体しようとした時、目の前には驚くべき光景が広がっていた。

「待て……僕は、いつ解体したんでしょうかねぇ!?　全く記憶にないんだが……」

そう、フォレスト・ラビットがいつの間にか、綺麗な肉に取り分けられていたのである。

しかも毛皮には血の一滴すらついていない。明らかに異常な事態に困惑した。

「仕方がない。もう一羽を解体……なっ!?」

フォレスト・ラビットを持ち上げた瞬間、聡の腕は無意識に反応したが如く、美味しそうな肉に解体してしまった。それも恐ろしく正確な速度をもってだ。

見ていた本人も驚愕するほどである。

「これは、もしかして……職業スキルが関係あるのか？」

彼のスキルには【狩神】や【解体補正】が存在している。このスキルでは狩猟に対しての補正が大幅に引き上げられるのだ。オンラインゲーム時の職業スキルは、主に【士】もしくは【見習い】、【師】、【鬼】、【帝】、【神】の五段階に分けられ——例えば剣士になるには、スキルの【剣術】を極め【剣師】【剣鬼】と、段階を踏まなくてはならない。職業によって呼び方は異なる事もあるが、概ねこれが基本である。

そこに個人が所有する身体スキルが加わる事で、技の威力が格段にアップする事になる。職業スキルも上位になる事で補正も大幅に変わり、聡の職業スキルは全て【神】。大概のスキルは既にカンストしているので、その実力は達人の域をぶっちぎりで超えてしまうのである。

正に神業の速度で解体するその精度は、他の追随を許さぬほどに洗練された匠の技であった。

「これはもう、人の領域じゃない……。どこかで隠遁生活の方が良いのでは？　常識的に考えて非常識の塊だしなぁ……」

相当の場数を踏まねば上がらないスキルが、異常なまでに高い。それだけゲームにのめり込んでいたという事実なのだが、それが現実になると話が変わってくる。

どこかの国に目を付けられたら、それこそ面倒な事態になるのは確実である。

「厄介事は遠慮したいしなぁ、可能なら結婚も……。こんな化け物じゃあ無理かねぇ？　ハァ……」

未だ独身の聡には、どちらも切実で深刻な問題であった。

若返るための秘薬も作れるほど素材はあまっているが、今の状況では作る事は叶わない。

更に言えば、この世界の金がないのが問題であった。

「まぁ、この世界の通貨基準が、日本円と似ているのは救いですが……」

脳内に後付けされた知識を検索すると、通貨の表示は一ゴルが一円。そこから五ゴル・十ゴル・五十ゴル・百ゴル・五百ゴルと上がっていく。

全てが金貨だが、その大きさによって価値が違うようである。一千万ゴルともなると最早金の延べ棒であり、錬金術師が必死に金を錬成しているのがこの世界の常識のようだ。

地球とは異なり、金は比較的安価で手に入りやすい環境だったが、それを知るのは後の事である。


森が闇に包まれ、世界が夜行性の動物の活動時間に変わり出す頃、焚火の前でウサギ肉を焼きながら一人、物思いに耽るおっさんの姿は正直寂しい。

それでも、何とか孤独感を紛らわす聡。

「ラノベ知識を参考にすれば、この世界は命の値段も安そうだ。盗賊が出て来たら殺せるのか？ハァ～、頭の痛い問題ばかりだなぁ～。けど、覚悟はしておいた方が良いだろうし……」

ゲーム内の設定やラノベなどを現実に置き換えて考えれば、この世界も複数の国家が乱立している事になる。その中で、自分がどこの国に所属するかによって扱われ方も異なってくるのだ。

ある国では魔導士が冷遇され、ある国では亜人種達が差別対象となり、ある国では軍事強化のために強制的に軍属にさせられる。設定ではあるが、現時点で決してあり得ない話じゃなかった。

ましてや犯罪者相手に躊躇《ためら》うようではこの先も生きては行けず、時に断固とした決断が要求され

る事もある。少しでも低いリスクで生きるためには目立たない方が良い。

「まぁ、今考えても仕方がないか……。食事を済ませよう。いつ魔物に襲われるか分からんし」

そう言いながら焼き上がったウサギ肉を口に運ぶ。

「美味い……けど、白い飯《メシ》が恋しい」

広大な深緑地帯の片隅で、おっさんが一人孤独に肉を食らう。

無言で狩ったウサギ肉を貪る様は、まるで原始時代に戻ったような哀れな姿であった。

だが彼は食事を続ける。それだけ空腹だったのであった。その後は木の上にロープで自分を括り付け、就寝する事にする。

地上で寝るよりは安全と判断したのだが、翌朝、尻が痛かったためにこの方法は止める事にした。


サバイバル生活二日目。

「正直、寝心地は最悪だった。尻が痛い……」

何か、別の事と勘違いされそうな言い方である。

「今日も狩りをしながらスキルの把握をしていこう。剣の方はどうなのか？　自分の力を使いこなせなければ意味がない。最悪、うっかり人を殺しかねない」

今持っている武器の類は、威力の面では申し分ない。寧ろ過剰戦力のように思える。

腰に差した二振りの剣は、見た目は地味だが凶悪な武器である。装備自体は地味なために目立つ事はないが、同時に他者からは侮られそうである。

何しろ、彼の見た目はいかにも冴えないおっさん魔導士だ。しかし最強装備ではないが、ゲーム内では異常な強さで無双していた。そんな非常識な力を実際に持つ人間がいたとしたら、周囲の人達に恐れられるのは明白だろう。羨望と嫉妬の目で見られるのも遠慮したいが、孤独のまま生きるのも避けたい。寂しい人生は何としてでも防がなければならない。

ならば極力実力を出さずに相手を圧倒するしかなく、それも無難な立ち位置で手加減してだが、肝心の標準基準が分からない。

「結局は、今の体に慣れるしかないか……。面倒だなぁ……」

十年近く田舎でスローライフを送っていたために、彼は率先して何かをしようとする事には消極的である。もう、『俺TUEEEEEEEEEEEE!!』などと浮かれるような歳ではない。

ごく普通の家庭くらいは持ちたいという細やかな夢のためにも、彼は自分の力を把握するしかなかった。

「どこかに良い相手はいないものか……」

そんな事を言っていると、彼の警戒領域に何かの生物反応が感じ取れた。

こうしたアクティブに反応するスキルは実に重宝する。

――――ガサ……。

草木がすれる音に耳を傾け、同時に腰の剣を手に携える。

姿を現したのは豚の頭部を持つ肥満体の魔物。お馴染みのオーク種である。

「【ミート・オーク】……これは食べられた筈。倒しますか……」

俗に言う食べられる魔物。ミートなだけに、肉として美味しく頂ける魔物なのだ。

同時にファンタジー界のエロモンスターとしても有名で、それはこの世界でも変わりはない。

繁殖力が強く、雌のオークが幾らいても足りないほどに性欲が強い。ゲーム内でも大量繁殖をして、大規模戦闘に発展するイベントが頻繁にあった。

好戦的で雑食性なために、常に討伐され続けている魔物だが、このミート・オークは人型というよりは四足歩行の豚に近い姿である。

足が短く、両腕が物を持つより地面を走るための前足に近い形をしており、オーク種の先祖と言われると納得出来る姿であった。無論道具も持てるだろうが、三本の指は太く不器用なのは間違いない。

人型には見えないために、聡は食う事に躊躇いはなかった。

聡は瞬時に間合いを詰めると、一瞬にして両手の剣でオークを斬り殺した。

「手加減して瞬殺……。コレは何と言うか、僕はどれだけ化け物なんでしょうかねぇ？」

オークは聡に気付いていた。しかし、それでも反撃が間に合わなかったという事は、聡の攻撃速度が速い事を意味する。まるでどこかの流浪人だ。増々自分の力が分からなくなる。

手早くオークを解体して移動を開始する。魔物を見つけては返り討ち、そんな行為がしばらく続き得た結論は、『強過ぎて洒落にならない』という事だけが判明した。

「食料は確保出来たが、流石に肉ばかりでは……どうにも」

三食肉ばかりでは飽きてくる。栄養が偏るので山菜など探してみたが、何故か薬草や種《たね》の類しか見つからない。【ブラッディ・ベラドンナ】など、猛毒以外に使い道がないのだ。

「この毒性が薬効成分に変わるんだが、機材がない以上は宝の持ち腐れだな。魔導錬成という手段も残されてはいるが……製作した魔法薬を収める入れ物がない」

今のところ、無駄な物が増えていくばかりであった。

「せめて……せめてパンがあればなぁ～。あぁ……白いご飯が恋しい……」

サバイバル生活二日目にして、聡は早くも音を上げていた。

元々リーマンから転職した農家で、多少の不便さは我慢出来るのだが、こんな陸の孤島のような場所での流浪のサバイバルは正直キツイ。現代人に原始的生活は無理だろう。

歩けば出て来るのは原住民ではなく、自分を餌と思って襲い掛かって来る凶悪生物ばかりなのだ。死んでしまえば楽になれるのではと本気で考えてしまうくらい、高い頻度で接触する。

素材は増える、食事事情は変わらない。そんな殺伐とした状況に嫌気が差していた。

「何故、山菜などの野草が見つからない。肉ばかりでは栄養が偏るじゃないか……」

スキルの【植物探査】が役に立たず、愚痴ばかりが口から出る。

「神なんて信じられない……。奴等は敵だぁああああああっ!!」

――GYUOOOOOOOOOOOOOOOOOOOOO!!

神を侮辱した罪か罰か、ソレは空から飛来した。

緑色の鱗に覆われた、長い首を持つ空の魔物。二本の足に鋭い爪を持ち、口の中には鋭利な牙が生え揃っている。

「ワ、ワイヴァーン!?」

ワイヴァーンは聡を執拗に追い駆け、彼を腹に収めようと幾度も一撃離脱を繰り返す。

流石に空からの魔物が相手では、慣れない体で対処するには無理があり、何度も攻撃を避けながら逃げ続けるしかなかった。

森の中に降り注ぐ、ワイヴァーンのブレスと響きわたる爆発音。

命懸けの鬼ごっこは、日が暮れるまで続けられるのだった。

第二話　おっさん、テンプレに遭遇する

この世界に転生して、早一週間。

聡《さとし》は長いサバイバル生活を抜け出し、ようやく人工的に作られた街道に出る事に成功した。

ファーフランの大深緑地帯は過酷な修羅の巷《ちまた》であった。

ゴブリンから始まり、オーク、ワイヴァーン、トロール、マンイーター、キメラ、その他もろもろ立て続けに戦闘が起こるので気の休まる暇もない。洞窟で寝ようとすればキラーアントの巣で、川辺で一息つけばリザードマンに襲われ、岩場で寝ようとすればクレイジーエイプに尻を狙われる。

彼の精神はこの一週間で酷く荒んでいた。

「やった……。やっとだぁ……、やっと人のいる街に行ける……。長かった……フ……フフフ……」

その姿を見れば、酷く憔悴しているように見える。しかし、彼の体力は未だに元気印であり、魔力もほんの僅かしか使用していない。

ただ殺伐とした弱肉強食の世界から逃れられた事に安堵し、今までの生活の過酷さを思い出して気分が滅入っている。それも街道に出られた事で終わりを告げた。

「さて、どちらへ行けば街があるのか……。方向は二つ、どちらが街に近いか……迷うな」

聡は手近な場所に落ちていた枝を拾い上げると、倒れる方向で行き先を決めようとする。二十三回目にして左に倒れたので、右へ向かう事にした。

過酷なサバイバル生活の所為か、すっかり捻くれてしまったようだ。


街道は木を切り倒し、ただ地面を均しただけの粗末なものだ。

石畳が敷かれている訳でもなく、無雑作に地面が剥き出しており、所々に雑草が生えている。

雨が降ればこの場所は川のようになるに違いないと考えながらも、彼の足取りは非常に軽い。

何しろこれから行く方向には人がいるかもしれないのだ。そうなれば少なからずは交流も出来るであろうし、もしかしたら友人なども出来るかもしれない。

一週間もの長い時間を野生の王国で生き抜いた彼は、今は人が恋しかった。

「山賊でも良いから、出て来てくれませんかねぇ～？」

正直に言えば、人と会話が出来るなら誰でも良かった。

もっとも、山賊と出会えば壮絶な殺し合いになるのは間違いなく、一方的に相手を虐殺してしまう事は確かだ。

何しろ一週間もの間、命懸けのサバイバル生活を繰り広げていたのだ。今更殺す事に躊躇いはなく、自分の身に危険が迫れば容赦なく殺す覚悟が身に着いてしまっていた。

逆に言えば、それほどまでに精神が追い込まれる過酷な環境だったと言える。

今の彼が気付いている事と言えば……。

「そう言えば、しばらく風呂に入っていなかったなぁ～……。臭わないだろうか？」

風呂にすら入れない状況が続いたので、体臭が気になっていた。

身だしなみすらマトモに整えられないような彼が言うと、何とも説得力が感じられないのだが、それでも気付いた分だけ大きな進歩である。

「先ずは体を綺麗にするかな。川があると良いんだが、今の段階で人に会うのは止めておいた方が無難だろうなぁ～。どう考えても山賊と変わりない」

そう言いながらも道なりに進んで行く。

運が良いのか、それとも神の采配か、川は確かに存在した。しかも人工的に築かれた橋が目に留まる。対岸まで精々七メートルくらいの小さな川だが、水があるのはありがたい。

人目につかない場所を選ぶため、橋から見えない下流へと場所を移動すると、聡は装備を脱ぎ捨て一目散に川に飛び込んだ。久しぶりの入浴――もとい水浴びは存外気持ちが良いものだった。

下は兎も角体を丹念に洗い、汚れを落とす。更に衣服も洗濯し、岩場に広げて乾かしている合間に食事の準備もする。一点だけ不満を上げれば、食事が肉だけなのは相変わらずだったが……。

衣服が乾くまでの間、彼は川辺を眺めて過ごす。そんな彼の目の前を、奇妙な姿の魚が泳いで行く。

こんな穏やかな日々が久しぶりであったため、のんびり気分転換に費やしている。

時折、薄ら笑いを浮かべているのは不気味であったが。

「そろそろ、乾いたか？　湿ってたら気持ち悪いからなぁ～……」

日差しが天の真上に差し掛かった頃、脱いだ衣服を手早く着込み、装備を手馴れた様子で装着する。この一週間でこうした装備の装着に慣れたようで、自然と装備を着込む事を覚えたようである。現代人にはあり得ない装備なのだが、人間は必要に迫られると何でも出来るという良い例であろう。

時折、橋を渡る商人の物らしき馬車が見え、その事実で人の住む集落があると分かっただけで気分は楽になる。彼は橋を渡るために川の上流へ溯り、土手を上ると、馬車が進んで行った方角に向けて歩み始める。

その横を白一色のやけに豪奢な馬車が通り過ぎて行くが、彼は権力者には興味がないので気にも留めていない。気楽な足取りで、真っ直ぐ道なりに進むのであった。

途中から強化魔法を使い、身体能力を上げる事で移動速度を速めて走り続ける事三十分。おっさんは前方に屯している集団の気配を感じ、少し警戒を強める。

これは索敵スキルの恩恵によるもので、このスキルは自分の意思とは関係なく自動的に発動し、敵対者を感知する。広大な森の中では重宝した能力だ。

「テンプレ的に言って、盗賊でしょうかねぇ？　まぁ、いきなり攻撃してもなんだし、気配を消して様子でも見ておくか。盗賊だったら……その時は始末する事にしよう」

命の値段が安い世界と言っても、いきなり剣を振りかざして斬り付け、問答無用で魔法を撃ち込むのは蛮行で文明人のする事ではない。状況にもよるのだが、取り敢えず様子を見るべくおっさんは気配を消して森に隠れ、様子を窺う事にした。

結果的に言えば前方にいたのは薄汚い格好の男達だが、全員が武器を持ち、商人達を取り囲んでいる状況である。悪い予感は当たるものである。

「う～ん、間違いなく犯罪現場だなぁ……。まぁ、あくまで今は状況証拠のみ、完全に証拠を見てから介入するかどうかを決めますか……」

現時点では取り囲んでいるだけで、もしかしたら強欲な商人に騙されて、その恨みを晴らそうとしている可能性もある。直接介入するのは現状を知った後でも構わないと判断を下す。

「吉と出るか、凶と出ますか……」

何にしても、しばらくは様子見と結論付けたのである。

◇　◇　◇　◇　◇　◇　◇　◇

ファーフラン街道を、一両の馬車が駆けていた。

白一色の落ち着いた色合いに、僅かな金細工を施された豪奢な馬車である。

御車台に二人の騎士が待機し、馬車の中には二人の身なりの良い人物が座している。

一人は既に高齢で、落ち着いた様子で静かに座席に座る魔導士らしき老人。純白のローブを纏った彼は、この辺りの領地を治める大公爵であり、【ソリステア魔法王国】の王族の血に列なる人物であった。もっとも、今は隠居の身であり、孫娘の事が可愛くて仕方がないただの爺さんである。

名を【クレストン・ヴァン・ソリステア元公爵】という。

家督を息子に譲ってからというもの、次第に二人の孫息子の対立が周囲で深刻になりつつあり、最近では孫娘の【セレスティーナ】のみが彼の心を癒す存在となっている。

その孫娘であるセレスティーナは、どこか思いつめた表情で座席に座したまま、開いた本に目を向けていた。

彼女は公爵家では酷く冷遇されており、この魔法使いが権威を持つ国では酷く蔑視される扱いを受けていた。それというのも、彼女は魔法を行使する才能が低かったのである。

この世界で生きる以上は、全ての生物に魔法を行使するための魔力が備わっているのだが、彼女はその能力が著しく乏しかったのだ。それ以前に彼女は公爵夫人達の正式な子ではない故に、嫉妬から来る迫害は酷いものとなっている。

はっきり言えば、今の公爵が屋敷の使用人に手を出し生まれた妾腹の子なのだ。そこに魔法を使えない事が相まって、その苛烈な虐めは今も続いている。主に公爵夫人達であるが。

唯一の孫娘を可愛がっているクレストンは自分の隠居する別邸に彼女と暮らし、出来る限りの事を尽くして彼女の才能を伸ばそうと試みるも、今まで上手く行ってはいない。

国の高名な魔導士に家庭教師を頼んではみたが、どれも全て失敗した事から才能なしの烙印が定着する事になってしまった。彼としては孫娘の喜ぶ顔が見たかったのだが、結果として彼女を追い詰める手助けをしてしまった事になる。

クレストンの彼女に向ける顔は優しく、そして憐憫の色が見え隠れしていた。

対するセレスティーナも、祖父の優しさを知っているからこそ努力を続けていた。

妾腹の子でありながらも分け隔てなく愛情を注いでくれる祖父に対し、彼女は感謝と尊敬の念を持っている。だが、いかに愛情が伝わりその思いに応えようとしても、努力が実を結ばなければ意味がない。その結果として、彼女は酷く悲しそうな笑みを浮かべるようになってしまった。

それがまた、クレストンには辛い事である。

馬車は街道から橋に差し掛かった時、セレスティーナが「あっ……」と声を上げた。

「どうした？　ティーナ。何か見えたのか？」

「はい、御爺様。魔導士の方が……それも双剣を携えた方がいました」

「双剣？　魔導士であろう？　そのような者がおったのか？」

「えぇ、灰色のローブを着た、凄く……その……」

「みすぼらしい身なりじゃったのか？　ふむ、灰色のローブは下級魔導士。もしくは、他国から旅をして来たのかもしれぬのぅ」

魔導士はローブの色でその階級を指し示すのがこの国の習わしで、灰色が下級、中級が黒、上級が深紅、国直属の精鋭が白といった具合である。仮に灰色のローブを着て歩いていたとすると、下級魔導士か他国から旅をして来た魔導士しかいない。魔法王国などだけに、魔法に関しての研究は最先端なのだが、その内情は複数の派閥に別れて足の引っ張り合いをしていた。

どこの世界でも権力争いが尽きない。

「しかし、剣を携えるか……。魔導士の欠点を補うための物じゃろぅが、かなり難儀な選択と言えるな」

「そうなのですか？」

「うむ、魔導士が魔術を極めると同じく、剣士は剣術を極めるしかない。その両方ともなると、中途半端な魔法剣士が生まれるのが一般的じゃからな」

魔法と剣、二つにも利点と欠点は存在している。魔法は遠距離と補助に優れ、接近戦においては滅法弱い。逆に剣士は接近戦では強いが遠距離の攻撃に対しての防御が弱く、魔法の威力によって遠距離から攻撃されると直ぐに倒されてしまう。

それをいかに采配するかが戦略であり、決してどちらが優れているという話ではない。

その両方を極めるとなると、それは人の一生ではどうする事も出来ない過酷な修練を熟さなくてはならないのだ。後は過酷な修練を続ける気力と才能の問題である。

「もっとも、ただの護身のために剣を所持しているのやもしれんな。魔導士は間合いに踏み込まれると弱いからのぅ」

「色々努力なさっているのですね。私はまだまだどころか、未だに前に進めないのに……」

落ち込みながらも、セレスティーナは魔法学院の教本に目を移す。

彼女は魔法の術式を覚える事は出来たが、その発動が困難なのだ。その理由が術式そのものにあるのではと幾度となく調べているが、残念な事にその答えには未だ辿り着けていない。

そんな二人の心境を他所に馬車は街道を走っていたのだが、ふいに馬車が速度を落としている事に気付いたクレストンは、馬の手綱を握る御車台の騎士に声を掛けた。

「何事じゃ？」

「閣下。どうやら商人達が立ち往生しているらしく、前へ進む事が出来ません」

「立ち往生じゃと？　何か事故でもあったのか？」

「倒木で道が塞がれているらしく、商人と護衛の傭兵達で動かそうとしているようですね」

「ふむ、倒木か……。そなた達は周囲を警戒せよ。どうも嫌な予感がする」

「分かりまし……うおっ!?」

御者台にいた騎士が突然声を上げ、クレストンは嫌な予感が的中した事を悟る。

周囲の森に潜んでいた盗賊達が弓を番え、一斉に攻撃してきたのである。

「と、盗賊だぁ!?」

「護衛は儂等を守れぇ!! うぎゃぁ!」

「くそっ、待ち伏せかよ!!」

「荷馬車を盾にしろぉ、弓を持つ奴は迎撃だぁ!!」

商人達が慌てる中、傭兵達と盗賊の戦いが始まった。矢の一撃を受けた商人は悲鳴を上げながら無様に倒れる。命に別条がないのが幸いだが、傭兵に喚き散らしていた。

「お、御爺様!」

「ここで大人しくしていなさい。儂も出るぞ!」

クレストンは短剣を手にして馬車から降り、鞘から白銀の刃を引き抜く。

この短剣は魔法が込められており、持ち主の周りに障壁を展開する守りの魔剣である。騎士達二人も盾を構え、飛んで来る矢を何とか凌いでいた。

「さて……これはいかんな。賊共の数が多過ぎる。しかも、周りを既に囲まれておるではないか」

魔剣とはいえども、込められている魔力には限りがあり、その魔力が尽きれば防御が手薄になる。

乱戦になれば戦いでは数が勝敗を左右し、たとえ弱くとも数で圧倒した方が勝つのだ。

盗賊達は街道を封鎖し、商人や傭兵を皆殺しにしてから荷物や金を根こそぎ奪う心算なのだろう。

だが、孫娘の命が懸かっている以上、クレストンには選択肢がなかった。

魔法で攻撃したいところだが、周囲が囲まれている以上は詠唱に時間が掛かるために良い標的である。更に言えば、攻撃に転じるには障壁を解除せねばならず、そうなれば一網打尽にされかねない危機的状況。後手に回ってしまったが故に打てる手が限られていた。

同様に傭兵達も焦りの色が見えている。

「馬車の周りは片付いたが、周りが囲まれている！　爺さん、その魔剣はどれくらい持つんだ？」

「さて、所詮は剣に込められている魔力じゃからのぅ。いつ効果が切れてもおかしくはない」

「奴等は俺達を逃す気はないだろうな」

「じゃろぅて……。顔を見られた以上は、全員殺す気なのは間違いない」

「今は打つ手なしか……」

魔剣の魔力に限りがある以上、長期戦は不利である。だが、障壁を消すと周囲から矢で討たれ、反撃に転じる隙がない。盗賊達は、かなり計画的な作戦を練り実行したようだ。

「ヒハハハハ！　テメェ等には死んでもらうぜ？　金目の物と女子供は頂く。ガキ共は奴隷として売れば金になるからなぁ。女共はたっぷり楽しませてもらってから売ってやんよ」

「こいつ等……、調子に乗りやがって」

「そう簡単に殺されてたまるかっ!!」

「威勢がいいなぁ～？　だがよぉ～、こんな状態で何が出来んだぁ？　どうせ死ぬんだから、手間を掛けずに大人しく死んでくれや」

盗賊の親玉らしき男は調子に乗っていた。

魔剣の力に時間制限があるのは有名な話であり、その対処法さえ知っていれば被害は最小限に抑えられる。犯行が手馴れている以上、以前にも同じ事をしていた可能性が高い。

「不味いのぅ……魔力が切れかけておる」

「一か八か、打って出るか？」

「それしかないやもしれん。魔法が使えれば楽なんじゃが、詠唱中に狙われてはな……」

「おいおい、頼みの魔剣が弱まってんぜぇ？　安心して地獄へ行けよぉ～、後は俺達に任せてよ。ヒハハハハ！」

上機嫌の親玉と盗賊達。彼等は、この作戦が失敗する事を微塵も疑っていなかった。だが、何事にも予期せぬ介入がある事も稀にある。

そしてそれは、突然に何の前触れもなく牙を剥くのだ。

「通行の邪魔ですよ？　消えてください、【氷結華】」

突如として、商人達を取り囲んでいた森が白く染まり、盗賊ごと凍て付き砕け散った。

今の攻撃で弓兵力は完全に沈黙し、後は前方と後方を塞いでいる盗賊達だけである。

「『義を見てせざるは勇なきなり』と言いますが、僕は日々平穏がモットーなんですがねぇ……」

「誰だぁっ、出て来やがれ!!」

頭目が声を上げると呼ばれたかの如く、気軽な調子で白い馬車の上に降り立つ者がいた。

まるで出番を待っていたかのようなお約束的展開であった。

灰色のローブに、目が隠れるまで無雑作に伸ばした、だらしのない髪。

中肉中背、無精髭の一人の魔導士である。

◇　◇　◇　◇

聡は道なりを進んで来たのだが、いかにも胡散臭そうな連中が道を塞いでいたので様子を見るために姿を隠し、木々の合間から覗き情報収集をしていた。

会話の内容や現状から相手が盗賊であると知った彼は、見捨てる事も出来ず人命優先で仕方なく介入する事にする。周囲を囲まれている以上、商人達に逃げ場がないからだ。

「てめぇ……よくも仲間を殺りやがったな」

「仲間ねぇ、使い捨ての道具の間違いでは？　あなたにとってはその程度の存在でしょうに……」

「うるせぇ、たとえ使い捨てでも勝手に殺すんじゃねぇよ!!　こいつ等は俺の道具だ」

「酷い言いようだぁ。まぁ、僕にはどうでも良いんですがねぇ……。【黒雷連弾】」

聡の周囲に浮かんだ無数の小さな黒い粒。それを見た盗賊達は思わず失笑する。

パチンコ玉のような黒い粒が無数に浮かんでいるだけで、さほど威力を持つ魔法には到底思えなかったからだ。だが、その笑いも直ぐに恐怖に変わる事となった。

無数の漆黒の弾丸が盗賊達を貫通し、更に内側から強力な雷撃で焼き尽くす。一瞬にして消し炭になり絶命する仲間の姿に、盗賊達は混乱した。

何しろ、彼等も見た事がない魔法であり、当然ながら対処の仕方など知らないのだ。

「運が悪かったな。こう見えて僕は乱戦が得意なものでしてねぇ、あなた達のような連中は良いカモなんですよ。纏まっているので狙いを付ける必要がありませんし……。さて、最後通告です。邪魔なので消えて欲しいんですが？　これ以上、この場に留まれば……灰にしますよ？」

最後の一言は飄々とした声色ではなく、背筋が寒くなるほど冷徹なものだった。

「ば、化け物か……何だよ、こんな魔法。知らねぇ、聞いた事もねぇ……」

「初めて人を殺しましたが、何の感情も湧きませんねぇ。僕もとうとう壊れてきたのだろうか？」

「黙れ!! 後から出て来やがって卑怯な真似をしくさりやがって、正々堂々と勝負しやがれ!!」

「盗賊がどの口で言いますかねぇ？ まぁ、お望みなら良いですけどっ！」

盗賊の支離滅裂な言葉を真に受け、聡は間合いを詰めると、頭目の腕をあっさり斬り落とした。

一瞬、何が起こったのか分からなかった頭目は、自分の腕を見て現実を知る事になる。

いつの間にか魔導士は腰の剣を抜いて、両手に携えていたのだ。

そして、斬り落とされた自分の腕を見て恐怖が背筋を駆け抜ける。

「お望みの通り、正々堂々と真っ向から行きましたが、御希望に添えましたかい？」

「ひぎゃぁぁああああああああああっ!? 腕が、俺の腕がぁあああああああっ!!」

「……それどころではないか。仕方ない、他の方の相手でもしますかね……。人の世も弱肉強食なのは頂けないなぁ〜」

誰も聡の動きを追えなかった。

軽い口調で言いながらも電光石火の如く突然に目の前に現れ、一瞬にして頭目の腕を斬り落としたのだ。常人の腕とは思えないほどの実力者の登場に、盗賊達は絶望に染まる。

そんな盗賊達は瞬く間に聡に制圧されていく。食料に飢え、魔物との過酷な生存競争の中で生きてきた彼は、敵に対して手心を加えるような感情を既に捨て去っていた。

弱肉強食の摂理は人間を凶暴化させるのである。

「は……速い。何だよ、あの速度は……」

「しかも魔法を行使しおった。相当な手練れのようじゃ……」

「剣に魔法……隙がねぇ！　とんでもねぇ手練れだぞ!?」

傭兵達も強力な援軍に対して驚愕したが、それ以上に戦慄を覚えたのだ。

もし戦場で遭遇すれば殲滅されるのは自分達であり、逃げる暇もなく殺される可能性が高い。

彼等の目から見ても実力差はかなり懸け離れており、敵でない事が救いである。

「冗談じゃねぇ、俺は下りるぞ!!」

「に、逃げろっ、皆殺しにされる!!」

「もう盗賊にはならねぇ、田舎で畑を耕すんだぁあああああああっ!!」

「悪魔だ……悪魔が出たぞぉおおおおおおおおっ!!」

所詮は戦いの素人、強い相手が現れる事になれば盗賊達は途端に瓦解を始める。

「人を化け物みたいに……。自分達の蛮行を棚に上げて、何て失礼な人達なんだ。教育的指導がお望みですかい？　チップはあんた等の命ですがねぇ……」

憮然と不機嫌に呟く聡。強さだけを見れば充分に化け物である。

「逃がすな、全員ぶっ殺せ！」

「ふざけた真似しやがって、生きて帰れると思うなっ!!」

「恨みは晴らさせてもらうぜ、糞野郎共!!」

瓦解した盗賊達に傭兵達は追撃し、鬱憤を晴らすが如く逃げる盗賊達を血祭りにあげる。

元から戦う技術がない盗賊達に傭兵達の相手は無謀に等しい。数でその穴を埋めたまでは良かったのだが、それも予期せぬ乱入者によって失敗に終わった。

逃げ惑う盗賊達は、怒り狂った傭兵達に反撃すら出来ず、ほどなくして全て殲滅されたのである。

「諸行無常の響きあり、か……空しいねぇ。いや、兵共の夢の後、か？」

「いやいや、此度はそなたには助けられた。ぜひ礼を言いたいのじゃが」

ふいに声を掛けられ一瞬だが戸惑う。見たところ、その身なりからかなり上流階級の老人で、貴族である可能性が高いと思われた。

そのため、動揺を悟られまいと冷静さを取り繕い、さも気にしていないとばかりに気軽に言葉を交わす事にする。こう見えて石橋を叩いて渡るほどの小心者でもあった。

「お気になさらず、たまたま行く先が同じだっただけですから」

「じゃが、おかげで孫娘を危険に曝さずに済んだわ。礼を申しても問題はあるまいて」

「それは謹んでお受けしますが……あっ、この先に街か集落はありませんかね？　実はお恥ずかしい話、道に迷ってしまいまして」

「我が領の街があるが……何じゃ、道に迷っておったのか？」

「本当にお恥ずかしい限りですが、道にも人生にも迷っております」

「良く解らぬが、難儀しておるようじゃのぅ……」

渾身の自虐ネタがスルーされた。

クレストンには、恐縮そうに頭を掻くみすぼらしい魔導士が、先ほど常識を打ち破るかのような魔法を行使した者と同一人物には思えなかった。

しかし良く見れば、ローブに使われている素材は見た事もない魔物の物であり、彼が高位の魔導士である事が分かる。他国の魔導士が旅をするとなると、その裏には敵国の情報を探るためか、もしくは何らかの理由で排斥された可能性が高い。

クレストンは内心警戒しながらも、聡の行動を備に監視していた。

「そなた、名は何と申す？」

「僕ですか？　大さ……いえ、ゼロス・マーリンというしがない魔導士ですよ」

この日を境に、聡は正式にゼロス・マーリンとなった。

元の世界の名はこの地では明らかに異質なので、下手に有名になれば知れ渡るのが速いと判断したからだ。リスクは些細なものでも少ない方が良い。

「ふむ、聞かぬ名じゃのぅ。何故この国に来たのじゃ？　そなたほどの腕があれば他の国からも引く手数多であろう？」

「もう歳ですからね。静かに余生を過ごそうかと思いまして、住み心地の良い街はないか探しているところなんですよ。今更国に仕えるなど面倒ですし」

「なるほど、根っからの探究者であったか……。見た事もない魔法じゃった……」

「お恥ずかしい限りで、探求し過ぎて婚期を逃しましたが」

「まだ若かろう？　そこまで悲観するほどかのぉ」

「人間五十年、後十年後はどうなる事やら……。家庭を築いて、残りの余生を畑でも耕しながら静かに暮らしたいんですよ」

実に欲のない細やかなものであった。また、嘘を吐いているようには思えず、クレストンはこのゼロスとかいう魔導士を大いに気に入った。

権力に溺れ力を振りかざす魔導士が貴族内には多く、また己を高めようともしない連中には、彼もほとほと愛想が尽きていた。

魔術の探究と言いながら予算をせびり、彼等は自分達の欲のままに貴族達からコネを得ようと躍起になって予算を賄賂に使う。権力にしがみ付いた姿は実に浅ましく腐りきっていた。

その中で権力など要らないと言うゼロスは実に小気味が良く、それだけに個人的な繋がりを作りたいと思うほどである。

『ふむ……魔導士としては優秀。これならティーナの家庭教師も頼めるやもしれんな。探求者なら個人的に多くのものを研究している可能性も高いじゃろうし、何よりも他国の魔導士である故にこの国の連中とは異なる発想を持っている可能性も高い……さて？』

クレストンの頭の中身は孫の事しかない。

『それに、もしかしたらティーナの問題を解決出来るやもしれん。あぁ……ティーナよ、もう一度あの笑顔を取り戻しておくれ。そのためならば儂は、儂は……ハァハァ……』

「ご老体、大丈夫ですか？　何か危険な兆候を感じたんですが……」

「はっ!?　いや、大丈夫じゃ！　問題はない」

聡……もといゼロスは『この爺さん……少しヤバくないか？』などと思っていた。

孫を愛する老人の愛は、時に変な方向へ行くようである。

「それよりも、そなたには何か褒美を与えんといかんな」

「えっ？　要りませんよ。僕は自分のために介入しただけですしねぇ……」

「これは儂等貴族の責務と面子の問題じゃ。何しろ恩人に何もせずに帰したとあれば、儂はどんな誹りを受けるやもしれん」

「貴族というものは、面倒なしがらみがあるようですなぁ。一般人で良かった」

「全くじゃ、隠居してもこうした責務はついて回るからのぅ……。そなたには、どうしても礼を受けてもらわねばならんのじゃよ」

貴族を助けたのは偶然だが、その上で褒美となると面倒に思えた。

しかし、相手の面子を潰す訳に行かず、少し考えた後に取り敢えず今の願望を口にしてみる。

「では、そうですねぇ……静かな土地をください。街から少し離れていて畑があれば言う事はありません。畑で野菜や薬草なんかを作って、のんびり細々と暮らしたいですからねぇ……」

「ふむ、心当たりを探してみよう」

「お願いします。流石に旅を続けるには気力が……」

思い出すのは大深緑地帯で出会った白い猿。

岩場で眠りについていた彼に静かに忍び寄り、ズボンを脱がして楽しもうとした変態モンスター。

股間の危険物をギンギンに立ち上げて、恍惚とした表情で追いかけて来る様は正に恐怖だった。

ゼロスの顔色が瞬く間に蒼褪める。

「お主、大丈夫かのぅ？　顔色が優れないようじゃが……」

「大丈夫です……少し嫌な事を思い出しまして……。フフフ……」

彼の背中に哀愁を感じた。

そんな二人の先では傭兵達が盗賊の死体に燃焼性の強い油を掛け、火を放ち始末している。中には怪我人の手当てを行い、ある者達は力を合わせ数人がかりで倒木を退かしている。

盗賊達は考えなしで突発的に行動するが、巻き込まれる方は後始末が大変であった。

ほどなくして、傭兵達の努力で街道は片づけられ、商人達は一斉に馬車で移動を開始する。

「お主も乗って行かぬか？　街まで行くには、まだしばらくは時間が掛かるぞ？」

「え〜と、時間的にどれくらいでしょうか？　この辺りの地理には疎くて、道が良く解らないんですよ」

「大体、馬車で三日じゃな。状況次第ではもう少し掛かるやもしれんが」

「馬車で三日……。ようやくあの森から抜け出たというのに、歩きだと何日掛かるのやら……」

流石にこれ以上、肉だけの食事は遠慮したい。こうなると答えは自ずと決まっていた。

「お願いします。もう、肉はしばらく見たくないので……」

「良く解らぬが、直ぐ乗るが良い。こちらとしても手練れがいてくれるなら心強いからのぅ」

ゼロスは公爵の厚意に甘える事に決めた。

三日も時間が掛かるという事は、当然ながら彼等も肉以外の食糧を持っている事になる。万が一のために予備の食糧も考慮しているだろうから、ゼロスの分も充分にある可能性が高い。彼は打算で同行する事を決めたのであった。

ゼロスが豪奢な馬車に躊躇いながらも乗り込もうとすると、そこには一人の少女が座席に座っている姿が目に留まった。

青い瞳と長いストレートロングのブロンドの髪、青を基調とした着衣が年相応に可愛らしい印象を与えてはいるが、どことなく陰がある表情が目を引く。

年の頃は十代前半。ラノベの知識を総動員すれば成人間近であろう。どこかの制服と思しきローブをはおり、膝の上に置いた本に目を通していたようである。

「御爺様、この方は？」

「儂等の窮地を救ってくれた恩人で、ゼロス殿じゃ」

「初めまして、僕は魔導士のゼロス・マーリンと申す者です。僅かな時間ですが、街に着くまで同行する事になりました。よろしく」

「し、失礼しました。わ、私はセレスティーナと申します……その、よしなに……」

見たところでは魔導士に思えるが、どうにも彼女から感じ取れる魔力が弱い。

魔導士であるなら相応の魔力の波動を放っているので索敵スキルに反応する事が多い。これはゲームの時でも変わらないようで、サバイバル生活で確認した事だから間違いはない。

「魔導士ですか？」

「まだ駆け出しじゃが、些か問題があってのぉ～」

「問題ですか？『どのような？』と、聞くのは礼に欠けますね。失礼しました」

「気にするでない。この国の魔導士とは異なる意見が欲しいところでのぉ、実を申せばこの子は魔法を発動させる事が出来んのじゃ」

「発動しない？　妙な話ですね。そんな事があり得るんですか？」

この世界がゲームと同じ世界観だとしたら、魔術が発動しない事自体がおかしい。

魔力は生きとし生ける者が全て持ち合わせており、個人の程度の差はあれども発動しない事自体あり得ない。習得用の魔法スクロールで覚えれば簡単に使えるようになるのだ。

「魔力はある訳ですよね？　ふむ……」

「うむ……しかし、何故か基本の魔術すら上手く発動させる事が出来ん。儂も色々手を尽くしておるのじゃが、依然として原因が判明せんのだよ」

「と言う事は……魔法の術式そのものに問題があるのでは？」

二人が一斉にゼロスに視線を向ける。

「そ、それはどういう事じゃ？　今、使われている術式は、出来る限り負担がないように調整されたものらしいぞ？　国中に広がっている魔法式に欠陥があると言うのか？」

「恐らくは……。発動に必要な魔力設定に不備があるか、もしくはその魔術式自体が欠陥品なのでは？　まぁ、実際に見てみない事には何とも……」

「み、見て分かるものなのですか!?」

「まぁ、これでも色々と自分で魔法を製作していますし、現物があればある程度の事は……」

「こ、この本の術式なのですけど、何かおかしな点はありませんでしょうかっ!!」

セレスティーナは、もの凄い勢いでゼロスに迫った。

一瞬、たじろぐが、その真剣な表情に押され仕方なしに本を見てみる。

そこに書かれた魔術はゼロスの知る魔法と似ており、どれも基本的なものなのだが、彼が見た感じではかなり違和感があるものであった。

必要のないものが混在し、必要以上に無駄が多い魔法式がやけに目立つ。これではまともに発動する訳がない。それ以前に発動出来たとしても殆ど力任せなのだ。

「……何ですか、この意図的に生み出されたような不完全さは。違和感が目に付くし、明らかに欠陥ばかりが目立ちますね。……これは酷い」

「何とぉ!?」「やっぱり!」

ほぼ同時に二人は異なる声を上げる。

「何と言いますか、必要のない魔術文字が混入されていて意味が滅茶苦茶ですね。仮に発動したとしても、個人の資質がモノを言うような極端に力任せな術式。美しくない」

「つまり、どういう事なのですか?」

セレスティーナはある程度の予測はしていたのだろうが、確信を持っていた訳ではない。

それ故に期待の籠った瞳をおっさんに向けていた。

「随分と人を選ぶ魔法式ですね。基本魔法でこんなにも大量に魔力を消費するようなら、少し言いにくいのですが……この国の魔導士レベルもたかが知れると言うものですよ。魔法を使うにしても生まれながらの資質に左右され、万人に使える代物ではない。

極端に言えば、魔力保有量が規定量に達している者達なら発動自体は可能ですが、それに満たない者達はどうやっても発動させる事は困難でしょう。それに魔力の低い者達は魔法を使うために保有魔力を高める訓練などしないでしょうし、無駄な事をするなら剣や他のものを覚えるために努力するでしょうなぁ。これは魔導士を育成する上であり得ない欠陥魔法ですよ」

クレストンとセレスティーナは、目の前の魔導士の知識と観察眼に驚嘆した。

今まで分からなかった原因を判別したばかりか、魔法そのものの欠陥を見抜いたのである。

それは同時に並の魔導士ではない事を嫌でも理解させられた。

「ふむ、どこを見ても無駄な魔法式が負荷になっていますし、魔法式自体のバランスが破綻している箇所が幾つもありますね……。発動する訳がないですよ」

「うぅ～む……何が魔法の研究じゃ！　そのような欠陥魔法を広めるとは……」

「それで、この魔法はどうにか使いやすく出来るのですかっ!?」

「出来ますよ。無駄を省くだけですから、さほど手間も掛かりませんし」

「ぜひその改善をしてくれ!!」

「お願いします。その魔法を使いやすくしてください!!」

「おおぅっ!?」

ゲームと同じ世界観だとしたら、この世界は誰もが魔法が使える資質を持っている事になる。明確なイメージと知識、そして充分な魔力が備わっているのであれば、魔法式や魔法陣などというものは必要がないように思える。しかし、威力が大きければその分だけ発動に必要な時間や魔力も増加し、同時に魔法を失敗する確率も比較的高くなるのだ。

魔力が人の精神に感応する特性がある以上、僅かな精神の揺らぎが肝心なところで失敗に繋がるのだ。

それを防ぐために生み出されたのが呪文であり魔法式で、更に発展して魔法陣という形に改良されていった。そこまで改良されても失敗する事が多く、やがて魔法陣を潜在意識《イデア》内に刻む技法が生まれ現在に至っている。

セレスティーナが魔法を使えなかった原因は、個人が保有する魔力不足と不完全な魔法式による負荷の影響だ。魔力を鍛える訓練は、一般的に簡単な魔法を使う事で保有魔力を増やす事が可能であり、普通に成長しても個人の魔力は次第に増えてくる。

だが、それでも発動しなかったのは魔法式が不完全なもので、魔法式発動に余計な魔力が必要。

更に悪い事に、魔力は精神に影響を受けるため、『魔法が使えない』というトラウマと自身の境遇による記憶が魔力に大きな揺らぎを生み、発動の枷となってしまう。

大雑把に言ってしまえば、幼い頃から『お前は馬鹿だ』と言われ続け、本当に馬鹿な人間に成長してしまうのと同じである。要は思い込みなどの精神的なものが関係していたのだが、複数の条件が重なる事で魔法の発動を妨げていた。

魔法式の負荷によって自身の才能が狭まり、自己暗示で更に可能性を閉ざす悪循環。

教本に記された魔法式は、優秀な魔導士の資質を持つ者を排除してしまう、教育には適さない代ものであった。

「と、まぁ、僕の見た限りではこんなところですか。どれか一つでも問題が解決すれば、きっと魔法は使えるでしょう……たぶん」

「何とも、いまいち不安なところじゃが……懸けてみるか?」

「ハイ！　どれか一つでも問題が解決すれば、魔法が使えるようになるんですね？」

「恐らくは。元より魔法式や魔法陣は術者を補助するためのもので、円滑に魔法を行使する役割ですから、こればかりは試してみない事には何とも言えません。まぁ、僕が出来るだけの事はしてみますが……さてと」

おっさんは魔導書を開き、そこに書かれている魔法式を一通り確認する事にした。

どんな結果が出るのであれ、魔法式自体がおかしな状況にある事は間違いなく、更にどこまでの魔法陣に不備があるのか知る必要があった。

おっさんは、忘れかけていたプログラマーとしての真剣な表情を浮かべ、教本の魔法式を展開させ、構築された魔法陣を調べ始める。

前髪に隠れた糸目が僅かに開く。正直目つきが悪かった。


こうして大迫《おおさこ》聡改めゼロスは、魔導書の術式を最適化するデバッグ作業をする事になった。

本全体を書き換える事は時間がないので、簡単な魔法のみに修正を施す事になる。

後に、この教科書を製作した魔導士達は全員職を追われ、国から追放される事になるが、彼には関係のない話であった。

これが後に大賢者と呼ばれるおっさんの、最初の伝説となるのである。

第三話　おっさん、少女の悩みを解消す

ゆっくりと進む馬車に揺られ、ゼロスは教本の魔法術式を展開し、余分な部分を削除し、同時に必要なものを組み込んでいく。

馬車の中では空中に浮かぶ魔法式が幻想的な光景を生み出し、その傍らで文字が消え、あるいは継ぎ足される事で形を変えていく。その工程は信じられないほど速く進み、セレスティーナにとっては初めて目にする未知の体験で、その瞳を大きく輝かせていた。

そんな孫娘を見てホクホクしている祖父のクレストンは、この出会いを内心で神に感謝していた。

もっとも、魔導士は常に理《ことわり》を追求する人種なので、心から神を信仰している訳ではない。

人間は最も調子の良い種族なのかもしれない。

「ふむ……チェックは完了。後は使ってみる事かな。試してみますか？」

「この魔法は……【灯火《トーチ》】ですか？」

「そう、誰もが簡単に使える魔法を最適化したもの。魔力消費を極力抑え、同時に外部魔力を取り込む事に重点を置いてみました」

「外部魔力というのは何じゃ？」

「自然界に滞留する魔力の流れのようなものです。この魔力を自身の魔力で呼び寄せ、術式の現象を引き起こすのですが、ここに記載されている術式は全て個人の魔力で行う事に限定されているようでして、魔導士の負担があまりに大きいようですね」

「待ってください。魔法式とは個人の保有する魔力で事象を変質させ、物理現象を引き起こすものではないのですか？」

「う〜ん。間違ってはいないけど、正解でもないね。術式はあくまで自然界の魔力を利用するためのものであって、個人の魔力だけで発動すれば直ぐに枯渇してしまうんだよ。俗に言われる【魔力切れ】という状態だね」

どうやら、この世界の魔法はゲームの設定よりも遅れているとゼロスは感じた。

自然界の魔力の総量は世界の中では常に一定で保たれており、異なる変質を遂げたとしても僅かな時間で元の魔力に戻り拡散する事になる。現象として変化したとしても、変わったのは性質だけで魔力は変わらず存在し元に戻るのだ。その性質変化を利用する事で敵に攻撃を加える事が可能となり、同様に攻撃から身を守る事が出来るのが魔法である。中には精神に干渉する魔法も存在するが、体内魔力が変質し続けるだけで、いずれは解除される。

物事には変異する物質から元に戻ろうとする現象が存在するように、魔力もまた元に戻ろうとする特性が備わっているのだ。ただ、体内魔力は外部に放出されると元に戻るのに時間が掛かるため、実際に肉体に変調を来す事が多い。故に外部魔力を利用するための呼び水として体内魔力の消費量を抑え、その効率を手助けするのが術式であった。しかし、この世界でも術式を研究している魔導士がいる筈なのに、このような不完全なものを他者に教える事自体おかしい事になる。

「まぁ、偶然にしろ意図的にしろ、この術式が欠陥を抱えている事に間違いないのは確かですよ」

「魔法式でそこまで分かるなんて……凄いです」

「そこまで優秀なのに、何故国に仕えようとせぬ。……才能が勿体ないではないか」

「面倒な事もありますけど、一番の理由が権力争いに利用されるのが嫌だからですかねぇ。何かの理由で命を狙われるような事態は避けたいですし、厄介な事に巻き込まれるのは遠慮したいので」

国に仕える魔導士には、国王よりも師に絶対服従の面が強い。

幾ら有効的な魔法を開発しても、師でもある人物が否定すればそれまでであり、中には研究成果を奪う痴れ者まで存在する。そんな連中の仲間入りをするのは死んでも御免だが、ゼロスはこの世界で生きねばならない以上、余計な争い事からは無縁でいたかった。

特にラノベなどの娯楽作品を読むと、そうした権力者は必ず描かれており、実際に歴史上の観点から見ても野心的な権力者は必ず存在している。

現実に置き換えても決してあり得ない話ではない。

「確かに……そういう側面はあるのぉ。最近の魔導士は人の研究成果を派閥に所属しているからという理由で自分のものにして、その成果が誤りだと分かると途端に当人に責任を擦り付けよる」

「だから後継者だけに魔法の術式を伝える習わしがあるのですね。ですが、後継者がいなければ、研究した魔法そのものが途絶えてしまうのではないでしょうか？　ゼロス様はそれで宜しいのですか？」

「僕の研究成果は危険なものが多いからね、迂闊に教えられるようなものではないんだよ。多分、理解すら出来ないでしょう……。別に歴史に消えても構いませんよ。寧ろ人に伝えるのは危ないものばかりですから問題はないかな。魔法研究は趣味の範囲ですしね」

オンラインゲーム時に製作した魔法は危険度が高く、実際に使用してその威力を目にしたので人に伝える事は出来ない。それ以前にこちらの学問のレベルは著しく低いようである。

何故ならこの世界において、炎の魔法の最極点に位置するのは蒼い炎と言われているが、これはただの燃焼する空気量が変わり高温に変質したというだけの話だ。極めて単純な物理現象であり、さほど驚くべき事ではない。

例えばゼロスの魔法である【黒雷弾】。これは魔力を圧縮したために光すら歪める重力場が発生し、貫通した瞬間に体内で重力力場をエネルギー変換させる事により、敵を内側から焼き尽くす。

ほんの僅かな攻撃と瞬間的な変換により、その性質や効果が極端に変わる事で威力と攻撃力を高める。魔力変質を利用した悪質で凶悪な攻撃なのだ。術式だけでも相当の量に上り、理解するどころか解読する事すら不可能に思えるほど精緻であった。

「そんな訳で、迂闊に教えたら何に使われるか分かったものではありません。自分で使う分には自己責任ですから構わないのですが、国となると戦争に使用される可能性が……」

「なるほど、確かに危険過ぎる話じゃろうて。どれほどのものかは分からぬが、戦ともなれば地獄絵図しか見えぬ」

「下手をしたら、多くの人達が犠牲になってしまいますね。……考えただけでも怖いです」

「多少の道筋くらいなら、分かる範疇で教えても構わないんですが、完成した魔法は悪質で危険過ぎますから、伝えたくはないんですよ」

「賢明な判断じゃな。ウチの馬鹿共に見習わせてやりたいところじゃ」

「よし、二つほど最適化が完了。じゃあ、さっそく使ってみましょうか？」

「えっ!?　早過ぎませんか？」

教本とは言え、魔導書は外部から書き換える事が可能である。

使われているのは魔紙で特殊なインクを用いて魔法式が描かれており、魔力を流す事でそこに書かれた魔法式が浮かび上がる。【魔力操作】で魔法文字を操作する事で書き換えが可能で、同時に魔導士は潜在意識領域《イデア》内に魔法陣を刻む事が出来る。

ゼロスが書き換えた魔法術式をイデアに刻み込めば、セレスティーナもその魔法が使えるようになるのだが、使ってみるにしても馬車の中は狭過ぎる。

車内で使用出来る魔法は限定されるので、おっさんは簡単な魔法をチョイスする事にした。

「無論、【灯火《トーチ》】の魔法ですよ。流石に馬車の中で【ファイアー】は危険だからね。これを長時間掛けて一定のまま火を燈し続ける事で、魔力操作を覚えられます」

「魔力操作ですか？　それはどのようなものなのでしょう。スキルですか？」

「簡単に言えば……そうですねぇ〜。火球を魔法で生み出したままで一定時間その状態を維持し続ける事が可能になるかな。慣れれば発動した魔法を自分の意思で消す事も出来る便利さ、魔導士には必須スキルだよ。ある程度極めれば無詠唱で魔法が使えるようになるし、魔法式の書き換えも出来るようになるでしょうね」

「うむ、基本じゃな。ティーナは、今までそれが出来ない状態じゃったからのぅ」

「間違った場所に撃ち込んだとしても、魔法を操れれば威力を保ったまま敵に再び向ける事が可能。範囲攻撃は無理ですがね」

「それは……放った魔法を自分の意思で自在に操れるようになる、という認識で良いのですか？」

「概ね正解。まぁ、魔法は長時間存在出来ないから、顕現している時間帯だけの話ですがね」

「それは凄いです！」

もの凄く目をキラキラさせて、セレスティーナはゼロスに迫る。

それを見ている祖父は実に微笑ましそうに、且つゼロスに嫉妬の籠った視線を向けていた。

何とも忙しそうな祖父であった。

「では、試しに【灯火《トーチ》】を使ってみましょうか。魔力操作のレベルを上げて、無詠唱で魔法を発動出来るようになるのが理想かな」

「はい！　頑張ります」

セレスティーナは力強く頷くと、さっそく修正した魔法術式を潜在意識《イデア》の中に刻み込む作業に入る。魔導書に手を当て魔力を流す事により術式を顕現させ、その術式を用いて体内魔力を媒介にし、イデアへと刻み込む作業だ。外部魔力では直ぐに拡散してしまうが、生きている限り体内魔力は常に存在し、たとえ魔力枯渇で倒れたとしても消滅する事はない。

生物は常に魔力を生成し続け、活動する事によって細胞内に魔力を巡らせ消費する。魔力が枯渇したとしてもあくまで魔術を使う分が減っただけで、生きるのに必要な魔力は僅かに残される。ある意味、体内魔力は生命力と言い換えても良いだろう。

魔導士の中には無茶な魔法を行使して命を落とす者もいるが、これは魔法術式が不完全な事と、肉体を破損させるほどの無謀な行為の結果起こる現象であった。

ゲーム内で経験したり、設定で知っている情報が合っていなければ、下手をすれば自身が吹き飛んだり、運が良くて廃人になる可能性が高い。まだ、ゼロスは知らない事だが、こうした実験には犯罪者が被検体にされ、歴史の裏で消えて行くのである。


「完了しました……では、『燃えよ、灯火、我が道を照らせ』……【灯火《トーチ》】」

セレスティーナの指先に小さな魔法陣が形成され、僅かな火が灯った。

【灯火《トーチ》】と言うには弱いが、それでも確かに魔法が発動したのである。

「やりました。御爺様！　本当に魔法が使えましたよ!!　嘘みたい」

「おぉ……確かに……。良かったのぅ、ティーナ……」

「ローソク程度の火だけど、初めて発動したのだからこんなものでしょう。その火をそのままの火力で一定に保ち続けると、魔力操作を覚えられる筈です」

「やってみます。あっ、あぁ!?　火が消えちゃう」

「魔力を少しずつ送り続ける操作は難しいから、少しの風でも消えてしまいますので注意して、意識を集中させた方が良いですよ」

「今度は火が大き過ぎますぅ～!?　これは難しいですよぉ！」

「そういう訓練だからね？　後は魔力が枯渇するまで続ける事が重要かな。休めば魔力は回復しますし、回復すればまた訓練が出来ますので特に問題はないでしょう」

ゲームの世界と同様にステータスを見る事が可能なのだから、この世界の住人も自分のスキルでステータスを確認出来る。レベルを上げるにしても魔物と戦う事により格を上げ、今よりも更に強くなれるが、まだ年端もいかない少女では苦しいところであろう。

そうなるとスキルを覚えて自身を高める事が重要となってくる。

魔力を消費する事で僅かにでも自身の魔力も上がるのだから、スキルも覚えられて一石二鳥なのである。訓練を継続する事により、スキルレベルも上がる事に繋がる。

「ほう、良く考えた訓練じゃが、これは毎日続ける必要があるのではないか？」

「そうですね。訓練は続ける事により効果が出てくるものですから、常に日課として身に沁み込ませる必要がありますけど、覚えたら後は鍛錬で実力を付ける事が可能です。魔導士に必要な訓練の一つですよ」

「やります！　魔法が使えたのですから、この程度の事など乗り越えてみせます」

「ティーナが燃えておる……。このようにやる気に満ちた表情はいつ以来か……（ハァハァ……）」

爺さんも萌えていた。爺馬鹿にしても色々問題がありそうだ。

「身体強化魔法を自分に掛け続ければ、同様の効果と魔法耐性のスキルが覚えられたかなぁ？　前にやっていただけだから既に忘れていたし、これで良い筈……あれぇ～？」

「それも、やってみたいです！」

「そう来ると思って、二つ目の魔法は身体強化なのですが……これは、もう少し魔力の量を増やした方が良いかもしれませんねぇ。【灯火《トーチ》】よりも魔力を使うから、直ぐに倒れそうな気がする」

ゼロスは鑑定を使い、彼女のステータスを覗き見ていた。その結果出たのがこれである。


＝＝＝＝＝＝＝＝＝＝＝＝＝＝＝＝＝＝＝＝＝＝＝＝＝

【セレスティーナ・ヴァン・ソリステア】レベル5
HP　125／125　MP　121／140
【職業】貴族のお嬢
【スキル】
火属性魔法　1／100
【身体スキル】
我慢　50／100
【個人スキル】
忍耐　50／100

＝＝＝＝＝＝＝＝＝＝＝＝＝＝＝＝＝＝＝＝＝＝＝＝＝

魔力は消費し続けており、徐々に0に近付いている。

しかし、これが訓練なら彼女にとっては喜ぶべき試練であった。何しろ、今まで魔法が使えなかったのだ。そこから解放された事により彼女は嬉々としてこの訓練に挑んでいる。

今が楽しくて仕方がないといったところなのだろう。

『どうでも良いですが、我慢と忍耐のレベルが高い……そんなに辛酸を舐めていたのか？』

教本の術式を最適化作業をしながらも、ゼロスはそんな事を思っていた。

彼女は妾腹の生まれであるために邪魔者扱いで、虐めすら受けていた。

不憫な子である以上に、彼女は貴族として認めてすらもらえなかったのである。無論、ゼロスはそんな事を知らないが、このステータスからある程度の事は察する。

「さて、二十七ページ目……【アイス・ランス】か」

「「早っ!?」」

元より基本魔法の術式はベースが守られているので、後は要らない部分の削除と簡単な制御術式を組み込むだけで済む。かつての世界ではプログラマーであったため、この手の作業は鼻歌交りでこなせるのだ。

「では、僕がこの教本の術式を改良するのが早いか、君の魔力が尽きるのが早いか競争してみましょうか？」

「む、負けませんよ？」

「ゼロス殿が不利な気がするが、これはこれで面白そうじゃな」

正直、この爺さんは勝負の勝敗などどうでも良かった。単に久しぶりに見た孫娘の明るい表情に浮かれているだけなのである。

結果はゼロスの方が早かったのだが、華を持たせるために敢えて負けてあげた。

おっさんは子供に優しい男であった。

そして、喜ぶセレスティーナを見てホクホクの爺さんであった。

こういうところは駄目な人のようである。

◇　◇　◇　◇　◇　◇　◇　◇

「パンだ……。パンがある……」

休憩地点で野営の準備中、ゼロスはパンを見て泣いた。

一週間もの間、広大な森を生き抜き、肉以外を口にした事のなかったゼロスは今、感無量の涙を浮かべている。香辛料は存在していたが食料はなく、肉だけのサバイバル生活に嫌気が差していた。

毎日生肉を求め魔物を倒し、血の臭いにつられて新たな魔物が集団で襲って来る事の繰り返しで、生きる意味すら原始的な本能に置き換わり、空腹を満たすためだけに獲物を狩る事に明け暮れていた。

そして今、彼の目の前には、しばらく見なかった人間らしい食事が用意されている。

これが泣かずにいられようか？

「この程度で泣くとは、今までどんな暮らしをしていたのじゃ？　聞くのが怖いのじゃが……」

「森で迷い続けて一週間、魔物に追われる毎日でしたよ。口にしたのも肉以外はない……クッ……生きていて良かった……」

「どこの森でそんな事に……過酷過ぎます。荒行でもしていたのですか？」

「さぁ、森の地名なんて知らないですし、ワイヴァーンが襲って来た時は苦戦しましたねぇ～。空腹で……。フフフ……しつこい蜥蜴でしたよ」

「「「ワイヴァーンっ!?」」」

傍にいた騎士二人も含め、四人が一斉に驚愕の声を上げる。

「ワイヴァーンなどから、どうやって逃げたんだ！」

「まさか、倒したのかぁ!?」

「もしそうなら、そなたは『竜殺し』じゃぞ？　英雄と呼ばれてもおかしくはないぞ！」

「どのような冒険だったのか聞かせてください！」

「竜殺しだなんて大袈裟な。ただの空飛ぶ蜥蜴じゃないですか、慣れれば楽勝でしたね」

「「「その考えはおかしい（です）!!」」」

ワイヴァーンは別名【空の悪魔】と呼ばれている。一度、上空から獲物を発見すると執拗に追い駆けて来るのだ。しかも飛行速度が速く、先回りするほどの高い知能を持っていた。

その上、群れで行動する事が多く、討伐依頼を受けた傭兵が幾度となく返り討ちに遭うほどだ。

ちなみに肉は最高級食材である。

「最高級食材か……七頭分あるけど幾らで売れるでしょうか？　とても食べきれなくて困っているんですがねぇ～。まぁ、美味い肉だから少しは残すけど」

「た……倒してやがった。化け物か……」

「正気か、空の悪魔だぞ？　普通じゃ勝てる筈がない魔物なのに……」

「これが上位の魔導士……。個人だけで、そこまでの強さなんて、凄いです」

「肉はぜひとも売って欲しいところじゃが、何なのじゃそなたの強さは……」

「ん？　ベヒーモスほどじゃないでしょう？　要領良く戦えば簡単に倒せますよ？」

「「「ベヒーモスは最悪の災厄指定モンスターだ（です）!!」」」

やけに興味を引かれてしまったので、仕方なしに身の上話をする事にした。

無論ゲーム内での戦闘の話であり、現代日本から転生させられたとか、邪神と闘ったなどの話は省き同時に幾つかの嘘を交えて語る。

内容は――ゼロス・マーリンはどこの国で生まれたかも知らず、幼い頃から両親と旅をしながら魔導の研究に明け暮れ、魔法の理を極めようとしていた。

十代である国の魔法研究機関に就職するが、直ぐにクビ。魔物専門の傭兵となり、その後は各地を転戦。その内に自分と同じ境遇の仲間四人と出会い、五人でパーティーを組んで魔導の極限に挑む旅を続けた。無茶な戦いに身を投じては、自分が作り上げた魔法の実用性を実験し、再び転戦を繰り返す毎日。そんな日々に嫌気が差したのか、仲間達は一人ずつ個人の事情で抜けて行き、また一人となってしまった。やがて普通に暮らせる場所を望むようになり、その最中に道に迷い、森の中で迷う羽目になり現在に至る。

掻い摘んで話すとこんなところである。その結果……。

「戦闘経験が豊富な理由は、それであったか……。まさかそのような探究者がいるとは……」

「我等も鍛え方が足りない。あの程度の盗賊に後れを取ったのだからな」

「恐ろしい話じゃが、ベヒーモスを倒すなど正気ではないぞ？　しかも五人でなぞ……」

「ゼロスさんの強さは、実戦で裏付けされたものだったのですね。私はまだまだ未熟です」

「ただの馬鹿が人生を棒に振っただけの話ですよ。そこまで暗くなる話でもないでしょう」

「魔導の極限を目指すなど確かに馬鹿じゃな。この国の魔導士も少しはその気概を見せてもらいたいところじゃて」


……必要以上に英雄視されてしまっていた。

まぁ、ゲーム内のデータを基に肉体を再構築されたのだから、あながち間違いと言えなくもない。何より圧倒的な強さで盗賊を蹴散らしたのだから、羨望の目を集める事に一役買ってしまったのである。これにはおっさんも予想外であった。


「そうなると、そなたの格はどれくらいなのじゃ？」

「……聞きたいですか？　知らない方が良いですよ？　正気のレベルじゃありませんから」

「そこまで高いのか……嘘だろ？」

「本当か？　うぅ〜む……騎士団の訓練内容を見直す必要があるな」

「最高値の500はありそうですね？　ワイヴァーンを倒したのですから♪」

「いや……（その三倍は軽くある）ボソ……」

「「今、何て言ったぁああああああああああああっ!?」」


レベル１８７９はダテではない。レベルは高くなるほどに成長が滞りがちになり、約500で成長が止まると言われている。だが、１０００を超えた者がいるとなると、常識は覆る事になる。

そもそも邪神を倒してしまったのだから、それくらいは上がるだろう。ボーナスが多かったために、急速にレベルアップを果たしてしまったのだ。

そんな馬鹿げたアバターをベースに肉体を構築すればどうなるか……。

「スキルも恐ろしい事になっておるじゃろぅな。敵に回したくはないわい」

「そうですね。閣下の御力で抑えられるような相手ではないですよ」

「下手すれば国を滅ぼせる魔導士……。まさか、実在するとは……」

「僕は魔導士ではなく、大賢者なんですがね。まぁ、魔導士で構いませんが、くれぐれもご内密にお願いします……」

「「「もう止めてくれぇ、常識が崩れ落ちるっ!!」」」

「常識なんて簡単に崩せるものですよ。それよりも食事にしませんかねぇ？」

その日の夕食は異常なまでに静かであった。

ただ一人、泣きながらパンを食べる者を除いてはだが。

「うぅ……久しぶりのパンが、ここまで嬉しい事だなんて……。本当に生きていて良かった」

大賢者様は食に飢えていらっしゃる。

色んな意味で非常識を目の当たりにした公爵一行だった。


翌朝、ゼロスが目を覚ますと、セレスティーナが魔力操作を覚えるための訓練を始めていた。

今の彼女は何かの枷が外れたが如く、魔法に対して真剣に向き合っている。

実を言うと彼女は昨夜の内にゼロスが編集した魔法術式を全て叩き込み、現在使える魔法を自分の手で調べ上げていたのである。基本とは言え今のセレスティーナには攻撃系は大量の魔力を必要とし、荷が重いだろう。そのため魔力消費量を減らす効果を持つ【魔力操作】のスキルと、【魔法耐性】のスキルを狙い訓練を続けている。

二兎を追う者は一兎をも得ずと言うように、両方のスキルを手に入れるにはかなりの魔力と修練が必要となる。その所為か、魔術士の多くは先にレベルを上げて保有量を増やし、その後から訓練を始める者が多かった。だが、そのレベル上げはセレスティーナのような貴族生まれには難しく、実戦を行うにしても魔力が足りずに攻撃魔法が二〜三回しか使えない。

レベルの高い魔物を倒せば一気に個人レベルは上がるが、それに挑むにはあまりに無謀過ぎた。

また、仮に魔力の保有量が上がると、今度は訓練に強力な魔法を使用しなくてはならなくなる。魔力が増えるという事は、同時に保有魔力が減り辛くなるという事であり、大幅消費が可能な魔法を覚えなくてはならない。最も効率良く行うのが攻撃魔法なのだが、攻撃魔法を無闇に撃ちまくる訳には行かないだろう。

この訓練が近い内に頓挫するのは間違いない。

「さっそく、今日から訓練ですか？　セレスティーナさん。倒れないように自己管理も重要ですよ？」

「あっ、先生！」

「せ、先生？」

「はい♪　私に魔法を教えてくれましたから、先生です。いけませんか？」

「まぁ……別に良いですが、僕は先生と呼ばれるほどの事はしていませんがねぇ？」

「いいえ！　充分な事をしてくださいました。私はこれで前へ進む事が出来るのですから！」

おっさんは、知らない内に、彼女の人生に大きな影響を与えてしまった。

多少戸惑いながらも、彼はボサボサの髪を掻きながら苦笑いを浮かべる。

「魔力操作を覚えてからが大変になりますよ？　いずれ魔力を消費する事が困難になるからなぁ～」

「それでも、やらないよりはマシですよね？　私は先生のような魔導士になりたいのです」

「……いや、それは少し凶悪ですって。まぁ、目標がある事は良い事ですが、何故に僕なんでしょう？　正直、ロクでもない魔導士なのは自覚しているんですがねぇ……」

ゼロスは、自分がいかに規格外なのか今一つ良く理解してはいない。

おっさんの認識は、『これ、チートじゃん！　あんまり人に誇れないなぁ～』程度にしか考えていなかった。だが、セレスティーナから見れば、この国の全魔導士よりも遥かに優れた賢者であり、魔法に関するエキスパートにして探究者。

羨望と尊敬の念を送るには充分なほどの、優秀で偉大な魔法使いなのである。

何より、彼女自身の抱えていた問題を鮮やかに解決し、更に欠陥を抱えた魔法術式を遊び半分で効率の良いものに書き換えた姿は、最早心酔すべきものであった。

セレスティーナに『魔導士はこうあるべきだ』の理想を見せつけてしまったのだが、そんな事になっているなど、ゼロスは全く気付かないでいた。

「分からない事があれば教えますが、魔法の作成には気を付けないといけない。何しろ、失敗したら自分だけでなく周囲に被害が及ぶから、充分なスキルとレベルが必要になりますよ」

「まだそこまでは行けませんが、いずれはその高みに至りたいと思っています。これからの御指導、お願いします！」

「へっ？　待ってください。これから？　どういう事……」

「御爺様から聞いておられないのですか？　私の家庭教師になってもらおうと頼んでみるという話でしたから、てっきり御爺様から話をされていたものと……」

「聞いてない……。まぁ、無職でいるよりはマシですがね」

四十路のおっさんが無職なのは世間体が悪い。何より結婚願望があるため、定職を持っているに越した事はない。ただ、結婚したいなら自分の身なりくらいは何とかしろと言いたいところだ。

傍目には、ただのだらしないおっさんにしか見えないのだから……。

「家庭教師って、期間はいつ頃までですかね？」

「大体……そうですね。私の夏季休暇が終わるまででしょうか？　二ヶ月したら、私は学院に戻らねばなりません……」

「学院？　魔導士の学校があるのですか？」

「はい、【イストール魔法学院】といいまして、貴族の子供達がそこで学び魔導士の道へ進むのです。ただ、色々と派閥がありまして……」

「面倒な学院ですね。まともに魔法を教えているのか正直に言ってあやしいし、あの教本の魔導書を見る限りでは、かなり難航している気がするなぁ」

「私も、先生とお会いした時からそう思うようになりました。あそこで学ぶ必要があるのでしょうか？」

「パターンからして、恐らく貴族内での繋がりを作るための社交の場となっているのでは？　魔導士の修練は二の次で……」

子供達にまで派閥を押し付けるこの国の情勢に対し、ゼロスは軽く眩暈すら覚えた。

多感な時期に派閥のような枠組みを押し付けるのは一種の洗脳教育であり、正直あまり良い気分ではない。当然、陰湿な虐めなどもあるだろうし、何よりも子供達の精神が歪みかねない。


「お嬢様、逃げてください！」

「ブラッド・ベアーが！」

突如話を遮り、騎士の二人が慌てて駆け寄って来る。

その後方には、漆黒の体毛を持つ巨大熊が咆哮を上げていた。

＝＝＝＝＝＝＝＝＝＝＝＝＝＝＝＝＝＝＝＝＝＝＝＝
【ブラッド・ベアー】レベル15
ＨＰ　600／600
ＭＰ　103／103
＝＝＝＝＝＝＝＝＝＝＝＝＝＝＝＝＝＝＝＝＝＝＝＝

「早く避難を！」

「【鋼の縛鎖】」

――グォオオオオッ!?

すかさず捕縛魔法でブラッド・ベアーを捕縛する。

そしてゼロスは、とんでもない無茶を言い出す。

「セレスティーナさん、攻撃魔法は覚えましたね？」

「えっ？　お、覚えましたけど……何故ですか？」

「アレに試し撃ちしてみましょうか。運が良ければレベルが上がるかもしれませんよ？」

「無理です！　私の魔法では全力でも三回くらいしか……」

「それだけあれば充分だよ。【天魔の祝福】」

【天魔の祝福】は魔法攻撃を大幅に引き上げる、ゼロスオリジナルの付与魔法である。

仲間の魔導士にこの魔法を掛ける事により、殲滅戦を繰り返してきた。何しろ威力が一時的に十倍近く跳ね上がるのだから、その破格な効果は彼等の常識の埒外であった。

「で、では……紅蓮の焔よ、敵を焼き尽くせ、【ファイアーボール】！」

――――ドゴオオオオオオオオオオオオオオン!!

轟音が響き渡り、砂塵が吹き荒れる。

とても基本魔法の威力とは思えない凶悪な威力で、ブラッド・ベアーは炎に包まれた。

「「えぇえええええええええええええっ!?」」

強化された魔法の威力に驚嘆したのは、当然騎士の二人とセレスティーナであった。

「止めを刺してあげてください。今度は別の魔法で」

「ハ、ハイ!?　風よ、斬り裂け、荒ぶる刃、【エアーカッター】!!」

風の魔法は本来であれば威力が弱い。しかし、強化された【エアーカッター】はブラッド・ベアーを真っ二つに両断した。普通、あり得ない威力である。

レベル5のセレスティーナに、レベル15のブラッド・ベアーが倒せる訳がない。

だが、その常識は非常識のおかげで覆された。

「ひぃやっ!?」

突如襲った眩暈に崩れ落ちそうになったセレスティーナを、ゼロスは咄嗟に抱える。

急激にレベルが上がった事により、耐性のない彼女は立ちくらみを起こしたのだ。

＝＝＝＝＝＝＝＝＝＝＝＝＝＝＝＝＝＝＝＝＝＝＝

【セレスティーナ・ヴァン・ソリステア】レベル11

ＨＰ　205／205　ＭＰ　151／211

【スキル】

火属性魔法　10／100　水属性魔法　1／100　風属性魔法　5／100

地属性魔法　1／100　光属性魔法　1／100　闇属性魔法　1／100

【身体スキル】

魔力操作　3／100　我慢　50／100

【個人スキル】

忍耐　50／100

＝＝＝＝＝＝＝＝＝＝＝＝＝＝＝＝＝＝＝＝＝＝＝

『これは意外にレベルが上がりましたねぇ〜。ボーナス効果でしょうか？』

セレスティーナのレベルは一気に上昇し、おっさんは初めてレベルアップの瞬間を目撃した。

「レベルが11に上がりましたよ。これで魔力の保有量が大幅に上がったようですし、出来る事の幅が広がりましたね」

「えっ？　いきなり六つも格が上がったのですか!?　信じられません」

「実戦で得たレベルアップですから当然かな。何しろ格上の相手だったたからね」

「は、はぁ……？」

セレスティーナは実感がないようである。何しろ魔法強化魔法で威力を上げて、二回しか魔法を行使していないのだから当然だろう。

だが、彼女は確かにブラッド・ベアーを倒し、レベルを上げたのだ。

「……もう一匹くらい出て来ないですかね？」

「「「やめてください!!」」」

騎士達を含めて一斉にツッコミを入れる。

その頃クレストンは何をしていたのかというと……。

「おめでとう、ティーナ。お前はとうとう、自分の手で魔物を倒す事を成し遂げたのじゃ……」

馬車の陰で孫の成長に喜び泣いていた。どこまでも孫娘に甘い爺さんなのである。


その後、彼等はブラッド・ベアーの解体を済ませ朝食を摂ると、再び街に向けて馬車を走らせる。

この辺りで最大の街、【サントール】へと……。

第四話　おっさん、居候になる

馬車で街道を走り続け、三日目。ゼロスは、馬車の窓から見える街の景色に目を向けていた。

一週間ほど広大な森をさすらい、街道に出れば盗賊と鉢合わせ。人とのふれあいなど、クレストンとセレスティーナ、御付きの騎士二人くらいなものであった。

山を下り、その道なりから見える街の景色は、ゼロスにようやく人らしい暮らしを与えてくれるものと予感させた。

「アレが……サントールの街ですか。予想よりも大きな街ですね？」

「うむ、我が領内最大の街で、商人達の交通の要所となっておる。これほどの規模となると、後は王都くらいのものじゃろぅて」

「大河もあるのですか？　船での流通も盛んなようですね」

「オーラス大河を下ると、大体二週間で王都に着くのぅ。陸路より速いが、船旅は風任せのところがあるので、さほど変わらん」

サントールの街は山間を切り開いた土地で、直ぐ傍に大河が流れていた事から、古くから貿易の要所として栄えた。同時に天然の要塞としての面があり、難攻不落の要塞都市とも言われている。

幾度の戦火に見舞われながらも陥落する事はなく、それどころか多くの敵の血を流した事から、【血塗られた都市】と侮蔑を込めた別称で言われる事がある。

無論、これは攻め込んだ国の商人達が言っている事であり、この街を陥落させるにはあまりにもリスクが高い。更に言えば、この街に攻め込む決断をした王は全て無能呼ばわりされ、多くの犠牲を払ったにも拘らず負けて逃れてきた事から、『賢き王はサントールには攻め込まない』と諺が出来るほどである。だが、そこに住む住人達は治安を重視した政策で、常に身の安全が保障されている事から、世界で最も安全な街と有名であった。

名声と悪名を二つ持つ、それがこの街サントールである。

「この山の麓に門があり、そこから儂の住む別邸に向かう」

「隠居したのですよね？　現公爵と会うような事はありませんかね？」

「何じゃ？　そなたほどの魔導士が、公爵程度に腰が引けるのかのぅ？」

「正直、会いたいとは思いませんよ。（下手に目を付けられるのは遠慮したいからなぁ……）」

「本当に権力者が苦手なのじゃな。儂も元とは言え公爵じゃぞ？」

「いえ、そういう訳ではないのですが、やはり権力者の目に留まるのは遠慮したいかと。実際好き勝手に生きてきた手前、万が一にも権力抗争の真ん中に巻き込まれるのは避けたいところといった感じでしょうか」

「確かに面倒に巻き込まれるのは問題じゃな。ティーナの家庭教師として雇っておきながら、いつの間にか派閥争いに巻き込むのは気が引ける。流石にあ奴でもそんな無茶はせんだろうが、出来る事なら会わぬ方が良いじゃろぅ」

未だにゼロスの実力を把握出来ない以上、愚かな選択はしたくはない。

何よりも可愛い孫娘の教師である。余計な足枷を嵌めて逃げられるのは得策ではなかった。

ゼロスがいる限りセレスティーナは笑顔を向けてくれるのだから、隠居の老人はこれ以上に望むものはない。全ては可愛い孫のためであった。

「よし、もう少し火を抑えて……。うぅ……安定しないです」

魔力操作の訓練中であるセレスティーナは、真剣に【灯火《トーチ》】の魔法を操作していた。

火を弱めたまま持続させたり、ワザと大きめの火にしてコントロールしたりと訓練に勤しんでいた。今まで出来なかった事が可能になり、魔法訓練に没頭している。

これまでの遅れを取り戻そうとするような彼女の表情は実に真剣で、それでいて楽しそうであった。

「そう言えば、そなたに土地を与える約束であったな。静かな場所が良いとか……」

「魔法の開発実験もしますし、基本は自給自足で生活したいので広い方が良いですかねぇ。街から多少は離れていても往復出来る距離が望ましいですが、そこまで我儘を言うのはどうも……」

「なに、隠居した身とはいえど公爵を助けたのじゃぞ？　その程度であれば構わんじゃろ」

褒美とはいえ、我儘を押し付けているようで気が引けるゼロスだが、彼はどうしても生活出来る土地が欲しい。根なし草になるのは人としてどうかと思うが、せめて人並みの家庭を築けるだけの家を持ちたいのだ。そのためのチャンスがあるなら喜んで乗る。

「ところで大量の魔石があるのですが、どこで売れば良いのでしょう？　うっかりゴブリンの集落に踏み込んでしまい、やむなく殲滅したのですけど……」

「お主……まさかとは思うが、ファーフランの大深緑地帯で迷ったのではないか？」

「オークも森を埋め尽くすほどいましたね……。倒しても、倒しても切りがありませんでしたね。ははははっ……ウンザリしましたよ」

「あの魔境から生きて戻って来るとは……。明らかにこの国の奴等より格が違うのぅ……。呆れてものも言えん」

ファーフラン街道を沿うように広がる大深緑地帯。数多くの魔物が生息し、弱肉強食の摂理の中で生きる最悪の魔境。決して生きて帰る事が出来ないとまで言われる危険な領域であった。

「魔石は儂の知り合いの専門店に売りに出す方が良いじゃろぅが、どれほど持っておるのだ？」

「さぁ？　数えるのが馬鹿らしくなるくらいですかね？　百は超えていたと思います」

「一財産じゃぞ？　この辺りのゴブリンからなぞ魔石は滅多に獲れぬからな」

魔物の体内で生成される魔石は、自然界の魔力が濃い場所に生息する魔物からしか獲る事は出来ない。もしくは強力な魔物の体内からなのだが、その魔物を倒すにはかなり苦労する事になる。何しろ魔石を生成している魔物は大抵強く、同じゴブリンでも魔石の有無では強さの幅が異なる。

この辺りに出没するホブ・ゴブリンと、深緑地帯のゴブリンが同等の強さなのだから、強さの開きに極端な差が出る。そんな魔物の集落を壊滅させたゼロスの実力は常識を逸脱していた。

「専門店ですか……。察するに、魔導具を製作しているような店ですか？　魔導士としては少し興味が湧きますすね」

「うむ。魔導具製作に魔石は欠かせぬし、何より需要が高いから幾らでも欲しがるじゃろぅ」

「そうなると、ワイヴァーンの魔石なんかは……」

「しばらくは遊んで暮らせるぞ？　何しろ破格の魔力が込められておる。王族や他の魔法貴族共が欲しがるじゃろぅて」

「……自分で使った方が良いですね。下手に売り捌いたら騒ぎになりそうだ」

「多才じゃな。そなたは魔導具も製作するのか？」

「たまに、ですがね。今は設備がないですし、畑仕事の合間に作ってみようかと思いまして」

大賢者の職業はダテではなかった。

問題は『この世界での製作が可能か？』なのだが、今まで作ったアイテムの数々が、製作レシピとして脳裏に記録されている。ましてや魔法陣の上で金属を操り製作するので、火傷の心配もない。魔導錬成のやり方が記憶に刻み込まれており、恐らくは製作が可能だと思っている。

真っ当な職人には迷惑な話だ。

「……あまり、作ったヤツを売らない方が良いか。他の職人が首を吊りかねないですし……」

「お主……多才じゃが、傍迷惑じゃのぅ」

大賢者様は職人には迷惑な存在だった。

迂闊に強力な魔導具を製作すれば、他の魔導具職人である魔導士が路頭に迷う事になるだろう。名前を売る気はないので販売はしない事を心に決めるのであった。

馬車はいよいよサントールの街に入る。

街の門の前で簡単なチェックを受けるが、馬車自体にこの街を治める公爵家の家紋が刻まれており、何の問題もなく通り過ぎる事が出来た。

「凄いですね……街自体を城門で囲むのは良くありますが、これは規模が違う」

「多くの民が行き交う要所じゃからな、厳重に守らねば意味はなかろう？　民は儂等貴族が守らねばならぬからな」

「そう思ってくれる貴族がどれだけいる事か……。まさかとは思いますが、初夜税などと言い他人の妻を寝取る輩もいたりするのでしょうか？」

「おるな。そ奴が魔導士の再頂点である宮廷魔導士の筆頭の一人じゃからのぉ……、嘆かわしい事じゃ」

「あ〜……やっぱりいるんだ。何故国は処断しないんです？　民あっての国で、別に王族や貴族がいなくても民は生きていける事を知らないんですかねぇ？」

「優秀だったからじゃが、お主を知った今ではとてもそうとは思えん。ただの矮小な俗物じゃよ」

当時、セレスティーナに家庭教師として優秀な魔導士を探していたクレストンの元に、その筆頭魔導士が現れた。教師となる魔導士を紹介する代わりに金を工面して欲しいと言われ、背に腹は代えられず金を用意したのだが、紹介された魔導士は原因も分からず途中で匙を投げ、結局のところ彼女は魔法を使えなかった。そんな彼女を救ったのが、どこの馬の骨とも分からない無名の魔導士である。しかもその魔導士はあまりに有能過ぎて、しかも権力を求めてはいない。

比べる事自体が間違っていると思うが、高みを目指すと吹聴しながらも権力に固執する俗物と、権力すら要らぬと鼻で笑い高みに辿り着いた魔導士とでは、高潔さに差があり過ぎた。

「ティーナは高みへと辿り着けるかのぅ……」

「それは努力と才能次第では？　結局は死ぬまでその情熱を持ち続ける事が出来るかに掛かっていますし、個人の資質や成長で変わる訳ですから、一概には何とも言えませんよ」

「そうじゃな。だが、努力は決して無駄にはなるまい？」

「努力は人を成長させます。個人的に言えば、好奇心が強いみたいですからかなりの実力を持つ事になるのでは？　僕みたいに、うっかり危険な研究に足を突っ込まない事を祈るばかりですよ」

「お主はうっかりで危険な研究をするのか？　危うい探究者じゃな……」

思い出すのはオンラインゲームの魔法実験。おっさんは年甲斐もなく暴走し、数多くの馬鹿な真似をしでかしている。この世界はその馬鹿な真似を現実にする事が可能で、彼女にはそんなおかしな方面に踏み込んで欲しくはない。

おっさんの黒歴史を現実にすれば、危険な凶悪犯罪になってしまうだろう。

セレスティーナの将来を思いつつ、ゼロス達を乗せたクレストン所有の馬車は、街の中を進む。


サントールの街並みは全て煉瓦と漆喰で固められた建物が並び、街を行き交う人々は日々の生活の中で懸命に生き、その活力は賑わいとなって街に溢れている。

時折商人の馬車とすれ違い、中には傭兵のような武器を携えた者達の姿も見られる。

広い街並みではあるが、馬車は何故か森の中へと進んでいた。

「何故、街の中に森があるんですか？　しかも中央付近ですよね？」

「この先は険しい岩山でのぉ〜、その周囲に森が広がっておるのじゃ。儂の別邸は、そこの中心にあるのじゃよ。領主邸は街の中じゃがな」

「何とも……街自体が天然の要塞か。周囲は防壁で二重に囲み、後方は岩山で塞がれ、前方は大河な上に段差が高過ぎて攻め難い。船で来た商人は、どう荷物を運んでいるのか……」

「滑車を使って引き上げるか、後は遠回りになるが指定の通路を上って運んでおる。商人はこの土地で重要な金の流れを作るからのぅ」

「下手に税金を上げれば反発されそうですなぁ」

「欲に溺れぬ限り大丈夫じゃろぅて、その辺りは弁えておるわい。まぁ、ゼロス殿の言うように、貴族の中には税金は自分の金と思い込んでいる者達も多いのは確かじゃな。一部の商人を懇意にし、権力にものを言わせて賄賂を受け、贅沢三昧の者も少なからずいるじゃろう」

その中で、ソリステア大公爵領は健全な領地運営をしていた。

「問題は儂の息子が権力に溺れん事じゃな。些か調子に乗っているところもあるしのぅ……使用人の娘に手を出すのはまだ良いとして、訳ありの娘や人妻などにも手を出す始末じゃ。裏で色々やらかしておる」

「……男の甲斐性とか言ってそうですね」

「儂の目の前で堂々と言いおったぞ？　正直、孫が何人おるか見当もつかん。分かっているだけでも五十人ほど手を出しておるから、些か問題じゃ」

「家督争いで血を見ますね……。遺言や後継者は、はっきり決めておいた方が良いですよ？　後々面倒になりますから。僕は面倒に巻き込まれた立場でしたけど」

「どこの娘かは知らぬが、時折、金をせびりに来る。証拠がないのじゃから直ぐに追い返せるのが幸いじゃ」

現公爵は別の意味でやり手だったようだ。

家督争いに巻き込まれないようにしなくてはいけないと、内心警戒レベルを上げる。

「見えて来たようじゃな」

「おぉ……中世の如き建造物。まさか、貴族の屋敷に泊まる日が来ようとは思いもしませんでした」

別邸であるクレストンの屋敷は飾り気のない小さな城のようであった。所々にバルコニーが見られるが、彫刻や金細工のような華美な装飾は施されていない。

外敵侵入を防ぐための堀に掛けられた橋を進み、門を潜るとそこは別世界のように整備されていた。森の古城と言うべきか、この地に相応しい落ち着いた雰囲気を感じられる。

「向こうは、庭……いえ、畑ですか？」

「大抵の野菜類は自給自足で賄っておる。肉は外から購入するが、鶏肉は別の場所で育てておるな」

「広いですね。後で農作業を手伝わせてくださいよ、こう見えて農業は得意ですから」

「貴族の暮らしなど、さほど金は回って来んからのぅ。領地の整備などで色々要り用じゃし、精々見た目をそれらしく見せる程度で充分じゃ。自給自足も無駄に金を使わんための拙策じゃよ」

「充分だと思いますね。実に良さそうな畑ですよ、何を栽培しているのか楽しみですな」

城は大公爵家と言う割にさほど広くはなく、その殆どが庭と畑となっていた。

ゼロスには実に好ましい心意気である。権力に死ぬまで縛られない事の、ある種の潔さがそこにあった。おっさんの好感度がアップする。

「ティーナよ、着いたぞ？」

「えっ？　もうですか？　まだ魔力は残っているのですが」

「荷物は自分で運ぶのじゃぞ？　使用人達は仕事で忙しいのじゃからな」

「分かりました。御爺様」

意外と躾が厳しいようだ。だが、これが大公爵なのだと思うと、何とも微笑ましい。

「そなたの部屋を用意させよう。明日からの話もせねばならんからな」

「家庭教師の、ですか？　まぁ、僕の出来る限りは教えますが、どんな未来を思い浮かべ努力するかは彼女次第ですよ？」

「それで良い。儂はそなたを縛り付けようなどとは思わぬし、敵対する気もないわい」

「僕としても、それは避けたいところですよ」

ワイヴァーンを単独で倒す魔導士など前代未聞であり、何よりも剣の腕もたつと来れば引く手数多だろう。そんな魔導士は自由に生きるために権力を欲してはいない。

押し付けて逆に敵国に就かれるのは何としても避けたいのだ。気楽な交友関係はクレストン自身も望んでおり、そのためにも権力の話は避けねばならない禁忌になった。

「そう言えば、先生は杖をお持ちにならないんですね？」

「僕は、杖ではなくこの指輪が発動媒体なので、杖は使いません。これなら剣も振るえますしねぇ」

「指輪ですか……。では、その指輪はミスリル製なのですか？」

「いえ、【メタルグラードス】の胆石ですね。ミスリルよりも硬く、金属の性質を持っているので加工もしやすい。何よりも、魔力伝導率が恐ろしく高いのが特徴ですよ。

まぁ、あの魔物の胆のうに溜まったミスリルが変質した物ですから、ミスリルでも構わないと思いますけどね」

メタルグラードス。火山地帯に生息する金属を喰らう魔物であり、その体内から様々な金属が獲れる事で有名である。食べた鉱石がそのまま鱗に変質するので良い資源として狙われるのだが、あまりに危険度が高く、竜種であるために恐ろしく強くて頑丈なので、武器による攻撃は効果が薄い。

更に縄張り争いを起こすほど好戦的で、侵入者は容赦なく排除に掛かるモンスターである。

空を飛ばないだけで、ワイヴァーンよりも遥かに恐ろしい魔物であった。

「……正直、何がお主をそこまで駆り立てたのか聞くのが恐ろしい。殺伐過ぎて、逆に平穏に生きたがるのが良く解るわい」

「その認識は正しいですよ。正直、戦いの中に身を置き過ぎたんです。静かに暮らしたいというのは、ある意味で大陸を支配したいという野心家の願望並みに高いと思いますね」

「納得出来てしまうのが悲しいところじゃな。生き急ぎ過ぎて疲れたのじゃろうて……」

妙に納得されてしまった。

ゼロスとしてはゲーム内で暴れ回っただけの話だが、この世界の住民に話すにはデジタル世界での事を起点に置いた方が良い。しかしながら、その思い出す限りの戦闘の話は逆に殺伐過ぎた。

その所為か、ゼロスは戦い続ける事に疲れ果てた魔導士として認識されてしまったのである。

「お主、そう言えば荷物はどうしたのじゃ？　随分と身軽じゃと不思議に思っておったのだが」

「僕は時空魔法が使えますので、荷物は別の空間に放り込んであります」

「便利じゃのぅ。時空魔法など伝説で聞くものばかりなのじゃが……」

「まぁ、荷物を収納するだけですけどね。旅の時は便利ですが、些か効率が悪いんです」

「作り変えたりはせんのか？」

「何分、古い魔法なので術式が異なって解読不可能なのです。余生はこの魔法の研究をと考えていましたから」

「太古の魔法か……そのようなものを見つけ出すとは、凄まじい人生じゃな」

無論インベントリーの事だが、正直このシステムが何故働いているのか皆目見当がつかない。

それ故に太古の魔法と言っておけば納得させる事が出来た。

「その魔法は複製出来るのかのぅ？」

「残念ながら、恐ろしく高密度の魔法式なので手を出せず、更に術式の文字が異なるので解読も不可。ついでに何やら防御機能があるようで、一度潜在意識《イデア》に刻んだら複製が出来ないようです」

「いったい、どこで見つけたのじゃ？　もしかすれば他にあるやもしれん」

「どこかの戦場で戦っている時に地面が陥没しまして、その後に魔物と戦いながら彷徨っている内に小部屋で発見したんですよ。後は命懸けの脱出で気付けば山の中を一人で歩いていました。

その後一週間は憔悴のため寝たきりになり、正気を取り戻した時には仲間と馬車に揺られ別の戦場に向かっていましたから、今でも当時の記憶はハッキリ覚えていないんですよ」

「聞かねば良かった。どれだけ過酷な世界を巡って来たんじゃ……」

口から出まかせ出放題。そこまで言っておけばあまり深くは訊かれないだろうという判断だが、逆にセレスティーナは瞳を輝かせ尊敬の眼差しを送っていた。

嘘を吐いた分だけ、その純真な視線が酷く心に突き刺さる。

聞く者の感性が異なれば、その捉え方も異なる良い例であろう。

その後は魔導士の基本となる簡単な訓練方法を説明しつつ、屋敷の中へと入って行った。

玄関ホールに入ると、そこは天上が高く、品の良いシャンデリアが吊るされている。

壁面には絵画が僅かに掛けられており、申し訳程度に飾られた花瓶に生けられた花が、実にこの屋敷の主の心根を表していた。余計な調度品は不要という事だろう。

そこが寧ろ芸術的品格があり、森の古城という条件にマッチしている。

「儂等は荷物を置いて来る故、そなたの部屋の案内は家臣達に任せる」

「お世話になります」

「なに、命の恩人にこの程度の事は当然じゃ。そなたは遠慮なく寛いでくれ」

「お言葉に甘えます。しばらく屋根のある場所で寝食をした事がなくて、逆に待遇が良過ぎて恐縮ですよ」

「本当に苦労しておったのじゃな……。クッ……」

何故か泣かれてしまった。

「着替えは用意させよう。先に寝室に案内させてもらうぞ？」

「屋根があるなら馬小屋でもありがたいですね。久しぶりに、ゆっくり眠れそうです」

「お主、波乱万丈過ぎるぞ？　何がそこまで、艱難辛苦に突き動かすのじゃ……」

「さぁ？　気付いたら魔物に囲まれているなんて良くありますからね。考えた事すらありませんよ」

「本当に難儀な人生じゃな……。神の試練にしても酷過ぎる」

「神は敵だと思っていますから、天罰なのではないでしょうか？」

事実、女神の所為で死ぬ事になったのだから、敵である事には間違いない。

「では、ここで失礼させてもらうぞ？　何しろ隠居の身とは言え仕事はあるからのぅ」

「えぇ、お世話になります」

「先生。これからよろしくお願いしますね？」

「そうですね。僕の知っている基礎的な事を教えましょう。生かすも殺すもあなた次第ですが」

「絶対に生かしてみせます！　先生に出会えた事が、私にとって最高の幸運ですから」

「気負わずにゆっくり行きましょう。焦ったところで上手く行く訳ではないからね」

「はい！　では先生、また後ほど」

セレスティーナは元気良く手を振り、その場を後にする。

一人残されたゼロスは途方に暮れる事になった。

『はっ!?……この後、どうすればいいんだろうか？　つーか、僕はどこへ行けばいいんだ？』

いい歳こいたおっさんは、ただボンヤリと辺りを見ているしかなかった。

次第に場違いなところに来てしまったと不安になるゼロス。

「ゼロス様、お迎えに上がりました。どうぞこちらへ」

「あっ？　えぇ……お手数をお掛けします」

現れたナイスミドルの執事に誘われ、彼はその後を追うように移動する。

玄関フロアから左に入り、階段を上がった一番左端の部屋に彼は案内される。扉を開き中へ入ると、そこは少し手狭だが充分に客分を泊める事が出来る部屋であった。

何より嬉しいのはベッドがある事だろう。その感触は野宿の時とは比べ物にならないくらいの弾力を持っている。そして部屋から見える景観が良い事から、この部屋が特別であると思われた。

「良い部屋ですね。窓から見える景色も実に長閑《のどか》で、美しい……」

「ありがとうございます。この部屋は、この別邸で一番の見晴らしの良い部屋でございますれば、特別な客人にお貸しするようにしております」

「特別？　僕が、ですか？」

「えぇ、あなた様はお嬢様の問題を解決されたばかりか、大旦那様の御命を救われました。このくらいの事は当然でございましょう」

「既に破格の待遇!?　ただ盗賊を叩きのめしただけなのに……」

あまりの待遇の良さに、ゼロスはただ恐縮するばかりであった。

「何を仰います。あなた様は稀代の魔導士にして、最高の誉れを手にされたのですぞ？　逆にそのような方をおもてなしせずにお返ししたとあれば、我が公爵家の名折れでございます」

「……何か、エライ大事になっている気がするんですけど……」

「この程度の事など些細な問題ですよ。あなた様はそれ以上の事をなさったのですから」

ゼロスがした事と言えば、盗賊を撃退した事と魔法式を改良しただけである。

ただそれだけの事が、まさかここまで待遇が良くなるとは思ってもみなかった。だが、これが当事者からの視点で見ると話は変わってくる。

いつまでたっても魔法が使えないセレスティーナは魔法が使えるようになり、クレストンからすれば自分だけではなく、最愛の孫娘の命を救ってもらったばかりか問題も解決したのだ。しかも、ついでに孫娘のレベルを上げ、更には家庭教師を引き受けてくれると言う。しかも、魔導士の頂点である大賢者にだ。彼等にしてみればこの待遇すら物足りないと思っている。

完全に価値観の異なる齟齬から生まれた事であった。

「とんでもない事になっている気がする。たかが一介の家庭教師ですよ？　僕は……」

「各地を転戦した実力派の大賢者と聞いておりますれば、この程度では採算には合いません」

「ただの趣味に没頭した馬鹿者なだけですから、そこまで恐縮されても困りますよ」

ここでもゼロスは大きな勘違いをしていた。

そもそも魔法文字で構築された魔法式は、未だ解読する者がいない未知の領域。それを理解し、更に現存の術式を最適化するなど今の魔導士には不可能であった。

彼等の研究とは、現存する魔法式に適当に魔法文字を組み込み、それが発動するか否かを判別するだけのものなのである。

そんな世界に魔法文字の意味を理解し、物理法則を組み込んだ上で更なる強化をするだけでなく、自らのオリジナル魔法を使いこなす魔導士など世界が見逃す筈がない。だが、そんな権力抗争を毛嫌いしているからこそ、クレストンはこうして出来る限り質素にもてなしていたのだ。

そのもてなしに、一般人と貴族の間に大きな溝がある事は知らないようだが……。

何にしても屋敷でのゼロスの自由は約束されてはいるが、それに気付くほど彼は権力者に詳しくはなかった。自分の事だけで手一杯なのだ。

「それと、こちらは着替えになります。我等使用人の衣服で申し訳ございませんが、何卒ご了承ください」

「いえ……重ね重ねの御厚意、ありがたく頂戴いたします」

「これから夕食となりますが……。その、湯浴みをした方が宜しいでしょう」

「湯浴み？　お風呂があるんですか!?　マジで……」

「勿論ですとも。その……些か御体が汚れているようでして、湯浴みをして綺麗になされた方が宜しいかと」

「そうですね。三日前に河で体を洗う程度しか出来ませんでしたから、お風呂で汚れを落とすのは実にありがたい。直ぐに入れるのでしょうか？」

「はい。ところで、湯船に浸かる作法などは、御存じでしょうか？」

「知っていますよ。湯船の前に体を洗うのは常識です」

風呂は貴族の贅沢とされ、一般市民は公衆のサウナで汗を流し、水風呂に入るのが通例であった。

ましてや風呂に入るための作法を知っているとなると、それなりに裕福な立場と考えられる。

この時点で、ゼロスは風呂に入れるほど裕福な生まれとみなされたのであった。

そんな事を思われているとはつゆ知らず、おっさんはただ感無量だった。

「では、ご案内いたしましょう」

執事に連れられて向かう先は、一階の奥まった場所であった。

どうやら屋敷の主がこの場を利用するために、回廊には柔らかい絨緞が敷かれていた。

所々に飾られている絵画に目を奪われながらも、ゼロスは浴場に到着する。

「ここが浴場になります。旅の疲れを存分にお癒しください。タオルはこちらになります」

「ありがとうございます。いやぁ～、風呂は命の洗濯ですよ。久しぶりにゆっくり出来そうだ」

嬉々として脱衣所に向かい、ゼロスは着ている装備を外してインベントリーに収納すると、タオル一枚を持って浴場に入った。

浴場は品の良い彫刻と僅かな植物で飾られ、どこかの温泉にでも来た気分になる。

だが、そこには既に先客がいた。

「あっ…………」

「えっ!?」

今正に湯船から上がろうとしたセレスティーナと、全裸のおっさんが鉢合わせしてしまった。

「「…………………」」

一瞬だろうが、長く感じるような沈黙が流れた後……。

「い、いやぁあああああああああああああああっ!?」

「な、何でだぁああああああああああああああっ!?」

当然、両者の悲鳴と叫び声が上がった。

◇　◇　◇　◇

「ダンディスさん？　何をなさっているのですか」

ふいに女給に声を掛けられた執事……ダンディスは振り返ると、そこにはセレスティーナお付きの女給が困惑した顔で彼を見ていた。

「私ですか？　御客人を浴場にまでご案内差し上げたところですが……何か？」

「えぇ――――――っ!?」

驚愕の声を上げる女給に、ダンディスは一抹の不安を感じる。

「な、何か、不味かったですかね？」

「い、今は……浴場は、セレスティーナ様がお使いになっておられるのですが……」

「何ですとっ!?　まさか……」

その時、浴場から響く少女の悲鳴とおっさんの叫びが聞こえる。

「「…………………」」

少しの不注意で気まずい関係を作り上げてしまった。

浴場に駆け込もうにもどちらも全裸であり、この二人も入るに入れない。

その後、泣き続けるセレスティーナを、ダンディスと彼女が必死に宥める事になった。

ついでにエキサイトする爺馬鹿の説得もだが……。

この日の夕食は何の味もしなかったと、後にゼロスは溜息を吐いて語ったという。

第五話　おっさん、かてきょす

朝の食事は静かであった。

朝食は決まった時間に部屋に運び込まれ、それまでに起きていなければ強制的にベッドから叩き起こされる。ついでに食事も味が薄く、お世辞にも美味いという訳ではないが、さりとて不味いという訳でもない。何とも言えない中途半端な味に少し落ち込みつつも、今日からの事を考えるとおっさんは更に頭が痛くなる。

昨日、思いがけなかったハプニングでセレスティーナの全裸を拝観してしまったゼロス。

その結果、爺さんは血圧が上がるほどにエキサイトして迫り、ダンティスと共に必死で宥めるという試練を乗り越えたのであった。問題はその被害者にこれから会う事であろう。

何しろゼロスは魔法を教える家庭教師として雇われ、更に二ヶ月ほどこの古城に滞在する事になっている。正直、気まずい事この上ない。

それを思う度に、何度目かの溜息を吐くのだった。


「……とは言え、ここでこうしていても仕方がないか。セレスティーナさんの部屋に行くとしましょうかねぇ……ハァ」

何とも気が重い。ゼロスは彼女から借りた教本や資料を見て、この世界の魔導士は魔法式に関しての知識が低い事を実感した。オンラインゲーム時のプレイヤーの方がよほど進んでいると言っても良い。生産職も魔法製作は出来たのだから、この世界は魔法研究が停滞しているとみても良い。

「どこまで教えたら良いものか。少なくとも、僕達が作った魔法は教える訳には行かない事は確かだな……。ヤバ過ぎる。いや、【賢者の石】がないから製作は無理か、初期の積層型まででいいかな」

ゼロスの使うオリジナル魔法は燃費も良く同時に強力だが、製作方法に問題があった。

特に、広範囲殲滅魔法の威力はこの世界のレベルでは凶悪過ぎており、仮に戦争などに使われでもしたら多くの人命を無差別に奪う事になるだろう。

扱いに困る魔法が多く、とても他人に委ねて良いものではない事は確かである。

通常魔法である56音式は、高威力魔法を製作する時に広い【魔法紙】が必要になるが、ゼロス達【殲滅者】は違う。魔法紙の代わりに、魔法具製作に使う最高の素材、賢者の石を流用したのである。

当時は何を思ったかは知らないが、56音魔法文字ではなく、数字を表す10文字の魔法文字を使い、機械言語を流用した新たな魔法を生み出した。

厄介な事に、機械言語による膨大な数字の羅列を書き込める魔法紙が存在しないために、当時は複数の魔法式を記録出来る賢者の石を利用した。この賢者の石を大量に生成するために気の遠くなるような戦闘を仲間と共に繰り広げ、途中から大勢の同類を巻き込み、三年六ヶ月の時間を掛けて製作した魔法が【闇の裁き】を含む複数の禁術である。

魔法を潜在意識領域《イデア》にインストールした後、賢者の石は全て武器や秘薬などに利用し、現時点でゼロスはこの魔法を製作するなど不可能である。賢者の石は超激レア素材を複数必要とし、その素材がどこにあるかなど分からない。更に言えば一人でこの魔法を製作する時間を考えると、気の遠くなる作業を続けなくてはならない。

何しろ、殲滅魔法の製作時は正に地獄。何度も魔法紙に機械言語で魔法式を書き続け、賢者の石に刻んでは起動させて修正作業を続ける。延々と繰り返されるプログラム作成と、モニター越しにバグ修正を続けるデバッグ作業を同時進行で行うようなものだ。

新魔法も遊び半分で挑戦していなければ未完成で終わった筈だ。

魔法作成時は、苦しくとも楽しい時間だったからこそ可能だった訳で、一人で製作するなど無茶であろう。仮に誰かが作れたとしても強力な魔法は相応のレベルが必要となる。

新魔法は一部を除いて少なくともレベル500はないと行使出来ないほどに難易度が高い。たとえ使えたとしても一度で全ての魔力を消費し、威力の面でもさほど効果はないと思われる。この辺りは特に心配する必要はないだろう。

この世界の摂理を見る限り、魔法式を潜在意識《イデア》に刻み込んだだけでは上手く魔法は発動せず、充分な理解がなければ時折不発に終わる。魔法使用が可能となる身体レベルと、魔法行使に必要なスキルレベルも関係しており、その相乗効果によって使える魔法が決まるからだ。

行使する魔法を理解し、相応の修練により実戦を経験して鍛えられた者こそが、魔法を完全に使いこなせるのだ。セレスティーナを含めた魔導士レベルなら、理解は出来たとしても使いこなすために壮絶なレベル上げが必要となる。いずれは新魔法も魔法式が解読され、誰かが作り出し使用するかもしれないが、おっさんが魔法を伝えなければ今は誰も研究しようなどとは考えないだろう。

何よりも、恐ろしく手間の掛かる面倒な作業なだけに、二度とこの魔法を製作する気はない。リーマン時代に経験した締め切り限界寸前の過酷な修羅場など、思い出したくもなかった。


ゼロスは考え事をしながらも、隙間なく敷かれた石畳の回廊を歩いて行く。

彼は教師などやった事がなく、上手くセレスティーナに伝えられるか不安だった。

更に言えば昨日のハプニングの事もあり、出だしはあまり良好とは言えない状況だった。

別に少女に対して不埒な思いを滾らせる訳ではないが、相手がどう思っているのかは別問題である。それ故に気が重い。

魔法を教えるにしても、この世界の魔法は魔法紙一面に描かれた平面図の魔法陣を用いており、文明水準を考察してもゼロスの魔法の方が格段に優れている。

実は過去に一度大きな戦が起こり、後に【邪神戦争】と呼ばれるようになったこの戦《いくさ》で高度魔法文明は跡形もなくこの世界から消え去ったという。その影響は大きく、魔法に関する様々な資料や文献が消失したために、文化水準は著しく低下したのである。

今の魔法は旧時代の模倣で、古の魔法を再現するために遺跡から発掘された【魔法スクロール】や、旧時代の魔導書を基に日々研究が進められてはいる。

だが、未だに大きな成果が上がっていないらしい。失われた叡智の再現はかなり難航しているようである。これらの事実をゼロスは、セレスティーナから魔法の教科書（魔導書）と共に借りた歴史の教科書で知った。

他にもメガネのメイドさんに頼み、書庫から借りた歴史書で大まかな世界の歴史を調べ、昨夜は遅くまでこの世界の情報収集に励んでいた。何しろ事前情報は全く与えられず、いきなり異世界へと無責任に放り込まれたのだ。早い段階に情報を得ようとするのも無理なからぬ事だろう。

この世界で生きるためには、情報は必要不可欠なのだ。

「邪神の力は凄かったからなぁ～、滅亡寸前に追い込まれたのも頷ける。にしても、あの女神……アフターサービスぐらいしろよ！　何の予備知識もなく異世界に放り込みやがって……。同じ転生者の中に死人が出ていたとしても、おかしくないぞ……」

邪神に殺され、同時に引き金を引いた立場から、ゼロスは同郷の者の身を案じていた。

しかし、今は生きるのに手一杯で、他人に気を回す余裕はない。

そんな事を考えるうちに、ゼロスはセレスティーナの部屋の前に着き、躊躇いを覚えながらも勇気を出してドアをノックするのであった。

◇　◇　◇　◇　◇　◇　◇

朝食を済ませたセレスティーナは、自室で忙しなく悶えていた。

昨日のハプニングでゼロスに裸を見られ、彼女は羞恥に身もだえするほどに恥ずかしかったのだ。

何といっても多感な年頃の娘であり、生まれて初めて成人を過ぎた男性の裸を直視したために、彼女は悶々とした言いようのない感情に捉われていた。

『御爺様とは違った……』

敢えて『どこが？』とは言うまい。要するに、彼女はムッツリだったようである。

昨夜のゼロスの裸が脳裏にこびりついて離れないのだ。

「お嬢様……、そろそろ落ち着きませんと、ゼロス様に変な印象をお与えになりますよ？」

「でも、ミスカぁ～……やっぱり恥ずかしいです」

「お嬢様はそうでも、ゼロス様がそのように思っておられるとは限りませんよ？　あの方にすればお嬢様は子供に見えるようですし」

「そ、そうなのですか？」

ミスカの言葉に、セレスティーナは少なからずショックを受ける。

彼女の容姿は実に愛らしい美少女だが、ゼロスの好みはもう少し成長して、ついでに巨乳であればの話であり、現時点では彼女は子供にしか見えない。

これが十代後半の歳であれば状況は変わっただろうが、おっさんからしてみれば、今の彼女はお子ちゃま体型であった。

「まぁ、お嬢様が殿方に興味を覚えるのは良いですが、ゼロス様のような方はいけませんよ？」

「な、何故ですか？　先生は魔導士としての才もさる事ながら、自ら魔法を開発するような有能な方ですよ？　それに……性格の方も申し分ないように思いますけど」

「話を聞く限りでは、ゼロス様は一見、温厚で穏やかな方でしょうが、逆の視点から見れば恐ろしく冷血なお方です」

「冷血……？　とてもそのようには見えませんが？」

ミスカの言葉に対して、彼女は首を傾げる。

セレスティーナの目にはゼロスは優秀で誰よりも強く、他人に気配りを出来るような人物像で、とても冷血とはほど遠いように思えた。だが、ミスカの目から見れば別の印象が見えるようである。

「考えてもみてください。戦場を転戦して魔法の実験を繰り返していたのですよね？　それはつまり、自分の魔法の成果を確かめるためならどんな犠牲や危険も厭わない。寧ろ嬉々として危険な場所に飛び込んで行く危険な一面も持ち合わせているという事です。

戦場の戦士達や魔物はあの方にとっては良い実験材料で、情け容赦なく殲滅しては魔法の成果を確かめていたのですよ？　冷血と言うよりは冷酷……。かなり残酷な事も平気でするような危険な人物でもあります」

言われてみれば確かにそうである。セレスティーナは表面的な人物像を見ていただけで、視点を変えればゼロスは狂気的な行動を繰り返している事になる。優秀さに目が行き、異なる視点から見る事が出来なかった。それ以前に魔法が使えるようになって浮かれていたという側面もあるが、改めて言われると気付かされる事であった。

「ですが、静かに暮らしたいと言っておられましたけど……」

「歳を重ねて行くにつれ、思う事があったのでしょう。人はいつまでも同じ場所に留まっている訳ではありませんから」

「ミスカ、何故か、凄く重みがあるような気がするのですが……」

「経験の差です。お嬢様」

ミスカの表情にはどこか暗い影のようなものが見える。

「たまに思うのですが、ミスカは今、お幾つなのですか？　私が幼い頃から見た目が全く変わりませんし、以前から凄く気にはなっていたのですが……」

「女性に対して年齢を聞くのはいけませんよ？　たとえそれが同性でも……、ねぇ？」

聞いてはならない事だと悟るには充分な、危険な気配をミスカは放っていた。

彼女にとって年齢の事は禁句のようである。

――――コン、コン。

『失礼しますよ。ゼロスですが、入室しても大丈夫でしょうか？』

ノックの音と共に件の人物が現れ、セレスティーナの心臓は嫌でも早鐘を打ち鳴らすかの如く暴走した。再び思い出す昨夜の痴態。

「き、来たぁ～～～っ！」

「お嬢様、出来るだけ落ち着いて、なるべく挙動不審にならないようにしてください」

「が、頑張ってみましゅ……」

「あ、咬んだ……」

多感な少女は、先ほど自分が何に悩んでいたのかを再び思い出してしまった。

そして脳裏によぎるゼロスのヌード。

彼女の初日の授業は、こうして悶々とした状況の中で始まるのだった。

◇　◇　◇　◇

部屋に入室したゼロスは、借りた教本の中から一冊取り出し、それをセレスティーナに手渡す。

この別邸の書庫に置かれた古い魔法関連の書籍だが、比較的まともな魔法式の考察や理論が書かれた物で、教科書にはうってつけの基礎理論が記されていた。

と言っても、三割は理論から懸け離れた落書きにしか思えなかったが、必要なのは正しい知識が記されたページだけなので さほど問題ではないと判断し、教科書にする事にした。

「まぁ、今日は初めての授業なので、魔法文字の認識から始めようかと思います」

「魔法文字ですか？　未だ解読出来ない神聖文字だと言われているのですが、先生は既に解読出来るのですよね？」

「意外に単純ですよ。これは言葉であり、同時に回路でもあり、魔力に干渉し集めるための媒体にもなる便利なものかな。直ぐに覚えられると思いますよ？」

「それは知っていますが、本当に私に覚えられるのでしょうか？」

「理解してしまえば簡単。まぁ、そこまで行くのが色々と面倒なんだけど」

魔法文字は56の文字と10の数字を表す文字が存在する。56の音階は一つの記号でもあり、それを並べ言葉を作る事で意味をなす。読み方や発音のニュアンスは異なるが日本語で解読出来、意味が分かれば実に単純なのだが、時折英語やフランス語、スペイン語やドイツ語……果てはスワヒリ語まで入るのだから面倒この上ない。

ゲームの最中に気付く者達は多かったが、難解な言葉により構築されているので、その解読には凄く手間取った記憶がゼロスにはある。

だが、この世界となると状況は変わり、現地での魔導士はこの言葉の意味を全く理解出来ないでいた。魔法文字の一つに意味があると信じ、文字だけで見ているので魔法式が解読出来ない。

文字に意味がある事自体は間違いではないのだが、基本で躓いて前に進めないのだ。

魔法式とは物理現象を引き起こすための意味ある言葉を作るだけで、その魔法式を魔法陣に当てはめるのだが、基本的な物理現象を知り尽くしていなければ魔法を作り出す事など不可能である。

「し、知りませんでした。まさか、これが言葉を作るためのものだなんて……」

「数字とか記号のように認識されているようですが、これは古代に使われていた言葉で文字一つに意味はないんだよ。まぁ、魔力は僅かに動かせるから勘違いしたのかもしれません」

「先生はこの文字で魔法式を作っているのですか？」

「そうですねぇ、多少やり方は異なりますが、主に積層魔法陣を効率化したものを使用していますよ。もっとも、最大威力の魔法は数字の魔法文字が殆どですがね」

ゼロスは元の世界ではプログラマーである。

魔法構築は積層型魔法陣形式を利用していた。だが、殲滅魔法だけは別であった。0と1だけで構築する魔法式は莫大な労力と、それに見合うだけの計算を行う処理術式が必要となり、ゼロスこと【大迫《おおさこ》　聡《さとし》】は仲間と知り合いの生産職と共に、賢者の石に魔法式を刻み込む作業を人海戦術で行い構築していた。【ソード・アンド・ソーサリス】はプレイヤーの自由度が高く、普通の魔法作成に飽きていた彼等は、同じ暇人達と共に異なる方法で魔法作成に挑戦したのだ。

元の職業を踏まえると、チートと言われても仕方がない事だろう。本人は二度とやりたくないと思っているが、そこは大した事ではない。

問題は、ゲーム自体がこの新たな魔法を受け入れてしまった事にある。自由度が高いとはいえども処理する情報量は膨大で、下手をすればゲーム自体がバグる可能性もあった。

『あれ？　……なんか違和感が……。何かがおかしい気がするんだが、何だ？』

僅かな引っ掛かりが、ゼロスの思考を加速させてゆく。

マスターシステムである元国防電脳管理システム、通称【ＢＡＢＥＬ】は未完成ではあるが膨大な処理能力があり、ゲーム内で構築した圧縮プログラムであった魔法式を使用可能と判断した。

その筈であったが、それ自体があり得ない事に初めて気付く。

『おかしい。【ソード・アンド・ソーサリス】は膨大なプログラムで構築されている筈だ。どう考えても新たな魔法が受け入れられる筈がない……。魔法作成プログラムもそうだが、エフェクト画像や日々増え続けるデータを処理するにしても、七年も続けば恐ろしいほどの情報量になる筈だ。何でシステムダウンしないいんだ？　アレは明らかに情報の許容量を超えている……。おかしい。あり得ないだろ……』

幾らスーパーコンピューターを使っているとはいえ、一つの世界を構築し、ましてや

ＮＰＣ《ノンプレイヤーキャラクター》は人間のように自由意思を持っていた。ＡＩの思考ルーチンだけでも情報量は恐ろしく膨大になる。データを圧縮したとしても、とても処理出来る情報量ではない。

この時、自分が楽しんでいた世界に激しいまでの違和感を覚えた。


「……数字文字だけで、そのような事も可能なんて……凄いです。て、先生、聞いていますか？」

「ハッ!? ま、まぁ、手間と時間は掛かりますけどね。出来てしまえば後は楽なんですよ。問題があるとすれば、製作時間が恐ろしく掛かるという事と、労力が尋常ではないところでしょうか。真似はしない方が良いですよ？　アレは、地獄です……」

思考の迷路に陥りそうになったおっさんは、慌てて意識を現実に戻した。今は授業の最中なのだ。

だが、【ソード・アンド・ソーサリス】に抱いた疑念は、しこりとなって心の隅に残る事となる。

「魔法の構築なんて、今の私に出来るのでしょうか？　正直自信はありません」

「今は無理だけど、焦らずに基本の正しい知識を学ぶ方が良いよ。そうだなぁ……試しに【灯火《トーチ》】の魔法を分解してみましょうか。基礎ほど大事なものはないですからねぇ」

火属性魔法の初歩【灯火《トーチ》】は、明かりを燈すだけの魔法である。

自身の魔力を燃料に、外界魔力を使う事で火を生み出す媒体として使用し、更に空気としての調節をする魔法式で構築されていた。

火は燃料と酸素がなければ化学反応を起こさず、熱を持つ事はない。

例えば都市部のアスファルトも温度が過熱され続ければ燃える。この場合は温度が火種となり、アスファルトが燃料となる。当然温度は上昇し続けるので制御するには水を撒くしか手立てがない。

魔法効果を求めるなら制御術式は常に重要視される。制御術式はおおよそ変化らしいものがなく、他の魔法にも流用されている。制御術式の意味を理解出来れば、後は物理現象に転換するための魔法式を知識に照らし合わせて解読するだけである。

この日、セレスティーナは新たな扉を開いたのである。

そして二時間後……。

「このように、魔法とは機能を優先して作られたものでしてね。術者に対しての安全面が極めて重要になるんです。例えば、自分の攻撃魔法で自分が怪我をしては意味がない。魔法というものを生み出した方々は、苦心の末にようやくここまで辿り着けたという事です」

「ただの明かりの魔法でも、相応の手間暇が掛かっているという事ですね？」

「そう言う事ですね。ある程度の術式が解読出来れば、他の不明瞭な術式もニュアンスで解読出来そうですし、それでも分からない時には他国の言葉を利用してみるのも良いでしょう」

「エルフ語とか、ドワーフ語ですか？　確かに言語辞書はありますが……なるほど、面白いですね」

「言葉のパズルのようなものだと思えば、楽しく解読出来ると思いますよ？　意外に捗るかもしれませんね」

セレスティーナは魔法式の事は理解出来た。ただ、今度は別の事に気を取られる事になる。

「でも、言葉で現象が起こせるなら、何故このような魔法陣にする意味があるのでしょうか？　現象を引き起こすだけなら魔法文字だけでも足りると思うのですが？」

「魔法陣は魔法に必要な魔力を現象として構築するための、いわば卵の殻のようなものになるかな？

この魔法陣内に必要な魔力を集め、魔法式で現象へと転換し、発現させるまでの工程を一纏めにする区切りと考えれば良いね。集めた魔力が拡散しては意味がないから」

発動効率を考えられた魔法は、たとえ小さなものでも無駄がなく芸術と言っても良い。

分解された魔法の姿を見て、彼女は次第に好奇心が膨らんでいく。

「そう言えば、先生の魔法式はどのようなものなのですか？　凄く興味があります」

だが、その好奇心はやがてゼロスの魔法にも向けられた。

それは同時に恐怖と向き合う事となる。

「僕の……ですか？　ふむ、そうですね……。ここで魔法の危険性を知っておくのも良いかもしれないか。56音式魔法で、うっかり危険な効果の魔法を生み出しても困るし……」

「魔法の危険性……ですか？」

「突き詰められた魔法は確かに芸術と言っても良い。けどね、同時に多くの命を奪う極めて凶悪なものもある……。僕の魔法はその最先端で極端に危険なものになるね」

そう言いながらも掌に魔力を集め、魔法式を顕現させた。

それは、あまりにも膨大な魔力が込められ、同時に禍々しくも神々しい両極端を内包した立方体であった。内部には恐ろしく精緻で高密度な魔法文字が常に高速で循環し、その密度は初歩の魔法とは比較にならないほど圧倒的に異なる。これが発動すると漆黒の球体となるのだ。

高密度の魔法式の循環は芸術的でありながらも、同時に背筋が凍るほどの強力な力を秘めているのだ。それは、放たれる魔力からも嫌でも感じとれた。

「…………こ、これは………」

「僕の最大魔法【闇の裁き】の魔法式ですよ。これが発動すれば、この辺りは瞬時に消し飛ぶ事になる。これが魔導士の危険性。強力な力は持っているだけで充分脅威だが、他国から見れば何としても手に入れたい宝に見えるだろうね。

仮に発動すれば、その被害は想像を絶するほどであるというのに……」

「こ、これは……どのような魔法なのですか!! 周囲が消し飛ぶって、いったい……」

「広範囲殲滅魔法。文献で邪神が使用した力を基に、法則を調べ上げ作り上げた最大級の破壊魔法の一つ。面白半分に作った結果がコレですよ。好奇心は時として危険なものを生み出してしまう事を覚えておくと良いでしょう」

破壊魔法という言葉に、少女は恐ろしいものを見たような驚愕の表情を浮かべていた。

文献云々の件《くだり》は出鱈目だが、概ね間違ってはいない。

「な、何故こんな強力な魔法を作ったのですか？」

「勿論、面白そうだったからさ。分かるかい？ 確かに魔法を作るのは楽しい。ですが、行き過ぎた好奇心はこのような危険なものをうっかり生み出してしまう。そして困った事に、多くの権力者はこの手の魔法を喉から手が出るほど欲しがる。そのもたらす被害の大きさを考えもせずにね」

国が乱立するこの世界において、破壊魔法は多くの国が研究しているものの一つである。

強力な魔法があれば他国からは攻められず、同様に侵略行為を増長させるのだ。その結果、多くの尊い人命が奪われ、大地は無残な姿を曝す事になる。

「好奇心に刺激されて魔法を作るのは良い。それもまた、上を目指すための原動力になるからね。

否定はしません。けど、破壊魔法に手を出すのは止めておいた方が良いでしょう。その結果でもたらされるのは悲劇しかなく、殺された者達の親族から憎悪を向けられる事になるから。

更にその憎しみは同じような破壊魔法を生み出し、終わりのない泥沼のような戦争が続けられる事になる。正に呪われた連鎖ですよ。特に野心に染まった権力者は直ぐに使いたがる。これが魔法の危険性であり、決して他者に与えてはならない禁忌と思って欲しい」

魔導士の派閥も、元を正せばこうした破壊魔法の使用を食い止めるための安全装置であった。

しかし、いつしか派閥同士が争う事になり、各門派が互いに敵視し権力を求めるようになってしまった。同時に功績を得るために戦争を望むようになり、中には他国と通じて暗躍する者達が出る始末である。腐るくらいの理念なら、持たない方が良いと言うのはおっさんの持論であった。

「魔導士は決して権力を持たず、常に中立であるべし。僕はそう思うね。破壊魔法以外にも魔法の使い道はあるだろうし、戦争だけが魔法を使う場所ではないと思う。他にもやれる事が沢山ある筈だから、それを追求する事で可能性が開けるんじゃないかな？」

「破壊以外で、ですか？　例えば魔道具や魔法薬といったものでしょうか？」

「そう……他者に幸せを運ぶような魔法、そんなものがあっても良いと思います。暮らしを豊かにするような、ね？　少なくとも、僕みたいになるのは止めた方が良い」

セレスティーナにとって、公爵家に生まれた以上、魔法は国を守る戦いのための道具である。

民を守る力がない故に冷遇されていたが、その力を得た今、彼女の肩には重い責務を背負う事となる。だが、ゼロスは戦い以外の道を示唆し、自分と同じ道を進む事を求めてはいない。

その事にセレスティーナは戸惑いを覚えた。

「セレスティーナさん。君は、どんな魔導士になりたい？　目指すべきものはあるかい？」

「えっ？　わ、私の目指すもの……ですか？」

「魔導士が戦えば必ず人が死ぬ事になります。けどね、戦いだけが魔導士の全てではないですよ。良く考えて欲しい、自分がどんな魔導士を目指し、その目標に向けてどれだけ努力出来るか……」

「わ、私は……。私は戦うためだけの魔導士にはなりたくありません。けど……」

「目標が定まらないのなら、先ずは自分の周りを良く見つめる事かな。同様に自身も見つめ、常に己の在り方を考え続けるしか答えは出ない。

僕は君に対して魔法を教える事は出来るけど、明確な道を示す事は出来ない。それほど偉そうな事を言える立場ではないですからねぇ。危険物を生み出した張本人だから……」

所詮はゲームの……ましてや神に与えられた借り物の力である。

そんな力に酔い痴れるほど彼は傲慢ではない。何よりゼロスは、この力に対して、危険過ぎて手にあまるほどだと感じていた。好き勝手に使って良い力ではないのだ。時折忘れがちになるが……。

だが、セレスティーナから見ればゼロスは正に魔導士の理想形に思えた。

力に溺れず他者に与する事のない生き方は正に中立であり、魔法は教えるが肝心の研究成果を他人に明け渡す気がない姿勢は高潔。更に自身の力に対して常に正面から向き合い、その危険な力に対して常に厳しい態度で責任を背負っているように見えた。

ここに来てやはり勘違いが生まれ、セレスティーナは増々ゼロスに心酔する事になる。

おっさんはただ、破壊魔法に目を奪われなければ良いと思っただけなのに……。

「さて、そろそろ座学はこの辺りにしておきましょう」

「そうですね。私もこの後に習い事がありますので、準備をしなければなりませんし」

「明日は実技で魔力を消費しましょう。簡単なゴーレムを製作しますから、それを的にしてレベルアップと行きますか」

「ゴ、ゴーレムですか？」

「そう、魔導士の作ったゴーレムを倒しても経験値は入るから、分類的に言えば人造の魔物のようなものになるのか？　まぁ、比較的に弱い奴ですから安心して派手に壊して構いません」

「よろしくお願いします。先生！」

セレスティーナは魔導士の道を歩み始めた。

その結果がどうなるかは未だ分からないが、彼女は魔導士の理想を目にし、最高の魔導士への高みを目指して歩み出す事になる。大賢者ゼロスの背を追って……。

その大賢者は【ソード・アンド・ソーサリス】というゲームに対して、今までに感じなかった疑問を覚え始めていた。抱《いだ》いた疑問が明確に判明するにはもう少し猶予が必要となる。

◇　◇　◇　◇　◇　◇　◇

セレスティーナにとって、その日の授業は実に濃密なものであった。

魔法式の解読法、更にはそれを上回る高密度の魔法式。何より考えさせられるのは、魔導士としての自分の在り様である。

彼女は今まで魔法が使えず、ただ漠然と魔法が使えるようになりたかっただけであった。

それは決して無駄な努力ではなく、結果としてはイストール魔法学院ではトップの成績を収めている。しかし、魔法の使えなかったセレスティーナは同時に落ちこぼれのレッテルを貼られ、周りからは侮蔑と嘲笑の誹りを受ける羽目となった。

それでも諦めず魔法式を調べ始めた矢先に、彼女はゼロスと出会う事になった。


ゼロスはセレスティーナの問題を解決し、同時に未知なる世界を見せてくれただけでなく、更にはその危険性を提示してくれたのだ。

学院では決してそのような事は教えず、何に対しても威力のみが優先され、魔法に対しての心構えなど教えてくれる講師など皆無であった。まして自分がどのような魔導士を目指すのかなど考える時間すら与えず、毎日魔法を撃ってはその威力を査定する。

そこに将来を思う暇などない。逆に言えば、毎日単調な授業の繰り返しで、生徒を成長させようという試みも意思も皆無なのだ。一定に満たした条件が合えば不完全な魔法式でも発動し、条件を満たさなければ落ちこぼれとして切り捨てる。確かに魔法を毎日使い続ければ保有魔力も増えるだろうが、それ以外に何の利点もない放置ぶりを思い出す。

教育者としては完全に駄目な方向で、更には学院内で派閥抗争を繰り広げているのだから始末に負えない。派閥の異なる生徒は冷遇し、同門なら優遇するからだ。

これで権力があれば更に贔屓の目は高くなり、セレスティーナが未だに学院を追い出されないのは、各派閥がソリステア大公爵家の権力を求めているからに他ならない。

現に二人の兄弟が各派閥に所属し、現在二大派閥のトップの旗印になっていると噂されていた。下手をすれば後継者争いになり、領内で内乱を引き起こしかねない状況である。

その程度で済めば軽いもので、傍流とは言え王族の血統であり、王位継承権もある事からその引き抜きは熾烈を極め、一歩間違えばこの国は王位継承権を賭けて内戦に発展する事だろう。

その隙を諸外国が見逃す筈がない。そんな身勝手な連中が権力を振りかざす学院が、彼女には実に矮小で浅ましいものに思えた。

「学院の講師達が、先生みたいだったら良かったのに……」

物心ついた時から醜いものを見せられ続けた彼女にとって、学院がさほど重要な場所には思えなかった。何しろ欠陥がある魔法式を推奨し、その欠陥にすら気付かない講師達が多く在籍している。

ゼロスと比べたら遥かに格下で、何よりも自分に魔法を使えるように出来なかった事もあり、尊敬の対象として見る事が出来ない。そんな連中が権力争いしている派閥自体に対して魅力が感じられないのだ。

そんな場所に二ヶ月後には戻る事になると思うと、彼女の気分は落ち込む一方である。

「おぉ、ティーナ！　今、授業が終わったのか？」

「御爺様！　はい、実に解りやすくて楽しい授業でした」

「それは良かった。どのような事を教えてもらったのか聞いても良いかのぅ？」

「はい。ダンスのレッスンには、まだしばらくは時間がありますし、少しだけなら余裕がありますから」

「うむ。隠居すると、コレしか楽しみがないからのぅ」

孫娘との語らいは、クレストンにとって最高の娯楽であった。些か溺愛し過ぎている気もするが……。

そして語り合う二人だったが、当初は孫娘の話にホクホク顔のクレストンの表情が、ある時から険しいものへと変わる。それは広範囲殲滅魔法【闇の裁き】を聞いてからの事であった。

そんな事とは知らず、セレスティーナは楽しそうに授業内容を語っていた。

「ふむ、魔法式の解読方法か、ティーナよ……その事は絶対に人に話してはならぬ。特に派閥連中に対してはのぅ」

「分かっています。もし知ったら、きっとロクな事にならない事は自覚していますから」

「うむ、しかし広範囲殲滅魔法……。邪神の力の模倣か、凄まじいな」

「はい……正直怖くなりました。先生はあのような危険なものを背負っているのですね」

「自らの危険性を知るからこそ、表に出る事を望まぬのじゃろう」

クレストンはゼロスの狂気的な研究の凄まじさと、同時に教師としての在り様を秤にかけている。

国に属する重鎮としては放置するには危険であり、何かにつけて鎖で繋ぎ留めなくてはならないが、敵に回しかねない。

反面、講師としては優秀で孫の将来を見据えて魔法の危険性を説いたばかりか、どのような魔導士を目指すのか自分で考えさせる素振りを見せている。

一部の派閥ではあるが、魔導士は戦う事が前提にあり、それ以外の道はないとばかりに切り捨てるほどの交戦的な方針を掲げていた。

だが、ゼロスは『人を豊かにする魔法があっても良い』と言い切り、民の暮らしのための魔法を模索するような話をしている。

これを鑑みるに、無理にでも軍属にすると敵対意思とみなされ、下手に突けば直ぐに姿を暗ませるだろう。流石にこれは優秀な魔導士の損失になるが、同時に戦事以外の事であるなら充分に協力してもらえる印象を受ける。

ソリステア魔法王国とは名乗っていても、事実上は軍事国家の傾向があるため、無茶な真似は死活問題に繋がりかねない。それ故に優秀な魔導士の後継者はどうしても欲しいところであった。

ましてや民に貢献出来る魔導士など考えた事もなかったため、目から鱗が落ちた気分である。


「民のための魔導士……権力は不要か。流石にそれだけでは漠然とし過ぎておるな」

「ですが、もしそんな魔導士がいれば、この国の民にも魔導士達を快く受け入れてもらえると思います。魔道具にしてもそうですが、要は魔法の使い様ではないかと思います」

「うむ、実情は民に傲慢な態度を取り、非難される連中が多いからのぅ」

魔導士は傲慢な貴族と同じくらい嫌われていた。時には国からも厳重に注意勧告を受ける事があるのだが、非難したところで傍にいる貴族連中がそれを握り潰す。ある意味で国賊とも言える行為なのだが、事実上国を動かしているのは国王ではなく貴族の官僚であり、不正すら賄賂を贈る事で簡単に痕跡を消してもらっていた。

「全く……頭の痛い問題じゃわい」

「いっそ、先生が筆頭になって魔導士を取り締まれば良いと思うのですが……」

「ゼロス殿はそんな事はせんじゃろぅ。敵対する事になればどうなるか分からぬが、な」

命の恩人に対し重責を押し付けるのは不敬である。更に『静かな土地で隠棲したい』と言っている以上、無理強いは出来ない。しかし、ゼロスの株は急激に上昇中。

元公爵は国の今後を思うと、魔導士達の派閥改革に頭を悩ます事になった。


楽しい筈の孫娘との会話は、こうして政治的な話に繋がってしまったのである。

隠居の爺さんは職業病が抜けきらないようだった。

ちなみにゼロスは別邸の庭にある畑で農作業に精を出し、今日という一日を終えるのであった。

おっさんは根っからの趣味農民なのである。

第六話　おっさん、実戦訓練を始める

セレスティーナに魔法を教える家庭教師を始めて二日目の授業。

それは庭に出てのゴーレムとの対戦であった。


ゼロスが呼び出したのは泥で作られた【マッドゴーレム】で、レベルはどれも3程度に設定してある。何故このような修行とも言うべき訓練になるのかと言えば……。

『魔導士でも、近接戦闘が出来るのと出来ないのでは生存率が変わるよ？　実際に戦闘中で魔力切れを起こし、何も出来ずに魔物に追いかけ回される魔導士は多い。別に剣士並みに強くなる必要はないけど、ある程度の弱い魔物は瞬殺出来るくらいが理想ですかねぇ？』との事だ。

概ねこの意見は正解であり、世間一般的にはどこかのゲームのように、魔力が尽きたら足手纏いにしかならない。この世界では共通の認識で、そもそも根っから研究職の魔導士が格闘戦を挑むような事は滅多にない。

戦場で魔導士の役割は砲台で、魔力が尽きるまで敵に遠距離砲撃を延々と繰り返す。これはかつて魔導士が研究者であった頃の名残だが、時代の流れで戦場での指揮権を得るようになってから、彼等魔導士と騎士団との間で対立が始まる事になる。

騎士団は魔導士に援護攻撃や攪乱などの後方支援をしてもらいたいのだが、魔導士はそれを拒否して砲撃しか行わない。更に他の補助魔法や魔道具を併用すれば前線でも活躍は見込めそうな筈なのに、彼等はそれを拒絶する。その上で彼等の偉そうな態度に騎士団との軋轢が生まれ、ソリステア魔法王国では騎士団と魔導士団との険悪な仲が問題視されていた。

王都にある城の回廊で魔導士団の魔導士長と騎士団の団長同士が顔を合わせる事になれば、喧嘩腰になるのが日常である。近い将来、内戦勃発になるのではと民達はもっぱら噂しているところだ。


王族はどちら側にも肩入れせず、ソリステア大公爵も迂闊に介入出来ずに今は静観を決め込んで見ているだけであった。そんな中で貴族達は派閥を二つに分け、互いにいがみ合っている。ついでに魔導士団内部にも複数の派閥があり、更に面倒な事態になっていた。

火に油を注いでいる状態なので、王族も安易に手を出す訳には行かず、同時に肩入れする事も出来ないのだ。そうなると次に注目し始めるのは中立の王位継承権がある公爵家で、騎士と魔導士の両派閥は、どちらも陣営に加えさせるために裏で暗躍を始める始末であった。

そこに魔導士の各小派閥が足の引っ張り合いを始め、状態は混迷の一途を辿っている。

居候のおっさん魔導士は、この話を聞いて呆れ果てた。

「魔導士でも格闘戦は出来た方が良い。大規模戦闘は生き物だから、何が起こるか分からないし、いつまでも安全なところで攻撃出来ると考えるのは、虫が良過ぎる甘えた考えだろうね」

「それは、戦況によっては、『撤退する事すら難しい状況になるかもしれない』という事ですか？」

「そう、一般的魔導士は前衛の壁となる盾職や遊撃担当の剣士と連携し、補助や援護だけでなく、時に前衛を有利にするために大技で相手の陣形を乱す事が主な役割になるかな。縁の下の力持ち、良妻賢母みたいな役割が魔導士本来の理想的な戦い方だと思う」

一般的な魔導士は剣士に比べて防御力が低く、重装備な盾職や痛烈な打撃を得意とする戦士職に比べ攻撃力が低い。だが、訓練の仕方次第では重装備ほどではないにせよ、ある程度の防御力を得る事は可能である。そうなると魔法だけでなく剣による攻撃も可能で戦略の幅は広がり、状況次第で遊撃に加われる万能職になる事も出来る。

逆に言えば器用貧乏になりがちだが、その器用さをいかに使うかで活躍の場は広がるだろう。

何にしても身を守るための技術は必要で、出来る事が多ければ戦場で生き延びる可能性も高くなる。この訓練は戦い方を学ぶと同時に生存率を高める訓練でもあった。

「寧ろ魔導士は前衛職をありがたいと思わないと。後衛担当である魔導士はその彼等を援護し、状況を有利に運ぶのが役割なのだから、互いの立ち位置の違いで派閥争いなど無駄な事をしているね。勿論援護だけでなく魔法による攻撃もするだろうけど、詠唱時間を稼げるのは前衛職が防いでくれるおかげだよ。戦場の状況によっては魔導士も前線に出て、援護や直接攻撃をする事もあるから、互いに敵視するなど国を守る者としてどうかと思うなぁ～」

「流石は先生。実戦を知り尽くしているだけに含蓄があります」

「うむ……騎士団や魔導士団もこのような心構えを持ってくれれば良いのじゃが、しばらくは無理じゃのう。あいつら、頭が固いしのぉ～」

訓練は実戦形式である故に、孫娘を見守るためにクレストンも監視として参加していた。というより、これは暇な時間を潰す名目にしか過ぎない。この老人は孫娘を溺愛しているが故に、少しずつ成長して行く姿を間近で見ていたいだけであった。

些か常軌を逸しているとおっさんは感じ始めていたりする。

「古来より『魔法使い、魔力がなければただの人』と言われているように、魔力切れで動けない弱点を補う訓練をします。まぁ、相手は弱いとは言えゴーレムなので遠慮なく攻撃出来、ついでに格闘スキルも覚える事が出来るおまけ付き。敵が弱いと言っても数が多いから、出来るだけ間合いの距離を考えて行動し、時に魔法を使ってと、色々思い付く限り試してみると良い。攻撃魔法は切り札と思えば良いかな？」

「こんな豪華な訓練は初めてです。ゴーレムを使うなんて、考えもしませんでした」

「マッドゴーレムは優秀だからね。攻撃は弱いけど何度も再生するから厄介だよ？　まぁ、死人を出さない実戦訓練なら、これほど適した相手はいないね」

「集団戦では厄介じゃが、そこを切り抜けられれば格闘能力は上がる筈。しかもゴーレムは人為的に生み出しても魔物扱いじゃから、実戦を体感するには丁度良いという訳じゃな？」

魔物を倒すと手に入る経験値は、魔物の魂を構築している原始魔力を自身の魂に取り込む事により、能力が引き上げられる。このようなレベル上げをこの世界では【格上げ】と言い、魔物を倒す事でスキルレベルや身体レベルを大幅に上げる事が可能だ。更に魔法を行使して枯渇状態にすれば、自身の魔力底上げに僅かばかりだが効果が見込める。

だが、それを可能とするには隔絶したレベル差が存在し、大量にゴーレムを生み出すには相応の魔力が必要となる。その点ゼロスは破格の魔力とレベルを持ち、この程度のゴーレムであれば幾らでも生み出せるのだ。無論、実戦訓練なため、セレスティーナも学院指定のローブだけではなく、その上から指定の武具を身に纏っていた。

無論武器もだが、これは魔導士らしくハンドタイプのメイスである。

「では、さっそく訓練を始めようか。弱いからと言って気を抜くと怪我をするから、充分注意を払ってください。それと、長期戦はかなりきつくなると思いますので、魔力の温存は自分で調整する事。まぁ、危険と判断したら止めますけどね」

魔力の調整は、当然自身が保有する魔力の残高を感覚的に知るためであり、これを怠れば考えなしに魔力を消費し負ける事になる。

これは訓練だが、いざ実戦ともなると魔力の残り具合が生死を左右する事に繋がる。それを感覚的に身に着かせ、同時に限界を知るための過酷な訓練なのである。

セレスティーナはやる気に満ち満ちていた。

彼女は魔法が使えなかったため、この手の戦闘訓練は常に見学する立場であった。それ故に、この訓練はセレスティーナ自身が魔導士となった証でもあり、待ち望んでいた事なだけに張り切らない筈がない。そんな思いを他所に、マッドゴーレムが一斉に動き出す。

ゴーレム自体は非生物であるために、核を破壊すれば簡単に崩れる。しかし、失った分だけゼロスが補充するので延々と戦い続ける事になる。この訓練の目的は、武器の使い方を覚えるのと同時に魔法の属性スキルと体術スキルを一気に上げようという、かなり乱暴な訓練とも言えるだろう。

「てぇええええぇい！」

セレスティーナはメイスで果敢に攻め立て、怯む事なくゴーレムを粉砕していった。

可愛らしい声とは裏腹に凶悪な武器を振り廻し、一撃を叩き込めば泥飛沫となり、マッドゴーレムは直ぐに土塊へと変わっていく。

左から迫ってきたゴーレムを薙ぎ払い、時には思い切って懐に飛び込む大胆さを見せる。

「何か、格闘戦に慣れているように見えますが……。護身のために格闘術を教えたんですか？」

「いや、教えておらぬぞ？　恐らくじゃが、実戦を想定した訓練を眺めていて、自分なりにどう動くかを考えておったのではないか？　足運びがおぼつかんようじゃし、少々頼り気はないじゃろ？」

「見取り稽古ですか……。意外な才能ですね。思い切って魔法剣士を目指すのもアリでは？」

「ふむ……悪くはないのじゃが、あの子は魔導士を目指しておるのじゃし、無理に剣士にする必要はなかろう」

「僕は魔導士ですが、拳でもイケますよ？　同等の剣士であるなら負けますがね」

「そなたを基準にするのは間違いじゃて。普通で良いのじゃ、普通でのぉ……」

セレスティーナは、最初の頃は難なくゴーレムを倒していた。だが、それも長くは続かない。訓練開始十分程度でその動きは次第に緩慢となり、やがては徐々に追い込まれていく。元より剣士としての訓練を受けていない彼女にとって、ペース配分など最初から念頭になかったのだろう。その動きは疲れから遅くなり、次第にゴーレムの攻撃も受けるようになってきた。

「ここからが正念場。この窮地をどのように覆すか、格闘戦では最も重要なところになる。魔法を使って窮地を脱するのも手ではあるけど、状況を理解し最善の策を選択するのが魔導士の真骨頂」

「そうしたものは実戦でしか学べんからのぅ。あの子には辛い時間になる」

「ですが、続ければその分だけ身に着きますし、彼女の技量も底上げされていく事になり、戦技術も格段に上がりますよ」

「その前に、筋肉痛で動けなくなるのではないか？」

筋肉痛は、より強い肉体に変わるための陣痛である。本当の意味で魔導士になるためには迅速な動きと状況判断が必要で、この辛い時間がそれを学ぶ格好の時間なのだ。

幾ら自身が強くとも、数に押されて敗北する強者は後を絶たない。それは自身の力に溺れ、命懸けの戦いを軽んじる事により起きる人災なのだ。

魔物でも自身が強くとも数の暴力に負ける時がある。物量を覆すだけの状況判断が出来、その状況如何によっては撤退する事も重要である。これは、それを学ぶための訓練でもあった。

「これは……結構、きついですね……」

セレスティーナは認識の甘さを実感していた。

倒しても湧いて出てくるゴーレムに対し、周囲を囲まれて攻められればなす術がない。辛うじて魔法を使い退路を作ろうとしても、ゴーレムは止まる事なく攻めて来るのだ。

弱いと思って最初から攻め込んだのがそもそもの誤りで、向かってくるだけのゴーレムに対してだけ確実に対処するべきだったのだ。

ゴーレムは核を破壊しなければ直ぐに復活する特性があり、核を壊す事が出来ず放置したゴーレムは再生し、彼女は劣勢を強いられる。

ここがこの訓練のいやらしいところで、弱い相手を延々に殴り続けなければならないのである。

正直、気の滅入るような訓練であろう。

「このままでは押し切られてしまいます。どうにかして退路を……」

攻撃を避け、時にメイスで一撃を加えながらも、セレスティーナはこの包囲網を抜け出す最良の箇所を探っていた。次第に焦りが積もる中、彼女は魔法を加えながら周囲を探り続ける。

この訓練の意味を予め聞かせてもらっていたため、ある程度の予想は立てていたのだが、実際に体験してみて想像以上に厄介な訓練であった。

ゴーレム自体の動きが遅く魔法を使う機会はあるものの、迂闊に乱発すれば直ぐに魔力が枯渇して倒れる事になる。頼みの綱はメイスだが、序盤で飛ばし過ぎたために腕が重く、思うようにマッドゴーレムが倒せなくなっていた。

後は手に装着したバックラーだが、これは致命傷を避けるための軽い盾であり、動きやすくはあるのだが、何とも心許ない。この囲まれた状態で必要なのは騎士が纏う鎧であろう。

セレスティーナが考え事をしている最中に、ゴーレムが腕で殴り付けてきた。

「きゃっ!?」

何とかバックラーで防いだが、これがストーンゴーレムであったら死んでいただろう。そう思うと何とも悔しさが湧いてくる。

少しでもゴーレムの戦力を削るために、無理を押してゴーレムをメイスで叩き壊し、倒す事により退路を確保するのだが、おっさん魔導士が傍らでマッドゴーレムを作り出している。

少し苛立ちながら振るったメイスがゴーレムを粉砕すると、泥がセレスティーナに飛び散って衣服に掛かる。マッドゴーレムは体を構成している物が泥なので、直撃を受けても基本的にダメージにはならない。しかし再生力が高く、少しでも体勢を崩し隙が出来ると、そこから立て直す間にゴーレムは包囲網を狭めてくる。

再び振るわれるメイスが二体のゴーレムを破壊する。

「冷静に、隙を与えず……魔法は確実に……」

動きが遅いのならそこを突けば良いと判断したセレスティーナは、強引に右側の集団に吶喊した。マッドゴーレム自体は脆く、的確に核を叩き壊せば倒せるので、確実に生き残る判断を下したのだ。

これは学院の実践訓練の見学中、包囲を受けた時には自分ならこう動くと予測を立て、脳内でシミュレーションを重ねていたために出来た事だった。

見学を嫌っていた彼女が、まさかその見学のおかげで素人よりも動けているなど、流石に予想していなかった事だろう。何が幸いするか現実とは分からないものである。

「魔力よ、廻れ。我が力となりて……【パワーブースト】」

身体力を底上げする魔法を使い、彼女は一時的に戦闘能力を向上させた。

そして強引にだがマッドゴーレムを薙ぎ払い、緩衝地帯を作る事に成功する。後は最も包囲網が薄い箇所を狙って突っ切るだけである。

セレスティーナは魔法を行使するべく詠唱時間を稼ぐために周囲のゴーレムを一掃し、魔力を集中させ魔法式を顕在化させる体勢を整える。

「穿て、水流。穢れを流せ、猛る水蛇……【アクア・ジェット】」

威力は弱いがゴーレム程度は蹴散らす事の出来る水の魔法を使い、至近距離から貫通させる事により、後方のマッドゴーレムごと倒して走り出した。

元は単発貫通魔法なのだが、練度が上がれば複数の敵を巻き込む威力の魔法になる。

マッドゴーレムを構成している要素は泥で、質量や熱量のある魔法には比較的に弱く、一度攻撃を受ければ簡単に体が崩壊する。

集団で包囲していようとも、防御力は脆弱なので貫通力のある魔法で楽に倒せる。

包囲網に綻びが生じた事により、開けた僅かな場所に向かって彼女は走り続けた。

「やった！　抜けました！」

「それは少し甘いかな？　油断した時が命取りになる事もある」

「えっ!?」

ゼロスの声と同時に自身の足に何かが絡み付く。

彼女はそこで動きが止まり、勢いのまま前へ転ぶ事となった。

「きゃぁああああああああああっ?!」

――――パシャ――――――ン！

自身が生み出した水溜りに、セレスティーナはそのまま突っ込んでしまった。

「つつっ……何が……」

確認してみると、彼女の足に絡み付いていたのはマッドゴーレムの腕であった。

それも異様に長く伸びている。

「まさか……」

「そう、そのまさか。【アクア・ジェット】で倒したつもりが、実は一体だけ生き延びていたようだね。完全に安全を確保出来た状況じゃない場合は、最後まで気を抜いては駄目」

「そ、そんなぁ～～～……。もう少しで包囲から抜けられそうだったのに……」

「そんなに落ち込まない。初めての実践訓練では良くやった方だと思う。レベルも上がっているようだし、寧ろ上出来の方でしょう」

「うぅ……悔しいです……」

本気でへこんでいた。

「序盤で真っ先に飛ばし過ぎたのが災いしましたね。動きを見ながら戦えば、もう少し長く耐えられた筈なんだけど……」

「後から気付きました……。少し浮かれてしまったようです」

「そんなに嬉しかったんですか？　実戦訓練」

「はい。いつもは見学だけで、終わったら同級生に馬鹿にされましたから……」

「その割には良く動けましたね。まぁ、ギリギリで及第点でしょう」

「辛うじてですか……。先は長いです」

どうにも自身が納得出来ないようで、本気で悔しがっていた。

だがセレスティーナは先が長いと言っているが、ゼロスにはそうは思えない。見取り稽古で培った先読みと、状況判断だけでマッドゴーレムの包囲網を抜けたのだ、一月あれば充分戦力になるまで成長が見込める。そうなれば本当の実戦訓練でも行ける気がしてくる。

「今日はここまで、明日も戦闘訓練にしますか？　魔法式の講義は午後からでも出来るので」

「本当ですか!?　ぜひ、お願いします」

「分かりました。では今日の戦闘訓練の反省点は明日に生かしてみてください。僕からは何も言いません。実戦では戦い方を教えてくれる人はいないので、自分で戦闘スタイルを突き詰めるしかありませんからね。負ける事もまた勉強です」

「うっ……先生、厳しいです。これが実戦……」

「そうですかね？　死ぬ事のない訓練がある事は幸せな事だと思うけど。何しろ、戦う前から準備が出来るから、戦争時みたいに慌てて行動する必要もない」

イストール魔法学院では戦闘スタイルは決められており、学生全員が同じ戦い方を行っていた。

だが、その訓練には個人差が常にあり、学生の全てがその戦闘スタイルに合うとは限らない。中には剣で戦う事を好む者や、斧や槍で戦う者もいる事だろう。それだけに決まった型を押し付けるには時期尚早に思われた。

「自分に合った戦い方を見つけるのも訓練の一つさ、色々試して失敗すると良いんですよ。そこには様々な教訓が転がっているからね。ただ言われるがままに訓練するだけでは応用力がつかない。同じ事を繰り返す程度だと中途半端な存在になりそうだし、ここは敢えて自分で戦い方を考えさせる方向で行こう」

「失敗が許されるのって……幸せな事なのですね」

「えぇ……僕も色々失敗をやらかしていますから、教訓を学び生かせれば失敗は決して恥ではない。何度も失敗して経験すれば良いさ」

ゼロスは人生に失敗していた。まぁ、元の世界での話だが……その言葉はある意味で重い。

「そう言えば、学院ではどんな戦闘訓練をしているんです？　そうした施設とは縁がなかったもので、参考までに聞いておきたいんですが」

「ゴブリンを集めて訓練場で戦うんです。私は観覧席で待機でした……」

「……そっちの方が豪華じゃね？」

思わず軽い口調で答えてしまうゼロス。


ゴブリンを捕え檻に入れ、そこから運搬して来る手間を考えると、予算面ではゴーレムの方が遥かに効率的で良い。何しろ必要なのは魔力だけで実質無料なのだ。

だが、そこまでゴーレムを生成出来るレベルの魔導士は皆無であり、精々一人辺り一～六体作れれば良い方であった。しかも魔力が枯渇するため、教師が倒れてはゴーレムが動かない。

数人の魔導士が連携すれば軍団規模で作れるが、派閥争いをしている手前、互いが手を取り合う事がない。そうなると予算に合わせて魔物を連れて来るしかなく、出費だけでもかなりの金額が飛んでいく事になるだろう。冷静に考えなくても大赤字である。

「イストール魔法学院……予算は大丈夫なんですか？　多分ですが、色々寄付金を募っているとは思いますが、予算を考えると赤字にしかならない気が……」

「毎年多額の金をせびりに来よる。なるほど……大勢の魔導士でゴーレム軍団による集団戦闘訓練か。これは良いものじゃが、派閥連中がのぅ」

「そこまで対立が酷いんですか？　お金なんかなくとも研究なんて幾らでも出来るでしょうに」

魔法文字が解読出来ない魔導士は、常に手探りで魔法式を改良し続けている。

当然時間が掛かる訳であり、ゼロスとは違い彼等は知らない事が多過ぎた。

「お主はそうじゃろぅが、他の連中は生活があるからのぅ。どうしても金が掛かるのよ。大半は着服されるが……」

「成果の上がらない派閥など潰せば良いじゃないですか。それを理由に勢力を削れば楽だと思いますがねぇ～。何も残さない金食い虫は要らないのでは？」

「ふむ……一考の余地ありじゃな。そなたの改良した教本が良い出しに使えるやもしれんが……」

「名前は出さないでください。面倒事は遠慮します」

「善処はするが、どこから情報が洩れるか分からぬぞ？　そなたは目立ち過ぎる」

「地味に生きているつもりなんですがね……」

見た目は地味でも行動が派手になり過ぎる。

そもそもゲーム開始時の基本魔法など効率が悪く、ゼロスは自作のオリジナル魔法や改造魔法を使っているのだが、目撃されれば噂になりやすい。

「攻撃魔法でも、魔力制御が出来れば幾らでも身の立てようはあるでしょうに。威力を絞って船を加速させたり、水魔法で下水の処理をしたり、地属性魔法で重さを軽減すれば運搬も楽になるでしょう。応用しようとは思わないのですかね？」

「う～む、そのような使い方があるのか。攻撃魔法と聞いたら戦闘のみにしか使えぬと思っておったが、低レベルの魔導士でも稼ぎを出す幅が広がる。参考になるな」

「要は使い方次第。一つの事に拘るから異なる視点が疎かになる。一般に受け入れられてこその魔導士だと思いますけどねぇ」

「確かに。権力に固執して民からは非難が殺到しておるし、ここで改革をせねば腐る一方じゃのぅ。思い切って派閥の力を削ぐか？」

内心では『既に手遅れでは？』と感じるゼロスであったが、口には出さない。

国に意見を言うという事は政治にかかわるという事だ。思った事を世間話として言うのは構わないが、そこから踏み込めば戻る事のない未知の領域である。

一介の家庭教師には荷の重い話だ。

「魔導士の斡旋組織でも作れば良いのでしょうが、魔導士自体が少ないという話ですしね」

「育成に時間が掛かるのが問題じゃ、一般の魔導士の殆どが戦闘職じゃし」

「ですが、一般の魔導士の方が強いですよ？　格闘戦も出来ますし、傭兵として活動しているなら猶更です」

「魔導士団は格闘戦なぞせぬからな……質が悪いのじゃろぅ」

魔導士団はあくまで戦闘の補佐と研究がメインであり、傭兵魔導士より弱いのは当然である。

何しろ傭兵魔導士は生活と命が懸かっているため、その分真摯であり、踏んだ場数でレベルが異なるが生きる事に貪欲である。それ故に様々な戦闘経験が彼等の糧となり、机の前で唸っている権力欲に凝り固まった魔導士よりは使える連中なのだ。

「学はないけど使える傭兵魔導士と、エリート意識が強いくせに弱い魔導士。どちらを選ぶかで国の方向性も変わるんじゃないですか？」

「魔法の研究を疎かにしてでも、戦力を確保するのか？」

「どの道、身内の足を引っ張り合うような使えない魔導士ならいない方がマシじゃないですかねぇ〜。騎士団と連携出来る魔導士の方がよっぽど重要だと思いますよ」

「ここ……一応、魔法国家なのじゃが？」

「その魔導士が駄目過ぎますよ。権力を求めてどうするんですかねぇ？」

魔法王国と言ったところで、その国の在り様は軍事国家。魔法研究は軍事面の強化がメインで、その研究成果は民に還元される事はない。破壊力のある魔法研究のみ尽力し、その成果が一向に上がらないのであればない方がマシに思えるだろう。寧ろ簡単で制御がしやすく、農民や商人といった民全員が使えるような魔法を開発した方が良い資金稼ぎになる。

もっとも、幅広くそうした魔法が普及すれば魔導士の価値も下がり、権力に固執出来なくなる可能性が高い。有能な者達が上に行き、それ以外は落ちぶれる。一般社会に貢献出来る制度は有用だが、欲に溺れた魔導士が邪魔をするに決まっていた。

現に魔法学院の教本自体が篩《ふるい》と化しており、セレスティーナのような一定の魔力が低い者達は直ぐに落とされる事になる。しかも教育自体が偏ったものが多く、どう考えても派閥が有利になるように動いているとしか思えなかった。

これでは有能な魔導士は育たず、偏った思考の無能者が量産されるだけである。

「まぁ、考えても仕方がないか。ただの家庭教師ですからね、僕は」

「無責任じゃな。そなたが筆頭になれば、意外に上手く事が進むのではないか？」

「無責任だから客観的にモノが言えるんですがね。国に仕えたら言葉を選ばなければなりませんから、下手すれば不敬罪で殺されますよ。僕は遠慮します」

宮仕えは何かと気を使う。そんな生活などまっぴらであるため、ゼロスは無責任な風来坊を決め込むのである。組織のトップなど苦労が多く、何より性に合わないと自覚しているからだ。

「ところで、セレスティーナさんが静かですが、何をして……」

教え子の事に気付き振り返ると、彼女は顎に手を当て真剣に今の戦闘の分析をしていた。

何か小声で呟きながらも、有効な物や失敗した経験の補正をいかにするかを考えていたのだ。

妾腹とは言え公爵家に生まれた彼女は、意外にもこうした思考が得意のようで、探求者の素質が充分に備わっているように思える。

「汚れたままで考え事ですか。貴族の令嬢としてはどうかと思いますが、研究者としては充分ですな。凄い集中力」

「ゼロス殿から見て、ティーナは才能があるのか？」

「充分に……。後は彼女の努力次第ですが、もしかしたら凄い才能を開花するかもしれませんよ？」

「それはそれで楽しみじゃな。孫の成長が何よりも嬉しいからのぅ」

「では、少し飴と鞭を与えてみますか……」

「な、何をする気じゃ？」

クレストンとしてはゼロスを教師に雇えたのは良いが、訓練が少し厳しいように思えていた。

そんなゼロスが人の悪い笑みを浮かべ、何かを思い付いたらしく、爺さんは不安を覚える。

「セレスティーナさん」

「は、はいィ!? な、何ですか、先生」

「もしこの二ヶ月の間に格が50、各スキルが三つ以上レベル30を超えたら、僕のオリジナル魔法の一つを教えましょう」

「ほ、本当ですかっ!?」

「えぇ、危険のない無難なものですが、意外と役に立つ魔法です」

「どのような魔法ですか？ せめて概要だけでも……」

「そこは目標を達成させた時に確かめてください。楽しみは後の方が良いですからね？」

ゼロスの魔法はこの世界では規格外で危険なものが多い。その中で役に立ち、危険の少ない魔法を与えられる事は、セレスティーナにとって特別な意味を持つ。

要は事実上、彼女はゼロスの弟子と認められる事を意味するのだ。

魔法を使う貴族子女の多くは高名な魔導士の弟子であり、それは社交界の一種のステータスとして扱われる。中でもオリジナル魔法を与えられた者達は後継者と同意義とみなされ、学院卒業後に魔導士団ではそのまま上の役職に就く事が多かった。

だが、彼女には何の意味もない称号よりも、最高峰の魔導士の弟子の方が何倍も魅力的であり、オリジナル魔法はゼロスに弟子として認められた証となるのである。

その事実が彼女のやる気を大いに刺激する。

「頑張ります！　絶対に目標を達成させてみせますよ!!」

「頑張ってください。それより早く着替えた方が良いでしょう。泥は染みになりますよ？」

「あっ、そうですね。で、では、失礼しましゅ!!」

「あ、咬んだ……」

異様に舞い上がった彼女は、着替えるために慌てて駆け出していく。


「いったいどのような魔法なのじゃ？　お主ほどの魔導士じゃと、攻撃魔法しか思い付かんのだが」

「そうですねぇ……。なら、試してみますか？」

「なに？　この場で見せてくれるのか？」

「ええ、出来れば僕に魔法を放ってください。それも逃げきれないような強力なヤツを複数……」

それはつまり、自分を攻撃しろと言っているのだ。

クレストンはゼロスの技量から類推し、心配するだけ無駄だと判断する。

そして、老いた魔導士が不敵な笑みを浮かべた。

「ふむ……手加減なしで行くぞ？」

「ご随意に……」

二人の表情が真剣なものに変わる。

「煉獄の炎よ、群れる龍となりて、敵を滅ぼせ。祖は冥府より来たりし悪しき破壊者……全てを焼き尽くす者なり！　【ドラグ・インフェルノ・ディストラクション】!!」

クレストン自身も魔導士であり、若い頃は【煉獄の魔導士】の異名を持っていた。

炎系統魔法を得意とし、数多くの武功を立ててきた実戦派の魔導士であった。対するゼロスは自然体のままで炎の群れる龍に対峙する。

群れ成す焔の龍は、四方八方から獰猛な破壊の牙となってゼロスに迫った。

「【白銀の神壁】」

瞬間、紅蓮の炎龍達は何か見えないものに貫かれ、瞬く間に霧散した。

前方から来る炎の龍は、ゼロスが無造作に振るった腕の先で両断され消滅する。

「なっ、何が……そうか、シールド魔法じゃな！」

「正解です。術者の任意に応じて形を変えられる障壁、それがこの【白銀の神壁】です」

「これは……盾ではなく剣ではないか!?　魔導士殺しと言っても良い」

【白銀の神壁】は、その特性上術者の意思によって形を好きなように変えられる。

魔力消費も比較的少なく、放出系魔法に対して絶大なカウンター能力が備わっていた。

元来、放出系魔法は魔力を収束させ属性変異したものが多く、こうした生物の形に具現化する魔法は、一点を貫かれれば魔法構成が破壊され霧散してしまう。

ゼロスはこの障壁を周囲に乾山の如く棘として無数に突き出し、炎龍を迎撃する事で霧散させたのだ。同時にこの攻撃は接近戦にも利用出来、たとえ剣の腕が悪くても遠距離にいる敵を斬り裂く事が可能であった。

「これは破格な魔法じゃぞ？　魔導士では太刀打ち出来ぬではないか」

「広範囲魔法で集中的に狙われたら終わりですけどね。実用的な魔法で切り札としても使えます。

燃費効率も良いですし、何よりも手間が掛からない」

「手間とな？　どういう事じゃ？」

「武器で攻撃する間合いの外からも攻撃が可能なんですよ。先に敵を倒してしまえば身の安全は保障されますしね。魔力操作が出来なければ意味ないですけど」

「うぅ〜む……見えない刃を伸ばして攻撃が出来る訳か」

「使用した魔力の量によって強度は変わりますが、初見の相手はほぼ確実に倒せます。対処出来るのはよほどの手練れか、あるいは単に攻撃力が高過ぎる力任せの魔導士ぐらいですね」

厄介な魔法ではあるが、それを可愛い孫娘が会得するとなると笑みが隠せなくなる。

この魔法をセレスティーナが覚えれば、一定の魔導士は決して勝つ事が出来なくなるだろう。

正に攻防一体の障壁なのだ。

「増々ティーナの将来が楽しみじゃわい。あの子は将来、何と呼ばれるのかのぅ」

「二つ名は恥ずかしいですね。彼女の性格からして、もし字《あざな》がついたりでもすれば、恥ずかしくてベッドから出て来れなくなるのでは？」

「それは、それで見てみたい。この二月が実に楽しくなりそうな予感がするのぅ」

「良いんですか、それ？」

どこまでも孫娘を愛するクレストン。この爺さんは最早、病気なのかもしれない。

その老人の姿に溜息を吐きながら、おっさんは屋敷の中に戻るのであった。

庭先に大量の泥を残して……。

第七話　おっさん、街に出る

異世界生活を始めて早二週間。この環境にも慣れ始めたゼロスは、ここに来て一つの問題に気付いた。それは、彼はこの世界に来てまだ街の様子を見た事がなく、同時にこの世界の通貨を持ってはいなかった。

普段はセレスティーナの家庭教師と、公爵家別邸として使われている古城にある農場で精を出し、暇があれば書庫で本を読みふけり知識をあさり情報収集に明け暮れ、時折騎士達と剣を交えるなどの交流しかしていない。

この世界の民の暮らしを知らずして、どうしてこの世界で生きていけようか？

まるで、どこかの権力者のような悟りを開いたが如く、彼はさっそく街へ出る事に決めたのである。と言うより、単に禁煙状態が続き煙草が吸いたかっただけである。

彼は意を決し、屋敷の扉を開け外に出る。

「さて、それでは行きましょうかね。煙草……売ってるかなぁ～？」

ちなみにクレストンは本宅でもある領主の屋敷に赴き、セレスティーナは実戦訓練の後に習い事があるため見ていない。ついでに筋肉痛に苛まれている。

時折すれ違う使用人にあいさつを交わし、彼は正門より外へと出て行った。

ソリステア大公爵家の別邸から出て三十分、彼はようやく街の片隅に出る事が出来た。

広い森一つを防壁で囲んだ街は、背後には断崖の岩山が聳《そび》え立ち、外敵からは決して攻め込まれる事が出来ない要塞と化している。そんな森の傍からは商業区に続いており、そこから工業区と一般人が住む居住区画に行く事が出来る。交通の要所なだけに多くの人達が賑わいを見せている。

何分にも山肌に築かれた街なので坂が多く、街の正面は断崖を利用した巨大な防壁を築き上げ、船で行き交う商人達が通れる運搬用の道を態々掘り抜いた事により、この街は商業の要所として栄える事になった。当然ながら多くの人々が行き交うために、この街には傭兵ギルドが置かれ、護衛依頼を引き受ける仕事も繁盛している。

旅は危険がつきもので、実際に街道では山賊や盗賊、河には河賊などという犯罪者が時折出没するのだ。騎士団の人手に限りがある以上、傭兵達に賞金を出し犯罪者を取り締まる社会体制が成り立つ。それでも犯罪者の減らない鼬ごっこが続くのは、どこの世界も同じなのだろう。

街の治安はある程度守られてはいるが、一歩外に出ればそこは危険が多いデンジャラスゾーン。故にこの平穏は直ぐに壊れやすい幻想のように思えてくる。


「先ずは魔導具店ですかねぇ。魔石を売ってお金を都合せねば……」

地図は渡されてはいるが、大まかな物なので店の細かい場所は記載されていない。

幸い、この街は開拓当初において効率を重要視されていたので道は完全に整備されており、初めてこの街を訪れる商人のために周辺地図が立てられ分かりやすい。

問題は建物の隙間に出来た見えない小道だが、大概その辺りにはガラの悪い者達が屯し、住人や商人を引きずり込んでは金品を奪うそうである。

屋敷の使用人から予め情報を得ていたため、危険な場所には行かないように決めている。

面倒事は誰も避けたいからだ。

ゼロスは軽い足取りで魔導具店を目指す。気分は子供に戻ったように冒険心で一杯だった。

目的の店である魔導具店は直ぐに見つかったのだが……。

「ここ……ですか？　これは、何とも……あやしい」

魔導具店は商業区と工業区の片隅、街の十字路の角に面して存在し、一目で目に付くような外観から直ぐに分かった。と言うよりは、見た目が異様で分からない方がおかしい。

この辺りは船着き場が近く、材料の搬入には手間取らず、何よりも街の住人達の目から見れば目立つ道沿いだからだ。それ以外にも別の要素がある。

黒一色で染め上げられたその店の外観は、見事なまでに街の雰囲気を無視した、いかにもあやしい屋敷を連想させる。

まるで扉を開けると魔女が出て来そうな、そんないかがわしい雰囲気の店である。

いかにも過ぎて言葉をなくす、異常で異様なまでのインパクトである。

「店の軒先に生首……人形でしょうが、客を呼ぶ気があるんですかねぇ？　ついでに山羊の頭部の剥製。これで客が来ると思っているのだとしたら、明らかに商売を知らな過ぎる。経営……大丈夫なのか？　それ以前に、店に入って大丈夫なのだろうか？」

他にも少女の人形が釘で磔にされ、窓の内側には頭蓋骨が置かれていた。

入り口のドアに設置された目玉の飛び出た山羊の頭部は強烈で、不気味過ぎるにもほどがある。

とても客商売をするような店には思えない。

――――ギャァアアアアアアアアアアアアアアッ!!

呼び鈴は悲鳴だった。

躊躇いがちにドアの前で立ち止まっていると、店の中から傭兵と思しき者達が数人ほど出て来るが、彼等は皆一様に複雑な表情をしており、中には酷く憤慨している者もいる。

店からして客商売としては何かが間違っているが、客相手でも同様に思われる印象を受けた。

だが、金の工面をせねば買い物すら出来ない以上、たとえ見た目が異様な店でもドアを開けなければならない。躊躇いながらもおっさんは意を決しドアを開ける。

「いらっしゃいませ～♪」

店員は魔女姿のメガネの女性で、とても外観がおどろおどろしい店の店員には思えない明るい口調でおっさんを出迎えた。

意外な事に内部はいたって普通であり、そこかしこにケースに収められた魔導具の数々が綺麗に陳列されている。外の外観はいったい何なのか理解に苦しむ。

「魔石の買い取りは出来ますか？」

「魔石ですね？　どれくらいの量なのでしょうか？」

「ゴブリンが200個、ハイ・ゴブリンが50。ゴブリンメイジが15、ゴブリンキングが1」

「……しょ、正気ですか？　数が多過ぎますけどぉ？」

「至って正気ですが？　これが現物ですよ」

予め別に革の袋にしまっておいた魔石を彼女に渡すと、目の前の魔女店員はルーペを取り出し、丹念に鑑定を始める。一つ一つ念入りに調べている間、暇なので魔導具を見ていたのだが、どれも良い物には思えない。これなら自分で作った方がマシだと、少しだけ肩透かしを食らっていた。

何しろゲーム内では最強の殲滅者の一人と数えられたが、元は生産職でもあり、数多くの魔導具を送り出したクリエイターでもある。鑑定もしてみたが、どれも僅かに身体能力の一部が向上するとか、魔力を細やかながらに補う補助アイテムの類ばかりであった。

この手のアイテムは消耗品であり、魔石の魔力が枯渇すれば直ぐに使い物にならなくなる。

魔法式を内部に刻み、魔力供給を行う事で半永久的に魔力の枯渇をなくすような加工は施されておらず、見た目の細工は評価に値するが、逆に言えばそれだけの代物ばかりである。

おっさんが購入する必要性はどこにもない。

「……お客さん。この魔石、どこから盗んで来たんですか？　この大きさに色合い、明らかに大深緑地帯の物じゃないですか!!」

「……いきなり失礼ですね。自分で狩って来たに決まっているじゃないですか」

酷い言いがかりである。とても客商売をしているとは思えない、何の根拠もないただのいちゃもんである。ましてや魔道具に必要な魔石を売りに来ただけなのに盗人呼ばわりされるとは。下手をすれば客は怒り二度と立ち寄らなくなる。

「嘘です!!　灰色ローブの中途半端な魔導士が、ファーフラン大深緑地帯から生きて帰って来られる筈がありません。さぁ、吐いてください。どこから盗んで来たんですか!!」

「何の根拠もなく盗人扱いですか？　普通に倒してきたものですよ。森に迷い込んだ時ですがね」

「迷い込んだ？　森に？　あ、あれぇ～？　まさか、他国の魔導士さんですか？」

「えぇ、一週間前にこの街に来て、領主さんところの別邸でお世話になっていますよ。クレストンさんがこの店を紹介してくれたのですがねぇ」

取引は嘗められたら終わり。ここは強気で交渉するべきと、堂々と真正面からぶつかる。

女性店員の顔が一瞬にして蒼褪めた。

「え……？　クレストン様の御屋敷で雇われているんですか？」

「ええ、旅の途中で偶然お会いして御厚意に甘えさせてもらっていますが、それが何か？」

「マジで？」

「本気と書いてマジですが？　疑うなら、確かめてくれても良いですよ」

「う、嘘です！　あの御方が、アナタのような胡散臭い魔導士なんかを贔屓にするなんて……」

仮にも客に対して投げかける言葉じゃない。

それでもまだ食い下がる根性は見事だろうが、その行為が必ずしも実を結ぶとは限らない。

「ハァ～……何故にそこまで客を犯罪者にしたいんですかねぇ、しかも頑なだし……。そこまで言うなら確かめるべきなのではないですか？　推理小説でも確証が持てる証拠を得て、初めて犯人を特定していたと思うんですが？」

「うっ!?」

やや呆れながらも、落ち着いてありのままを淡々と語るゼロスに対し、女性店員は次第に震え出していた。盗んだという証拠がない事を遠回しに指摘されたからだ。

ゼロスが胡散臭い風貌なのは承知の上だが、ソリステア大公爵家の世話になっている事を知るには、彼女自身が直接公爵家に出向き真偽のほどを確かめるしか術はない。

だが、その真偽を確かめるためには公爵家に直接連絡を取り、もし事実だと判明すれば公爵家の客人を侮辱した事になる。

下手をすれば終身刑、もしくは処刑される事もあり得るのだ。完全に詰んでいる。

「五月蝿いわねぇ～……。人が作業中に何を騒いでんのよぉ～」

「店長!?」

「クーティー……アンタ、また客を盗人扱いしてんの？　いい加減、推理小説を現実に持ち込むのは止めて欲しいわ。ただでさえアンタの行動で客が減ってんのよ？　本気で給料減らすわよ？」

奥から出て来たのは娼婦――ではなく、この店の女店長のようである。

胸元を大胆に見せた赤いドレスの女は、外見的にはとても魔導士には見えない。どう考えても、お水関係の商売をしているようにしか思えないだろう。

良く言えば妖艶、悪く言えばゼロスとは別方向でだらしのない格好であった。

「ですが、灰色ローブですよ？　ファーフランの大深緑地帯から魔石を持ち帰ったなんて言うんですよ？　仮に他国から来た魔導士でも不可能ですよ。そうなると、最早盗んだとしか思えないじゃないですか。簡単な推理ですよ、警部」

「誰が警部よ。にしても、へぇ～？　……クーティー、その話だけどね。恐らく事実よ？」

「へ……？」

「見た目を態と汚しているけど、そのローブ……とんでもないわね。並の魔物の物じゃない……」

「何の魔物かは聞かない事をお勧めしますよ。きっと、正気を疑う事になりかねませんから」

「そうね。恐らくベヒーモス……伝説級の素材製品なんて初めて見たわ」

一瞬、空気が凍り付いた。

「え……？　うえぇぇぇぇぇぇぇぇぇぇぇぇぇぇぇぇっ!?」

「何の事でしょうかねぇ？　ただの薄汚れたローブですよ」

「そういう事にしておくわ。私もまだ、死にたくはないし……」

「賢明な御判断で……。他人に自分を詮索される事ほど、不快なものはありませんからねぇ」

「同感だわ」

二人は未だに混乱するクーティーを一瞥し、互いの意見が一致した事を理解する。

ベヒーモスの素材を使った装備を持つ者など、最早伝説に語られる勇者くらいなものである。

そんな装備を着込むこの魔導士は、恐らく真面《まとも》ではないと女店長は直感した。

「で、魔石の買い取りなのだけれど、うちの店員が失礼したから少し色を付けるわ。どう？　取引してくれるかしら？」

「それは問題ありませんが、それよりも良いんですか？　僕が言うのも何ですが、こんなにも客に失礼な方が店番で……。店の評判にも些か悪影響を及ぼしている気がしますが……」

「それは私も頭の痛いところなのよ。何度注意しても直す気がないし……。それに既に手遅れよ」

「手遅れって……なんか、御苦労なさっているようで……。他に人を雇えば良いのでは？」

「こんな胡散臭い外観の店に雇われたがる物好きなんて、いる訳ないでしょ？　こんなのでも貴重なのよ」

「自覚があったんですか……。何故に直さない」

『だったら、店の外観を何とかすれば良いものを』と言いかけたが、どうやらこの店の悪趣味な外観は店長の趣味によるもので、直す気はないようである。

そんな店長の傍で、店員のクーティーは『こんなの……こんなの……』と呻くように呟いている。

この店長にしてこの店員ありであった。

「まぁ、それは兎も角として……魔石の買い取りの方をお願いしますよ。お金がなくて煙草すら買えないんですすよ。正直、困っているんですが……。主にニコチン中毒で……」

「ホント……ウチの店員が失礼したわ。少し待って頂戴、お金を直ぐに用意させるから……クーティー、いつまで落ち込んでんのよ。さっさと仕事をしなさい!!」

「は、はいぃ――――――――――っ!!」

クーティーは慌てて店の奥に引っ込むと、少しして何やら数を数える声が聞こえてきた。

恐らく、支払う料金の金額を必死に数えているのだろう。

些か不安が残る店である。

カウンターの前で、店長は一際大きな魔石を手に取ると、次第に表情が崩れていく。

見た目が娼婦なために、恍惚な笑みは無駄にエロかった。

「良い魔石ね。創作意欲が湧いてきそうよ。うふふふ……」

「そ、それは何より……。偶然ですが、倒した甲斐があるというものです」

「あなたも魔導士よね？　魔導具は作らないのかしら」

「必要なら作りますが、今は人の屋敷で居候の身の上ですからね。畑付きの家が手に入ったら、余生を創作活動に充てても良いかもしれません。趣味の範囲ですが」

「そう、商売敵にならないようで助かるわ。なんか、非常識な物を作りそうだし……」

本気で安心しているかのように、妙に色っぽい気だるげな表情で溜息を吐く。

この女性は見た目以上にデキる魔導士のようであった。

「集計終わりましたぁ～。こちらが魔石の値段になります」

「御幾らで？」

「えっと……二百四十九万八千ゴルになります」

いきなり大金持ちである。

「やけに金額が多いような気がしますけど……」

「言ったでしょ？　店員が失礼したお詫びと、大半がゴブリンキングの魔石の値段よ。まさか、こんな大きな魔石が手に入るなんてねぇ～♡」

一際大きな魔石を手に取り、女性店長はうっとりと頬を染めている。

何かヤバイ気配を感じるゼロスであった。

「では、僕はこれで失礼しますよ。また良い魔石が手に入ったら持ち込みますので」

「お願いするわ。私は店長のベラドンナ、魔導具ではそれなりに名のある魔導士だから」

「ゼロスといいます。気が向いたらまた御厄介になりに来ますよ」

「毎度ありがとう御座いましたぁ～……」

活動資金を手に入れ、ゼロスは、内心ではホクホクしながらも平静を装って店を後にする。

ゼロスが店を出るのを確認すると、ベラドンナは大きな溜息を吐いた後、クーティーを睨み付け無言のプレッシャーを掛けていた。

「な、何ですか？　店長……」

「ク～ティ～～～っ！　アンタ、あんな化け物に喧嘩を売って、どうすんのよ!!」

「は、はいぃ～～～～～～～っ!?」

「初め見た瞬間に背筋が凍り付いたわよ！　アレは敵に回してはいけない類の人間よ？　相当な手練れだわ……」

「でも、灰色ローブでしたよ？　最下級魔導士ですよね？　他国の魔導士がこの国に来るとは思えませんし、あんなあやしい格好はしませんよ」

「どう見てもヤバい魔導士じゃない。アンタ、どこを見てたのよ……。世界は広いわ、ベヒーモスの革は灰色で染める事は出来ない。しかも態と汚す事で自分の印象を下げて欺いているのよ」

ベラドンナはゼロスの力を直接見た訳ではない。が、纏わり付く魔力の気配でその実力を知る事が出来た。それは彼女が生まれて初めて感じた驚愕するべきものであった。

魔導士は魔力に敏感でなければ務まらず、魔力を感知するスキルがあればかなり優遇される。

恐らくは【魔力察知】のスキルであろう。そして、ゼロスが纏う膨大な魔力濃度に対して息が詰まるほどの驚愕を押し殺し、平静を装いながら応対していたのだ。

絶対に勝てないという、圧倒的な敗北感と恐怖を抱え込みながら。

「そ、そんなに凄いんですか？　いかにもな浮浪者魔導士に見えましたけどぉ～？」

「アンタを一息で殺せるくらいにね。出来れば、もう会いたくはないわね……」

「ひ、ひぃ～～～～～～～～～～～～～～いっ!!」

「今頃、恐怖に怯えても遅いわよ。戦場だったら既に死体だからね？」

自身が味わった恐怖を少しでもクーティーに味わわせてやろうと、態と揶揄《からか》うベラドンナ。

「たく……大公爵の爺さんは、どこであんなのと知り合ったのよ。寿命が縮んだわ……」

そして、顔見知りであるクレストン老に対しても悪態を吐くのだった。

◇　◇　◇　◇　◇　◇　◇　◇

気晴らしに市場などを覗いて判明した事だが、この世界では物価が恐ろしく安い。

大体百ゴルあれば一月は暮らす事が出来るほどに。

どうも戦前の日本と同等くらいの物価で食料は特に安い。これで生活は当面は大丈夫と思ったのだが、代わりに金属の類が高く、ただの鉄でも相応の値段で取引されているようだった。

これは鉱山などの希少金属が採掘出来る場所は、実際に魔物の住む生息地になっている事が多く、採掘するためには相当危険を冒さねば数を揃える事は出来ない。需要と鉱山夫の安全問題から傭兵ギルドに護衛依頼を通し、魔物を倒してから安全を確保し採掘に移るからである。

人件費や依頼料を合わせると相当な資金が掛かり、結果的に金属の物価指数は上昇傾向になる。また鉱山の数も限られており、運送料を含めると物価は上昇する一方であった。


無論、陶器などを作るために必要な陶石も金属ほどではないが値が張り、その食器類の値段も跳ね上がっている。故に、一般市民の家庭では木製の食器が主流だ。こうした鉱物資源の獲得はどこの国も苦労しているようで、その販売バランスを商人ギルドが仕切る事により各国に均等に回るシステムになっている。だが、自国内に鉱山を保有している国も少なからず存在し、大抵その辺りの国は食料不足になりがちだ。その商品流通を担う商業ギルドにとって、戦争と盗賊は忌々しき問題である。

戦争は確かに儲かるが繁盛するのは一部の商人だけであり、商業ギルドから見れば商売相手や働き手、流通を大幅に減らす悪行である。戦乱を増長させるような貴族や商人は徹底的に毛嫌いされる事になる。戦争を起こすにも長い時間を掛けて計画を練る必要があり、食料などは自分達で賄える基盤を作り、武器の類を少しずつ集めて初めて可能となる。

まぁ、それで戦争に勝てる訳ではないが、水面下での情報戦は兎も角として、今のところは平穏が続いているのが救いだろう。もっとも、内乱が起こる可能性が高いらしいのだが……。

「何とも不景気な話ですねぇ。この国は大丈夫なんでしょうか？」

「さぁ～ねぇ～？　王族の継承権は大丈夫みたいだが……」

「騎士団と魔導士団ですか？　仲が悪いらしいですねぇ～、特に上の方々が」

「らしいな。軍部内でクーデターなんて止めて欲しいよ」

「全くです。穏やかに暮らしたいものですよ」

のんびりと露店を開いている商人と話をしながら、国内情勢を聞いていた。

情報は自分の行く末を決める上で必要であり、僅かでも情報が足りなければ死活問題に繋がりかねない。少しの油断がとんでもない事に巻き込まれる原因になるからだ。

「ところでアンタ、ウチの串焼きは買わんのか？」

「何の肉ですか？　やけに香ばしい良い香りですが……」

「ワイルド・ホルスタインさ☆　この間、奮発して狩ってきてもらったんだよ」

「ほう……アレの牛乳は極上と聞きましたが、肉ですか？」

「同じ牛のマーダー・バッファローが食えるんだ、ホルスタインも食える筈」

試しに一本串焼きを買い、おもむろに口に頬張る。

歯が肉をかんだ瞬間、ジュワリと肉汁が溢れ返り、香辛料と果実を煮込んだタレがその旨味を何倍にも引き上げていた。

「こ、これは……肉汁の宝石箱やぁああああああああああああっ!!」

思わず、どこぞの芸人になるほど美味かった。

「だ、大丈夫かい？　アンタ……」

「いや、つい美味しくてお約束を……。50本ほど購入します」

「買い過ぎだぁあああああああああああっ!!」

結局、串焼きを50本購入した。その後、色々食材や香辛料を買い入れ、ゼロスは鼻歌交りで街を散策する。少し歩くとパイプを模った看板が目に留まり、おっさんは身を震わせた。

「ま、まさか、アレは煙草専門店!?　煙草が……煙草があるのか？」

彼は愛煙家であり、ヘビースモーカーでもある。

ここ数日の禁煙状態で精神的に落ち着かず、禁断症状が出るほどに煙草を求めている。そんな彼の目の前に煙草の専門店があれば、迷う事なく店に突入する事であろう。

実際ドアを開けて店内に入り込んでいた。

店内は膨大な数の引き出しが収まった棚と、無数のパイプが収められたケースを陳列し、嗜好品としての商売が成り立っている事に喜びを隠せない。何しろ現代社会ではどこも禁煙が推奨され、煙草を好む愛煙家は部屋の片隅か外で煙草を吸わねばならないほどに肩身が狭い。今では喫煙室があるような場所など滅多にない。

「いらっしゃい。何をお求めで？」

「煙草……特に紙煙草があれば良いのですがね？」

煙草にも種類はあり、水煙草や煙管やパイプで吸う煙草に葉巻。一般市民で普及しているのは紙煙草で、葉巻やパイプは商人や貴族が嗜む物となり、水煙草にいたっては王族や神官などが好む傾向がある。おっさんは迷わず紙煙草を注文した。

「アンタ、愛煙家だな。それも重度の……」

「分かりますか？　最近煙草が切れて落ち着かないんですよ。この街も初めてで馴染みの店などありませんから」

「フッ……ウチは品揃えが豊富だぜ？　どんな煙草が良いんだ。同じ紙煙草でも、産地によっては味わいが異なるからな」

「少し辛みがある方が好みですね。甘い味わいは遠慮したいですし、後は香りですか？」

「ふむ、アメール産の物でどうだ？　何なら試してみるか？」

「ぜひ、試させてください。流石にコレだけの数があると分かり難いですからねぇ」

店主は棚から幾つかの煙草の葉を取り出し、ゼロスの前に少量を並べ始め、それを見たゼロスは煙管をインベントリーから取り出した。

「変わったパイプだな。だが、どこか趣がある……渋いな」

「滅多に使いませんが、風情を楽しむならこれが一番良いので」

「こだわってんな、気に入ったぜ。アンタの好みに合いそうな奴を幾つか見繕ってやんよ」

おっさんは幾つかの煙草の葉を煙管に詰め火を燈し、久しぶりの煙草の味を存分に満喫する。

その中で好みの物を選び、自分の嗜好に合わせ厳選していく。

「ノルマット産に、イサラク産か……良い物を選ぶな。増々気に入ったぜ」

「この辺りが僕の好みですねぇ。サンベル産は少しきつい感じがしますか、もう少し若ければ楽しめたんですが」

「それは香りを嗜む物だからな。味わいは別だ。アンタの歳では少しきついかもしれねぇ」

「ノルマットとイサラクを紙煙草にしてもらえますか？　これは良い物です」

ゼロスは念願の煙草を見つけ、嬉しそうに金を払う。

「了解した。サービスしてやるよ。お得意様が増えるのはありがたい」

そう言いながら店主は奥へと消えて行く。おっさんは、久しぶりの煙草を充分なまでに満喫していた。しばらくして、店主は紙袋を持って奥から現れる。

「今回は安くしておくぜ。また来てくれると俺としては嬉しいんだがなぁ」

「良い物が手に入りましたからね。今後とも贔屓にさせてもらいますよ。では、これで失礼させてもらいます」

「毎度……また来てくれや」

念願の煙草を手に入れ、おっさんは店を後にする。

マナーを無視するほどに上機嫌で、咥え煙草のまま街中を歩くおっさん。

タバコを吸えた事で気分がリフレッシュしたのか、足取り軽く街を適当に散策し始めたのだが、その結果として気付いた時には迷子になっていた。

見た限りでは、賑わいを見せていた街中とは異なる、実に閑散とした街並み。

そこは古い家が立ち並ぶ場所で、やけに暗い表情の大人達と孤児、人を物色するようなギラついた眼をしたチンピラが多くいる場所であった。

「スラム？　いや、旧市街と言ったところか？」

スラムにしては街が整備されているが、街の治安自体は宜しくないようである。

すれ違う連中はゼロスを胡散臭げに見て、時折地面に座り込んでいる男に話をして街角へ消える。

間違いなく騒ぎになる予感がするが、現在位置が分からなければどうしようもない。

ゼロスに与えられた地図には、サントールの街を三分の一程度しか記されていないのだから、そもそも現在位置を知る事は無理であった。

「入り組んだ場所が多い……取り敢えず、様子を見てみますかね？」

ジタバタ足掻いても仕方がないと悟り、当てもなく道なりを歩き続けると、噴水のある広場に出た。噴水は既に水が出ておらず、嘗ては水を湛えていた筈のプールは今や見る影もなく寂れ、人気のない民家が数多く表側の繁栄とは真逆の荒廃のイメージである。

露店で買った冷めた串肉を口に運びつつも、周囲を警戒しながら散策を続ける。

『ん～～？　三人……いや、四人か？』

暗殺者のスキルでもある気配察知により、後をついて来る気配を敏感に感じ取った。

その尾行は恐ろしく稚拙で、素人もそこまで酷くはないだろうというレベルである。

現に少し裏道を通ると、後をついて来る気配は右往左往し落ち着きがない。その観点から尾行して来る者は子供の可能性が高くなる。

こんな寂れた街なのだから浮浪児ぐらいはいるだろうし、仮に子供であったとしたら何の用があるかが気になった。ゼロスは何気に袋から串焼きを取り出し、口に運ぶ。

「おっちゃん！」

ふいに子供の方から声を掛けられ振り向くと、薄汚れた服を着た子供が実に良い笑みを浮かべてゼロスを見上げていた。

「おっちゃ……せめて、おじさんと言って欲しい」

「どっちも同じじゃんか、おっちゃん」

「まぁ、そうだが……何か、納得いかないような……。で、何の用ですか？」

「肉くれ！」

実に元気良く、悪びれもせずに堂々と言い切った赤毛の子供。

見た感じでは女の子のようだが、汚れた姿と切り傷のある肌は男の子に見えなくもない。

日に焼けた肌が健康的だが、その割には痩せているように見える。

「肉ですか？　何で？」

「いいじゃん、ケチ！」

「いえ、見ず知らずの子供に上げるのは構わないのですが、それに味を占めて他の人に集《たか》るような行動をするようになっては、流石に親御さんに申し訳が立たない」

「親はいない。孤児院がアタイらの住処！」

「孤児院？　こんな場所に孤児院があるのですか？」

「あるよ？　領主様がお金を出してくれてる」

どうやら領主が運営している孤児院があるようだ。しかし、見た感じでは治安が悪く、とてもではないが子供を育てられる環境ではない。

最悪、犯罪者予備軍が生まれ、この辺りの治安は近い未来に更なる悪化を招きそうである。

「う～ん……子供達は何人くらいいるんですか？」

「アタイを入れて四人。もう一人はお留守番さ、おっちゃん」

「君も小さいけどね……」

「アタイはもう、十三歳だ！　立派な大人だぞ？」

「嘘でしょう!?　どう見てもそれより下にしか……」

どう見ても幼い。恐らく栄養が足りずに成長が滞っているのだろう。

そんな生活に健気に生きている姿が涙を誘うところを、ゼロスはグッと堪える。

「しかしね。ここで食べたら怒られるんじゃないかな？　一応、孤児院だから大人の人がいるんじゃないのかい？」

恵んであげるのは構わないが、その後が問題なのである。

不用意に物を上げたとして、その結果子供達が泥棒扱いをされでもしたら目も当てられない。

幼い心に傷をつけるような事態は避けねばならないのが、良識ある大人の対応だ。

「シスターにも、持っていくよ？」

「何か、逆に怒られると思うが……。ふむ、では僕をその孤児院に案内してくれないか？」

「えぇ～～っ、何で？」

十三歳にしては幼い思考で不満そうな声を上げる。だが、ゼロスにも言い分がある。

仮にこの子達に串肉を与えたとして、『もらった』などという子供の言い分を、果たしてシスターとやらが聞いてくれるのであろうか？　と、いう疑問である。

もし、この子達が盗んだのかと思われれば、幼い心に深い傷を負う事になる。

流石にそれでは寝覚めが悪いため、アフターケアは万全にしなくては良識のある大人とは言えないだろう。孤児の子供なら猶更幸せになる権利がある。

「……そんな訳で、僕がきちんと説明させてもらいます。それに、こんな大きな袋を抱えて転んだら、串肉が駄目になりますよ？」

「地面に落ちても三秒くらいなら大丈夫だよ！」

「そうそう！　おっちゃんは心配し過ぎ」

「僕達のお腹は、そんなに柔じゃないよ？」

「まさかの三秒ルール!?　こんな世界にもあったんですかい！」

子供達は逞しかった。そして普段の食生活が気になるところである。

「食事前に手を出す可能性も考慮すると、ついて行った方が良いだろうなぁ。何よりもこの街は治安が悪そうだ。途中で奪われる可能性も否定出来ない」

「みんな、良い人達だぞ？」

「うん、よそ者には冷たいけどね」

「たまに野菜を分けてくれるんだ」

「おっちゃん、人間不信？」

子供達は元気過ぎた。それ以前に、意外にこの旧市街は人情に溢れているのかもしれない。

ゼロスを遠回しに見ていたのはよそ者だったからだろうと、取り敢えず納得する事にした。

「それより孤児院に案内してください。ちゃんと説明して、快く受け取ってくれれば今日のご飯になりますよ？」

「「「サー・イエッサー!!」」」

「どこで覚えてくるんだ？　こんな言葉……」

子供は知らない内に変な言葉を覚えてくる。

ゼロスは、結婚出来たら自分の子には言葉遣いに気を付けさせようと心に誓う。まぁ、それでも変な言葉は覚えるのだろうが。

何にせよ子供達に案内されゼロスは孤児院に向かうのである。

これが、この子達と長い付き合いになると知らずに……。

◇　◇　◇　◇　◇　◇

孤児院の方向は、良く見ればクレストンの住む別邸が見える場所である。

王族故に見る者に与える心理的影響を考慮した城のような別邸の外観が、旧市街の中からも目立つほどに確認出来、迷っていた筈が帰りは比較的簡単に帰れると安堵する。

そうなると、孤児院の位置は新市街からも旧市街からも離れた場所に存在している事になり、子供達を育てるには些か不便な立地条件だった事が判明した。

市に行くには遠回りになり、旧市街と新市街を迂回する形で行かねばならず、治安に不安を抱える旧市街は正直危険に思えた。

街を散策していた時に目に留まった奴隷商人がいる事から、この世界は奴隷制度がまかり通るような政治状態で、尚且つ人攫いのような犯罪者がいてもおかしくはない。

そうなると孤児達は格好の商品に変わり、何も知らない子供達を攫って売り飛ばす連中がいる可能性が出て来るだろう。奴隷となる者達の前提条件として、働けない大人や犯罪者が身を落とす事が挙げられるが、娼婦や性的嗜好を満たすための奴隷として売られる事があるのだ。

性別や年齢で値段が決まり、表では禁止されている非合法な奴隷売買が裏で行われ、同時にそれを取り締まらず黙認している可能性も高い。

何しろ孤児は役立たずとみなされており、教育を施さねばいずれは犯罪者予備軍に早変わりする事だろう。孤児院で教育して社会に出すにも金が掛かり、寧ろ奴隷として売り飛ばされれば手間も金も掛からない。暗い気持ちで「世知辛い世の中だ……」と呟いた後、深い溜息を吐く。

ゼロスは基本的に奴隷売買には否定派だ。こうした情報は予めクレストンの別邸で仕入れており、情報収集には余念がない。ゼロスの常識は現代社会で養われた常識が前提基準となっているが、その常識がこの世界でも当てはまるとは限らない。

だからと言って、子供達の未来を金のために弄ぶような行為は受け入れがたい。


「おっちゃん、あそこ！」

赤毛の少女が指さす方向に、やけに寂れた教会が建てられていた。

この教会が孤児院なのだろうと思った時、その門の前に身なりの良い青年と騎士達の姿が見えた。

そんな彼等に対峙するのは神官服を着た十代後半の女性である。

「あいつら、また来てる……」

「彼等は何者だい？　見た限りでは貴族のようなんだが……」

「ここの領主様の息子、凄く嫌な奴……」

つまるところはクレストンの孫という事になり、セレスティーナの兄となる。

『マジ？　これって、テンプレですかねぇ？　まさかの神の采配って奴ですか？』

面倒事の気配がぷんぷんと伝わって来る。出来る事なら避けたいところなのだが、嫌な大人の仲間と思われる事だけは子供にされたくない。

『穏やかに、静かに暮らしたいだけなんですけどねぇ……』

どうやら面倒事に巻き込まれたと、人生を諦めたかのような重い溜息を吐く。

この日、自分が厄介事に巻き込まれやすい運命であると、悲しい悟りを開くのだった。

第八話　おっさん、人の恋路に口を出す

孤児院の前に屯しているのは、この街の領主でもあるソリステア公爵の子息で、名を【ツヴェイト・ヴァン・ソリステア】という青年である。

彼は護衛二人の騎士を伴い、孤児院である教会前でシスターと口論をしていた。

彼はイストール魔法学院高等部に所属し、成績は優秀だが粗暴であり、講師陣営からは極めて嫌厭されるほどの問題児だった。これは学院自体が魔導士の派閥争いと、人員確保の社交の場と化している事が原因で、彼は代表的な二大派閥の内の一つに所属している。

その派閥で代表的なのが【ウィースラー派】と【サンジェルマン派】である。

ウィースラー派は実戦を主軸とした攻撃型の魔導士を多く輩出し、主に軍事活動における計略を研究する一派で騎士団と最も対立する派閥である。サンジェルマン派は研究第一の理論派魔導士を多く輩出。主な研究は魔法構築や魔法薬の作成など、魔法学全般を追究する一派である。両派閥はこの国に多大に貢献してきた実績がある。

だがそれは過去のものであり、現在は両派閥共に権力に固執し、互いに睨み合いをしている立場同士であった。共通の政敵として騎士団の存在があるが、表立って対立する訳にも行かずに現在は冷戦状態が続いている。ツヴェイトはそのウィースラー派であり、ソリステア大公爵家の長兄である事から優遇され、周りから贔屓の目で見られていた。

無論、彼の実力は学園順位のトップであるが、それが輪をかけて彼の態度を助長する事に繋がっていた。いや、彼の行動が目に余るようになったのはここ二～三年の間である。

ウィースラー派は彼の祖父でもあるクレストンが在籍していたため、ツヴェイトは【煉獄の魔導士】の後を継ぐのは自分だと思っており、祖父の偉業を知るだけに憧れの目標としてきた。

だが周りの連中が持て囃すものだから、すっかり調子に乗り、汚れた人間の一歩手前まで来ている。

ツヴェイトを良く知る者達は、彼の行動に些か不可解な点を感じていたが、当人はそれを自覚してはいなかった。

そんな公爵家の跡取り君もお年頃。去年の夏に、偶然見かけた孤児院で子供達の相手をしているシスターに一発でフォーリンラブ。その日から熱烈に求愛し、半ば嫌がらせの如く付き纏うようになるのも時間の問題であった。現在ストーカー状態である。

ツヴェイトの行動はこの世界では一般的で、【天使の悪戯】【キューピッドの気まぐれ】と呼ばれる現象で、体内を循環する生体魔力が自分に適した異性の魔力波長に反応して起こる生理現象である。巷でこの症状は恋愛症候群《ラブ・シンドローム》とも呼ばれ、俗な言い方をすれば発情期と言えば分かりやすいだろう。

自分と最も相性が良い異性に対して熱烈にアプローチを仕掛けるようになるのだが、彼の行動は常軌を逸していた。

「だから、いい加減に観念して俺の女になれよ。こんな孤児院にいつまでいる気だ？」
「私が孤児院に尽くす事は自分の意思で決めた事です。アナタに指示される謂れはありません！」
「その強気な態度がいつまで続くかな？　俺は欲しい物はどんな事をしてでも手に入れるつもりだ。勿論、【ルーセリス】、お前の事も含めてだがよ」

ルーセリスは孤児院に拾われ、その孤児院で育った。

幼い頃の記憶は全て孤児院で生活していたものだけで、両親の記憶は存在していない。

彼女にとって孤児院は自分の家のようなもので、いつかは育ててくれた神官や司祭達のように自分も身寄りのない子供達を育て、ここまで育ててくれた恩を返そうと思っていた。

当時はまだ、同じ境遇の子供や世話をしてくれる修道士や神官がいたのだが、ルーセリスが神官の修業を終え孤児院に戻った時から状況は一変する。

孤児院の経営は国の補助金で賄われ、四神教の神官が代理で運営している。そのため、ルーセリスも見習い神官だが孤児院を手伝う傍ら、近所の住人達を格安で治療する修行をしていた。

そんな時に現れたのが、このツヴェイトである。

元より英雄願望の強い彼は、民に格安報酬で治療にあたる彼女を聖女視し、本気で自分の物にするために行動に移した。まぁ、初めに声を掛けた時のセリフが『オイ、お前。俺様の女になれ！』だから正気を疑う。いきなり酷い口説き文句であった。

その後は丁重に断り続けたが、それに業を煮やしたのか『次期領主として仕事の経験を得る』などと修行を名目に、彼は孤児院自体を四方に分割してしまったのだ。

表向きは『孤児院の存在は街の景観を壊しかねない』との事だが、実際はルーセリスを孤立させる事が目的であった事は明白である。本人も堂々とルーセリスの前で公言し、その行為が返って嫌われる結果に繋がった。それからというもの、ルーセリスは何かにつけて言い寄って来るツヴェイトに対し、頑なまでに冷たい態度で接するようになる。

それが増々彼を意固地にし、強硬姿勢を煽る形になっていく。

売り言葉に買い言葉、早い話が泥沼だ。

「そもそもですが、私はアナタの事が大嫌いです。人の弱みに付け込むような卑怯で下劣な方に、どうして心を許すと思うのですか？　人として最低です！」

「クッ、だが……そう言っていられるのも今の内だ。新規事業の許可が下りればお前はここにはいられない。結局は俺に泣きついて来る事になるんだよ。ガキ共のためにもよぉ～」

幾ら彼女が温厚でも、行き過ぎたツヴェイトの行動に頭に来たのだろう。

その言動は神官とは思えないくらいに辛辣になり、侮蔑のこもった視線を向けている。

「……本当に品性が下劣ですね。これが次期領主だと思うと民が不憫です。私は弟君である【クロイサス】様を推します」

「てめぇ……俺よりも、あの腹黒ひきこもりが良いって言うのかよ！」

「考えなしで権力を振りかざすような卑劣な人よりは、遥かにマシです！」

これを痴話喧嘩と言うのかは分からないが、かなり感情的にぶつかり合っている。下手をすれば怪我で済むだけの問題ではない状況になるだろう。

例えばだが、ツヴェイトがルーセリスを斬り捨てる事になれば、四神教の全てを敵に回す事に繋がる。その結果として宗教国家と国際問題に発展しかねない。仮にそのような事態になれば、王族の末席とはいえソリステア大公爵家は潰される事になりかねないのだ。本家である王族の擁護は受けられないのだから、ある意味で家督の危機である事に彼は気付いていない。

苛めっ子の理論で行動している上に、変にプライドが高いからタチが悪かった。

「ふむ……という事は、彼は既にフラれているにも拘らず、しつこくシスターの尻を……いや、この場合は胸でしょうか？　追い駆け廻すほどに未練タラタラと、そういう事ですかねぇ？」

「うん、そう。子供だよねぇ～」

「子供に子供呼ばわりか……。彼も浮かばれませんねぇ」

「なんども振り向いてもらおうと頑張っているけどぉ～、もう無理だよね？」

「卑怯な手段を使っているしねぇ～。どう頑張っても友達から上には行けないだろうなぁ。

見当違いの努力は兎も角、彼の初恋は自分の行動の所為で完全に破綻しているから、関係の修復は不可能です。いやはや、何でこんな事になったんですかねぇ」


二人が振り返ると孤児院の子供達と共に、灰色のローブを着たみすぼらしい魔導士が会話に花を咲かせていた。しかも自分達を眺めながら今の状況を冷静に観察し、説明・分析していたのだ。

途端に顔が赤くなるルーセリス。穴があったら入りたい心境であろう。

「出会って直ぐに『俺の女になれ』ですかぁ？　自信家なのか馬鹿なのか、あるいはその両方なのか理解に苦しむ口説き文句ですねぇ。

先ずは、そうだな～ぁ……偶然を装って自然に会話をするべきだと思いますね。例えば、『苦労をかけるな、シスター。我等が守るべき領民のために治療という施し、実に痛みいる』とか言って」

「お～ぉ、かっこいい！」

「第一印象は大事ですよねぇ……。初めて出会うのですから、尚の事。これなら領民を思いやる、心優しくも気高い次期領主という印象を与えられますしねぇ」

「最初で失敗？」

「だっせ～ぇ！」

「かっこわる〜ぅい。あ〜はなりたくないよね？」

しかも、二人の出会いを客観的に分析し、駄目出しをしていた。

「それから後がいけませんよ。出会える回数を増やしたいがために孤児院を分割し、更に治安の悪い旧市街の孤児院を割り当てたのでしょう？　自分に頼ってもらおうという下心が見え見えで、正直頂けませんねぇ〜」

「シスターも、おんなじ事を言っていたよぉ？」

「でしょうねぇ。仮にも次期領主なのですから、世間の目を気にして欲しいところです。万が一噂にでもなれば恥以外の何物でもないですし、更に民からの信頼度が低下しますから、これは次期領主としてはしてならない無作為で無謀な上に、無知な失敗ですよ」

「好感度ダダ下がり〜ぃ」

「恋も領主もさようなら〜ぁ」

「もう、終わり〜だね〜ぇ♪」

好き勝手に言われているが外聞的に見れば正しい見解である。それだけに、ツヴェイトは肩を震わせ怒りを押し殺していた。多少は自覚があったのか、もしくは後から気付いたのかは分からないが、完全に失敗して取り返しがつかない事であると再認識させられた。

それ故に、人に言われると余計に腹が立つようだが……。

「この時点で好感度が最底辺まで下がっているのに、更に開発を理由に脅迫ですかぁ。これはもう駄目です。修正不可能な最悪の選択だぁ〜ねぇ〜」

「「「しっぱい、しっぱい、大失敗!!」」」

「それでも諦めきれずに会いに来るのですから、根性はあるでしょう。ですが、もう手の施しようがないくらいに破綻してるからなぁ～。会う度に好感度が急激に暴落するのだから、ここは自分の幼さを悔いて諦める方が潔いだろうね～ぇ……残念！」

「「「「失恋、失業、さよなら人生!!」」」」

「いや、自殺はしてないから、それは失礼だぞ？　まぁ、これから恥を抱えて生きて行かなければならないけど……」

子供達は容赦ない。そして、おっさんも容赦ない。

「これまでの行いを悔いて、頭を下げて詫びるのであれば多少は好感度が変わるんだが、今の段階に進んでしまってはどうやっても手遅れかなぁ～。修正が効く段階は既に越えているようだし、潔く諦めるのが得策だろうねぇ。今ならまだ、領主としての道は守れるからね……」

「失恋を糧に、仕事に生きるんだね？」

「寧ろ、そっちがしあわせぇ～」

「下手な行動、致命傷！　注意一秒、体面大事」

「大人になりたいの？　子供に戻りたいの？　分からないわぁ～？」

子供達の世間話なのだろうが、言われた当人には死活問題だった。

そもそも、このような往来で大声を出して口論しているのだから目撃者も出る。

更に、世間体を気にする貴族であるが故に体面を取り繕うのは当たり前で、恥も外聞もなしに脅迫している時点で既にＯＵＴなのだ。

そう、今の彼は致命的に無様で、噂が広がれば領主の座は弟に行く事になりかねない。

「行動には責任が付き纏いますから、それを怠って感情で行動したのが今の結果に繋がっている訳で、既に恋も次期領主も崖っ縁になりましたねぇ～」

「無様って言うんだよね？　哀れって言うんだよね？」

「それより、串肉が食べたい。飯はまだぁ～？」

「おっちゃん、早く食べようよ。オラ、腹が減ったぞ～ぉ？」

「領主の息子が死んだって、どうでも良いよ。肉ぅ～～～ぅ」

子供達はどうでも良いようだ。串肉にしか興味がない。


「「「「…………………………」」」」

片や口論していた二人と護衛騎士達は言葉をなくしていた。

おっさんと子供達の会話は他人から見れば世間話で済むが、当人同士となると大問題である。

ルーセリスは被害者故にさほど問題ではないだろうが、ツヴェイトにとっては大問題の上に民衆にまで馬鹿にされる始末。更に、今まで大勢の目撃者がいた事を考慮すれば、既に噂が広がっている可能性が高い。下手をすれば犯罪者として処罰されかねない事態であった。

「あ、あのぉ～……」

「何ですか？　シスターのお嬢さん」

「失礼ですが、あなたは……その、どちら様でしょうか？」

「偶然この子達に絡まれた一般市民ですよ？　『おっちゃん、肉くれ』とね」

ルーセリスは子供達を睨むと、その子供達は一斉にゼロスを盾にする。

意外に太い子供達、したたかに生きているようだ。

「……本当に申し訳ありません。何分、寄付金が下りず生活が困窮しているものでして……」

「あぁ～……もしかして、そこまでやりましたかぁ？」

「卑怯な手段です！　人としての感性を疑います！　こんな事、神がお許しになる筈がありません」

「欲しい物は力尽くですか？　中には力や権力に靡かない人もいると言うのに……。失敗しているのに、何故力に拘るのでしょうかねぇ？」

「困った事ですが、彼にはそれが分からないのです」

「ところで、この串肉なのですが……」

「見ず知らずの方にすみませーぇん！　必ず料金はお返ししますから……」

「別に良いですよ。寄付という形にしてくだされば。子供達はたくさん食べておかねば、健康に問題が出ますからね」

「本当にすみません！　ですが、宜しいのですか？」

「つい、50本ほど購入しまして、考えてみれば食べきれないいんですよ。あはははは」

「ご、豪快ですね……」

「豪買《ごうか》いです。収入が思っていた以上に多かったものですから、思わず大人買いしてしまいましてね。魔石の物価が低下しなければ良いのですけど……」

「オイ！　そこの貴様、貴族の……まして、公爵家の血族である俺を侮辱してただで済むと思っているのか！」

会話の途中でツヴェイトが介入して来た。やけに鼻息が荒いようである。

「……今更でしょ。にしても、態々会話が終わるところまで待ってくれるとは思いませんでしたねぇ。意外と律儀なのか？　いや、ツッコミ体質とか……」

「黙れ!!　どこの派閥魔導士だかは知らないが、灰色ローブ風情が俺をコケにするとはなぁ……」

「……灰色ローブねぇ？　ふむ……ひょっとして、この国ではローブの色で魔導士の順位を決めているので？」

「なに？　……なるほど、他国から来た魔導士か、だったら教えてやろう。魔導士の位は灰色・黒・赤・白と順に変わり、灰色ローブは最下級の魔導士を示す。灰色ローブは駆け出し同様の低位の魔導士、赤ローブの俺とは格が違う」

自信満々に言い放つツヴェイト、だがこの話には大きな落とし穴がある事に気付いていない。

「あのぉ～、ちょっと良いですかねぇ？」

「何だ？」

「僕ぁ～外からこの国に来た魔導士ですよ？　この国のローブ色が力の順位を決めているのは分かりましたがねぇ、その常識に僕は当てはまらないのでは？」

「………………………」

そう、色で実力を見分けるのはこの国だけであり、他国の魔導士に関しては当てはまらず、実力の差が分からない。極めて高いレベルの探知スキルがなければ相手の実力が推し量れない。

「ふ、ふん、それがどうした。お、俺は高位の魔導士だぞ？　その俺が、どこの馬の骨とも分からない魔導士程度に負けると思うのか？」

「顔を赤く染めて、どもりながら話されてもねぇ〜。それに、どこからその根拠のない自信が来るんだか……。実力を知らない相手に喧嘩を売るのはあまり感心しませんぜ？　相手を侮るのは危険な兆候。第一、侮辱も何も、既に噂が民衆に知れ渡るような真似をしているのは君自身の過失。これって、ただの逆恨みじゃないですかねぇ？」

「だ、黙れ、下郎。どうせ貴様は魔導士崩れだろ！　そんな軟弱な連中に俺が倒せるか！　【ファイアーボール】!!」

ゼロスが孤児院に入る事を許されたのがよほど気に入らないのだろう。

彼はいきなり無詠唱で魔法を発動し、ゼロスに向かって撃ち放った。だが……。

「ほい！」

――ボシュウ……。

ゼロスが無造作に拳を出した瞬間に、目の前で【ファイアーボール】が一瞬にして霧散消滅した。

「なっ!?　き、貴様、魔導士ではないのか!?」

「魔導士ですが？　戦闘職も熟しますけど、それが何か？」

「そう言えば双剣を……まさか……」

「魔法を除けば、どちらかと言えば剣の方が得意ですがねぇ〜。まぁ、君程度の相手は拳で充分でしょうか。魔法も剣も必要ないか……」

拳神の職業スキルを持つゼロスは、並大抵の魔導士では勝てない。

何しろ、最上級職な上に魔導士が最も苦手な戦闘をこなす。正面からでは圧倒的に不利なのだ。

「ふぅ……魔導士なら接近戦は必要でしょうに。そんなに驚く事ですか？」

「おい、お前ら……時間を稼げ。この不届き者を焼き殺す!!」

「ハッ！　了解しました」

「お任せを、ツヴェイト様！」

騎士達は剣に手をかけ、ゼロスの様子を窺う。拳で戦える以上は武器を抜いていない騎士にとって不利な状況である。更に相手は剣も所持し魔法すら使えるのだ。

「剣に手を掛けましたか。ですがねぇ、良いんですかい？」

「な、何がだ……？」

「それを抜いたら……、死ぬ覚悟があるとみなしますよ？」

「「……!?」」

彼等の背中に冷たい汗が流れる。一見して何も変わっていないようだが、明らかに空気が変わったのだ。目の前の魔導士はただ立っているだけなのに、攻め込める隙が見当たらない。

騎士達は動けない。まるで目の前に獰猛な巨大なモンスターがいるような、そんな錯覚を覚えていた。踏み込めば危険である事を本能的に察知したのだ。

「何をしている、行けっ!!」

「し、しかし……」

「ツヴェイト様……この男、強過ぎます。斬り付けようにも隙がない」

「ふむ、僕の相手にするには功夫《カンフー》が足りませんが、挑んで来るならお相手しましょうかね。覚悟を決めて向かってきなさい。にしても、全員の格が100に満たないのは頂けませんなぁ～」

「「なぁっ!?」」

おっさんはどこかの格闘家か龍の道を行くお方の如く、左手を返して四本の指を動かし『かかって来なさい』と挑発する。

「あと、君達のステータスは全て見えていますよ？　保有しているスキルもですがねぇ、その意味は解りますか？」

「か、【鑑定スキル】だと……？　馬鹿な、俺達のステータスを全て見ているという事は……」

「我等全員よりも遥かに強い」

「馬鹿な……そんな高レベルの人物なら噂に……」

「……何と言いますか、せめてワイヴァーンを一人で倒せる実力は欲しいですねぇ」

鑑定スキルは所有する者とのレベル差と、鑑定スキルのレベルに応じて鑑定出来る内容が変わる。相手とのレベル差が高ければ鑑定して知る事の出来る内容も詳細なものになり、彼等のステータスが全て知られるという事は要するに、実力差に圧倒的な開きがある事になる。

「……待てよ？　この男は俺達の格を一言も言っていない。ブラフの可能性も……」

「【ツヴェイト】、格《レベル》50、炎系統魔法が得意ですか……おや？（状態異常で【洗脳】となっているが、どういう事だ？　ここは教えてあげるべきだろうか？）」

「ブラフじゃなかったか、クソッ！　これだけは使いたくなかったが、仕方がねぇ、『煉獄の炎よ。群れる龍となりて、敵を滅ぼせ。祖は冥府より来たりし悪しき破壊者……』」

「なっ、ツヴェイト様、その呪文は!?」

「旧市街でそんな魔法を使えば、火事になりかねません！　この辺りを焼き払うおつもりかっ!!」

「フハハハハハ!!　その余裕が仇になったな、喰らえ【ドラグ・インフェルノ・ディストラクション】!!」

ゼロスの周囲に無数に飛び交う紅蓮の炎龍。しかし、ゼロスはただ溜息を吐くだけであった。

「それはもう見ましたね。【ファントム・ラッシュ】(時と場所を考えて魔法を使えよ。あぁ～もう、教えるの止めた!!)」

瞬間、ゼロスは無数に分裂したが如く高速で動き、全ての炎龍を拳と蹴りだけで消滅させる。

この手の広範囲攻撃魔法は、具現化した物理現象を完全発動する前に粉砕すれば、被害を最小限で抑えられるのである。あまりに非常識な攻略法に対し、誰もが呆気にとられた。

「これで最後ですね」

回し蹴りを叩き込み最後の炎龍を霧散させると、何事もなかったかのように無造作にボサボサの頭を掻く。まるで、とるに足らないと言わんばかりの態度である。

実力者が使えば街一つ焼き尽くすような大魔法を、拳と蹴りで被害を出さずに守ったのに、だ。

「クレストンさんの方が遥かに威力はありますね。まぁ、レベル50程度ではこんなものか……。恐らく二度目を放つ事は出来ないかな？　これなら既存の範囲魔法の方が効果的ですぜ？」

「ば、馬鹿な……俺の最高の魔法だぞ？　それがいとも容やすく……」

強力な魔法を放ち、魔力が枯渇状態に近くなったツヴェイト。

彼は気付かなかったが、騎士達はある事を知り顔が蒼褪める。

「オイ、今……」

「あぁ、先代公爵様の名を……」

「あぁ～、言っていませんでしたか？　僕は今、クレストンさんの屋敷でお世話になっているんで

すけどねぇ～。当然、クレストンさんとは顔見知りですが？」

「「聞いてねぇよっ!?」」

「あ～、考えてみれば、今まで一言も言ってませんねぇ」

つまりは御隠居の知り合いという事になる。同時に、ツヴェイトには最悪な状況であろう。

飄々とした態度が腹立たしいが、殴るにしても魔力切れで動けない。

「き、貴様……まさか、御爺様に……」

「自分の不始末のツケは、しっかり清算しないといけませんぜぇ？　きっちりと報告させて頂きますよ。それが正しい大人の在り様だと思いますがねぇ？」

「やめてくれぇ、そんな事をされたら俺が殺される!!」

「フッ、懇願か……だが断る！　君は、神官である彼女に対して何をしたのかな？　かなり悪辣な真似をしていますよねぇ？　しかも反省の色がないだけでなく、こんな街の中で範囲魔法を使う。しかも炎系統魔法ですよ？　こんな住宅が密集した場所で火事にでもなったら、さぞ大惨事になった事でしょうなぁ～。ここは厳しく沙汰を下さねばいけませんな。特に、念入りにねぇ？」

「頼むっ、何でもするから、それだけはっ!!」

「却下。強力な力を感情任せで簡単に使うようなヤツぁ～、相応の罰を与えないと反省すらしない。使う魔法を択ばず危険な行為をした罰だと思ってくださいな。公爵家の跡取りなら尚の事、軽率な行為は慎むべきだった筈ですがねぇ？」

嘆願するツヴェイトを容赦なく切り捨てる。

『まぁ、少しは良い薬になるだろ。魔導士に街中で好き勝手をされたら、悲劇にしかならないからねぇ～』

おっさんは懐から紙煙草を取り出して火を点けた。

「凄い……魔法を素手で打ち消すなんて……。でも、何かが変な気が……何でしょう？　違和感のようなものが感じられるのですが……」

ルーセリスは、目の前で信じられない真似をしでかした魔導士に対して、妙な違和感を覚える。

見た目はだらしなく胡散臭さが目立つが、ゼロスの周囲からは魔力が一切感じられない。

人なら誰しも魔力を放出し、それが気配となって勘の鋭い者なら感知する事が出来る。

魔力を行使する者なら程度の差はあれど持つ能力で、手練れならばその効果はスキルとなって表れる。ルーセリスも当然そのスキル、【魔力察知】を持ってはいるが、今はそのスキルが反応しないところを見ると、目の前の魔導士は自分より弱いという事になる。

しかし実際に目の前で見ている感覚では、何か他の人達とは違うものを感じていた。

「おっ？　魔力察知ですか？　それでは僕の魔力は感じられませんよ。魔力圏の範囲が広過ぎますからねぇ」

「えっ!?　な、何で……」

「魔力察知はあなただけが持っている訳では無いという事です。まぁ、基本的に自動で発動していますから、時々勝手に発動して関係ないものを察知してしまうのが悩みの種ですがねぇ」

魔力が感じられないのは自分より弱いからではなく、逆にゼロスの魔力圏内にいるために錯覚した現象である。スキルレベルが低いほど起こりやすく、魔力の高い相手の魔力圏内に入る時は、自身の魔力放出を意図的に抑えるか遮断し、全身の肌で魔力を感じないと正確には分からないのだ。

「し、失礼しました！　スキルで勝手に相手を覗くのは法律違反なのに、とんだ粗相を……」

「いえいえ、魔導士同士ではよくある事ですから気にしない。それに、お相子ですよ。粗相なら僕もしていましてねぇ、先ほどからですが……」

ルーセリスは十八歳で結婚適齢期である。そんな彼女は、野暮ったい神官服の上からでも分かるほど豊かな膨らみがこれでもかと二つ主張していた。ゼロスは先ほどから気になりつつ、失礼と思いながらもつい目が行ってしまっていた。彼は俗に言う〝おっぱい星人〟なのだ。

ちなみにおっさんのスカウターはＤと判断した。

「ひゃう〜〜ぅ!?」

「立派な物をお持ちで……。女っ気がない生活でしたから、失礼とは思っていても、つい……目が。本当に申し訳ない」

「「「おっちゃん、えろぉ〜〜〜い！」」」

彼女は豊かな胸に視線を感じ、慌て両手で隠すのだが、白いローブの上からでも豊かな胸は寧ろ強調されるばかり。逆に清楚な中にも無駄にエロかった。

「まぁ、巨乳過ぎても流石に引きますが……コホン！　失礼……」

但し、ギネス級の超絶爆乳には興味はない。彼にも拘りがある。

「れ、礼儀正しい方と思っていたのに……」

「おっさんですからねぇ〜。下ネタも少々は嗜みますよ。僕はまだ大人しい方です」

涙目で羞恥に染まる彼女は、ゼロスに嗜虐心を掻き立てさせる。

だが、彼は欲望を押し殺し、いたって平静に取り繕った。

「卑猥です。破廉恥です！　エッチです‼　信じられません‼」

「男は皆、エロいと思った方が正しい。無論、彼等もその筈……間違いない。断言出来ます！」

突然に話を振られ、魔力切れで疲労困憊のツヴェイトと護衛の騎士を含む三人は、同時に一斉に顔を背けた。どうやら図星のようである。

「い、いきなり話をこっちに振るんじゃやねぇ‼」

「そ、そんな目で私を見ていたのですか⁉　い、いやらしいです！　軽蔑します！」

「ち、違う！　俺はそんな気は……」

「ないと言い切れるので？　これほどの美人で巨乳ですよ？　思わず、『ムラッ』と来ちまったんじゃやねぇですかい？」

「うっ⁉　うぅ、うっせぇ、貴様は黙ってろよ‼」

ツヴェイトは取り繕うのに必死である。だが、おっさんはツヴェイトで遊び出した。

直感で『弄れば面白い』と判断したようだ。御付きの騎士達は笑いを堪えるのに必死である。

「び、美人て……私が⁉　普通ですよ、そんな訳が……」

「う～ん。あなたのような清楚な美人になら、男は必ず目を向けると思いますがねぇ～？」

「そ……そんな事……」

「男にとって、美しい女性というのは未知なる世界に挑むのと同義。そこに飛び込もうとする冒険者は後を絶ちません。あなたは自覚した方が良いでしょうねぇ、一般女性よりも遥かに上にいる事を……。無自覚は返って嫌味にとられかねませんよ？　そこの彼も同意見の筈です。特に胸が！」

「だから、いきなり話を振るんじゃねぇ！　どう返して良いのか分からんだろ！」

この機に乗じてツヴェイトを揶揄《からか》う。

ルーセリスは顔をトマトのように真っ赤に染めて俯いてしまった。

彼女は長いプラチナブロンドの髪を背中の辺りから三つ編みで一纏めにし、抜群のプロポーションは一流モデルも逃げ出すほどに整っている。どこかあどけなさを残す顔も可愛らしく、毅然とした態度を取れば、『まるで聖女だ』と言われても納得するだろう。

しかし、孤児として生まれ育った彼女には、自分の魅力に対して自覚がなかった。

そんなルーセリスは『美人……私が？　嘘！　でも……』と一人で呟いている。

「ところで、串肉なのですが……、どこへ運び込めば良いのですかねぇ？」

「あっ!?　そ、そうですね！　えと……厨房の方にお願いします」

美人と言われて赤面するほど照れていた彼女は、慌てて応えようとする。

余談だが、神官としての修業中に、男性神官達が煩悩を振り払うのに苦心した事を彼女は知らない。ルーセリスは問答無用で男共を惹き付けていたのだ。しかも、無自覚に……。

「厨房はどちらで？　何分、初めて教会に入るものでして」

「ハ、ハイ!?　えぇ～と……こちらです！」

「どうしたんですか？　何か、心ここにあらずみたいでしたけど？」

「にゃんでもありません！　らいじょうふれふ!?」

「咬んでますよ？」

ルーセリスはどこか挙動不審になりながらも、ゼロスを孤児院内に案内する。

その後ろを子供達が、『食うぜぇ～。肉、食うぜぇ～』と言いながらついて行く。

残されたツヴェイトはしばらく呆然としていたが、やがて事の大きさを思い出し、その場で項垂れて力なく崩れ落ちた。彼には、これから罪の清算が待っているのだ。

その後、ゼロスは孤児院で夕食を摂り、気軽な足取りで別邸へと戻るのであった。

ちなみにだが、この時おっさんはツヴェイトの状態異常【洗脳】の事を、ものの見事に綺麗さっぱりと忘れ去っていた。

ツヴェイトがこの事に気付くには、まだしばらく時間が掛かる事になる。

第九話　おっさん、孤児院に畑を作る

領主の屋敷にて、三人の人物が顔を合わせていた。

一人は老人で、家督を譲り渡し隠居したクレストン老。もう一人は青年で、この公爵家の長兄でもあるツヴェイトである。最後の一人が厳格そうな中年男性であり、白いローブを着たこの公爵家の現当主である【デルサシス公爵】である。

「で？　お前は父上の客人と知らず戦いを挑み、事もあろうに我が一族の秘宝魔法を使い、呆気なく敗れたと言うのか？」

秘宝魔法とは魔導士の一族が決して表に出す事のない、一族に伝わる秘伝の魔法である。

一般的にはオリジナル魔法と呼ばれ、一族が研究の粋を集めて生み出した奥義とも言える。その魔法を簡単に世間に曝したばかりか、あっさりと無効化された事が問題であった。

「そ……それは、そうなんだが、あの男の強さは異常だった……」

「言い訳は良い。それも領内で被害を顧みずに使ったばかりか、その理由が惚れた女が靡かずに別の男と懇意になりそうだったからだと？　こんな情けない噂が広がれば、我が公爵家の恥以外の何物でもないぞ!!」

「まぁ、相手がゼロス殿じゃからのぅ。儂も使ったが、彼の秘宝魔法であっさり敗れたわい」

「なっ、御爺様ほどの魔導士でもかよ!?　あり得ねぇ……」

「俄《にわか》には信じられませんな。何者なのですか？　その男は……」

「詳しくは教えておらなんだな、儂とセレスティーナの命の恩人で、家庭教師として雇った」

「なっ、何と？」

「アイツの教師だとぉ!?　あんな化け物に教えを請うのか、冗談だろ!?」

そしてクレストンの口から語られるゼロスとの出会い。

その内容に二人は次第に顔色が変わり始める。デルサシスは難解な政治問題に挑むような、ツヴェイトは自分の身のほどを知り恐怖に怯える。二者二様であった。

「ぜひ我が国に重鎮として雇いたいですな」

「無理じゃろぅ。政治なんかめんどくさいと言いおった。下手に付き纏えばどうなるか分からんよ。まぁ、理由もなくいきなり攻撃を仕掛けるような者ではないがな」

「しかし、野放しは危険なのでは？　それほどの才を持ちながら、国に仕えぬとは……」

「儂は魔導士らしいと思えるぞ？　研究のためなら国にすら喧嘩を売るじゃろうな」

「敵に回すには恐ろしいな……。どれほどの秘宝魔法を所有しているか分からん」

「ティーナから聞いた話では、国を滅ぼせる魔法を幾つも所有しておるな。研究結果を出したので使う気はないようじゃが」

「充分脅威ですよ、父上。どうにか首輪を付けられぬものか……」

政治的に見れば、ゼロスは核弾頭を遊び感覚で持ち歩いているようなものだ。

そんな魔導士を気ままに歩きまわらせるほど、デルサシスは悠長な性格ではない。

「止めておけ、デルサシス……。お主はこの国を滅ぼしたいのか？　気軽な感じで付き合えば良い。ティーナのようにな」

「しかし、それほどの魔導士なら国の魔法学にも貢献出来ましょうぞ。何故《ゆえ》、父上は止めるのですか？」

「戦いに疲れた魔導士を権力闘争の中に放り込んでみよ。真っ先に連中を消滅させて、この国から消えるじゃろぅ。余計な犠牲を出す訳には行かぬ」

「父上達の恩人でもありますからな……。無理強いは出来ませんか」

「うむ、逆に言えばオリジナル魔法以外は気軽に教えてくれるようじゃぞ？　ティーナは彼の弟子に正式になりたがってのぅ、必死に魔法学を学んでおる」

「あの子は魔法が使えなかった筈では？」

「既に使えるようになっておるよ、ゼロス殿のおかげでのぅ。流石大賢者じゃて……」

「「な、何ですとぉ!?」」

セレスティーナが魔法を使えるようになった事にも驚いたが、【大賢者】という言葉が出てきた事に驚愕する。そもそも大賢者は邪神戦争の折に数人いたとされ、その魔導の叡智を持って勇者達を導いたとされている。

だが、邪神を封じる際に全員が死亡し、その知識は受け継がれる事なく歴史の闇に消え去った。

それ以降、大賢者という職業に就いた者は誰一人おらず、幻の職業《ジョブ》と言われている。

「ち、父上……、それは真実でしょうか？」

「うむ、格が既に1000を超えておる。下手な勇者よりも強いのではないか？」

「マジかよ……そんな化けもんに喧嘩を売ったのか？　俺……」

「他言無用じゃ。陛下にもな……」

「「言える訳がない」」

賢者クラスの魔導士の存在は、多くの魔導士が教えを請い願いたいほどの超ＶＩＰである。

そんな賢者を遥かに超す大賢者は最早神と言っても良いのだが、そんな恐れ多い存在に喧嘩を吹っかけた馬鹿がここにいた。

「下手したら、我が家系が消える事になっていたな」

「ヤバい……知らなかったとは言え、とんでもねぇ相手に……」

「静かに暮らしたいそうじゃから、土地を与えれば良いじゃろぅ。そういう約束じゃし」

「その程度で宜しければ直ちに……」

「うむ、別邸の森の一部と、孤児院を含め彼に与えるのじゃ」

「お、御爺様!? 何故に孤児院が……」

ルーセリスにホの字であるツヴェイトとしては、気が気ではない一言であった。

「何でも、一般の作業に適した魔法を考えたから、孤児の子供達に教えたいそうじゃぞ？ 農業魔法とか言うらしい」

「何ですか、それは？ ……魔法とは攻撃か戦闘補佐が主流ではないのですか？」

「セレスティーナに魔法の新しい可能性を示すと申しておったぞ？ 実に良い教師じゃな」

「魔導士団の連中に聞かせてやりたいセリフですな。それで、あの子の才は伸びそうですかな？」

「うむ、ここ数日で驚くべき成長をしておる。やはり学院程度では、才能を育てるのは無理があるじゃろぅよ」

「個人の才能を優先しますからね。魔法が発動しなければ直ぐに落とされますから」

「うむ、だからこそ、ゼロス殿が改良した教本が重要になる。儂も覚えてみたのじゃが、中々使い勝手が良いぞ？」

「そこまでですか。ぜひとも我が国の魔導士教育のために広げたいところですな。彼には了承は？」

「既に取っておる。これで無能な連中を追い落とせるのぅ。何しろ、前の教本よりは遥かに優れておるからな」

老体と現当主はイストール魔法学院の卒院生でもある。

どちらも主席卒業でありながらも、現在の学院そのものの在り方に疑問も持っていた。

「どうでも良いが……お主、あの子に対して冷たくはないか？」

「妻二人の手前、あの子を可愛がる事が出来ないんですよ。あの子の母親は、妻達よりも魅力があり過ぎましたからな。ハァ……」

「女の嫉妬は怖いか……その内に刺されるのではないか？　いい加減に浮気は止めよ」

「何度も刺されていますよ。ですが、やめられませんな」

「手遅れじゃったか、相変わらずじゃな……。良く死なぬものじゃて……」

セレスティーナはこの公爵家では冷遇されている。しかし、少なくとも父親の方は娘に対しては愛情があるようだが、決して表だって可愛がる事が出来ない。

デルサシスは女性遍歴が凄過ぎたのだ。

「まぁ、学院や派閥の改革は追々始めるとして、問題は……」

「うむ、ツヴェイトじゃな」

「うっ、忘れていてくれれば良かったものを……」

「忘れる訳がなかろぅ！『領主としての仕事を体験して、自分の器を鍛え広げたい』など申しておきながら、実は一人の娘を手に入れるために権力を利用するなど言語道断！　恥を知れ!!」

「お、親父も、至るところで愛人を囲っているじゃねぇかぁ!!」

「私は、仕事と火遊びはしっかり両立しておる。ついでに言えば、権力にモノを言わせた事なぞ一度たりともない！」

デルサシスは女性関係の遊びが凄まじく派手である。

しかし、仕事とプライベートは完全に分別をつけており、女性に手を出す時もお忍びで正体を隠すほどだ。関係を持った女性に対してのアフターサービスも万全で、生活が困窮するような事にはならないように援助をするなどの配慮も見せている。

ついでに、領主としての仕事の傍らで貿易業も営んでおり、税金に手を出した事は一度もなかった。デルサシスはデキる漢なのである。

「親父がそんなんだから俺が焦るんじゃねぇか!! 何かのはずみで、いつ手を出してもおかしくねぇからよぉ!!」

「私の所為だとでも言うのか？ 自分の男としての器の小ささを自覚しろ、女を惚れさせてこそ男の貫目も上がるというものだろう。小手先の力ばかりで体裁を取り繕ったところで、良い女はそれを見抜くと分からんのか、この馬鹿者がぁ!!」

「俺は学院で、しばらくこの地にはいないんだよぉ!! その間に親父に目を付けられたら、最悪じゃねぇか!!」

「ならば、お前の魅力とはその程度なのだろ？ 真に惚れられているなら、そもそも他の男になぞ目もくれん。仮にそうなったとして、直ぐに裏切るような女などたいした者ではあるまい？」

「言いやがったな、糞親父!!」

「言ったがどうした？ どの道お前は権力を頼り完全に毛嫌いされたのだろうが。いい加減に諦めろ、女々しいにもほどがある！」

百戦錬磨のプレイボーイである父親が相手では、ツヴェイトには分が悪過ぎた。

そもそもデルサシスは他人の女を寝取った事は一度もない。仮にあったとしても未亡人や訳アリ女性が殆どで、その女性達にも真摯に向き合うほどマメなのだ。

明らかに器が違い過ぎる。

「儂は妻一筋じゃったから分からんが、何がこやつ等をそこまでさせるのじゃ？」

クレストンの爺さんに至っては純愛一直線であり、死んだ妻以外に女性と関係を持った事はない。娼婦程度なら若い頃に幾度かあったが、その日限りの気まぐれで娼館に通い詰めた事すらない。それだけにこの二人の罵り合いに首を傾げ、収拾がつかなくなったと知ると溜息を吐く。

領主邸のリビングで、親子の壮絶な罵り合いが続いている。

やがてそれは拳で語る殴り合いに発展するのであった。

◇　◇　◇　◇　◇　◇

丁度その頃、ゼロスとセレスティーナは護衛の騎士二人と共に、再び孤児院に来ていた。

「あの……ゼロスさん？　今日はどのような御用件でしょうか？」

「魔法の実験ですよ。この孤児院の裏手は教会なだけに広いですからねぇ。畑でも作って子供達に世話をさせれば良いのではと思いまして」

「畑ですか……私も一度は思った事はありますが、小石や地面が固過ぎて子供達には無理ですよ」

「だからこその魔法です。きちんと練習すれば、幅広い分野に利用出来るものですからねぇ。魔法は何も戦うための道具という訳ではありませんよ？」

ルーセリスは首を傾げる。神官達にとって魔法とは、人を傷つける悪しき行いと思っている。

彼等が使う神聖魔法こそが真の神の奇跡と信じ、魔導士達に関してはあまり良い目は向けていないのである。だが、ここでゼロスは爆弾を落とす。

「あなた方が使う治療魔法も、魔導士達が使う攻撃魔法と分野としては同じですよ？　要は使い方を誤らねば良いだけの話です」

「えっ、私達の魔法は神聖魔法で、神の奇跡の筈では？」

「違いますね。魔法を覚える時にスクロールを使うのですよね？　アレは古い形の魔導書と同じ原理なんですよねぇ。つまりは神聖魔法も魔導士の使う魔法と同じ分類になる事を意味します」

「では、神官も魔導士という事になるのですか？」

「そうなりますかねぇ。一般の魔導士が攻撃型なら、神官は防衛特化後方支援型という事になりますかね。まぁ、たいして意味がない括りですが」

神官の魔法は神の奇跡により賜ったものと言われてきた。その神聖魔法のスクロールを与えられる事は、神官にとっての位が上がった事を示す。しかし、ゼロスは神聖魔法が魔導士の魔法と同じものだと言う。たとえ真実でも神官達にとっては看過出来ない暴言であるに等しい。

「し、信じられません。そんな事……」

「僕もヒールは全種類使えますよ？　毒も癒せるしアンデッドの浄化も出来ます。光属性魔法と分類していますがね」

「凄い……最高司祭の方達でも、流石にそこまでは……。ですが、認める訳には……」

「効率重視で魔力消費を抑え、体細胞を活性化させる仕様になっていますよ。基本魔法を改良すると、後の魔法構築も楽ですからね」

「先生は回復魔法も改良しているのですか!?」

魔導士の光魔法と神官の神聖魔法は同一のもので、同じ系統に属する。問題は攻撃か治療に分裂し、片や破壊に、片や神の奇跡として分かれていた。

本来ならこのような事はあり得ないのだが、邪神戦争の混乱期時において様々な文献が消失、魔法に関しても盗賊紛いに荒らされ散逸し広がったものが現在の魔法である。

魔法文字で構成されている以上、性質は異なれども同じ魔法。しかし復興時から長い時間を掛けて再構築された文化的常識は、直ぐに正す事の出来ない状況になった。

光魔法の片方は宗教と併合され神聖なものになり、中途半端に残された光属性魔法は研究の末に攻撃特化と化したのである。

「まぁ、今の時代に余計な波風は立てたくありませんからねぇ。異端審問なんて鬱陶しいですし」

「先生……下手をすれば、世界が動乱になりますよ？」

「現状に満足し、何も知らずにいれば楽なのですが、魔導士は好奇心の塊みたいな連中ですからねぇ。真実を知ったら真っ先に研究を始めますな、きっと……。はははは♪」

「笑い事じゃないですよ。神官の方達が魔導士……神の奇跡じゃない……。このような事実を知って、私はどうしたら……」

「別に気にしなくても良いんじゃないですかねぇ？　真実なんて所詮はその程度の些細なものですよ。知ったからと言って現実が変わる訳ではありませんし、変えたければ誰かが行動を起こすでしょうしねぇ。僕ぁ～やりませんけど」

状況によっては大きく変わる。特に宗教国家では死活問題であり、自国の優位性が失われかねない。それとて時間の問題なだけではあるが、早いか遅いかの違いで混乱の規模は大きく変わる事になるだろう。神官の中にも悪辣な者は多く、不満を溜めている者達も少なくはなかった。

「そんな事より、さっさと畑を作りましょうか。『働かざる者、食うべからず』ですからね？」

「かなり重要な話なのでは？　宗教国家の存在意義が失われますよ、先生……」

「神が何でもしてくれると思ったら大間違い。基本的に傍観者で、何をしてくれる訳でもありません。奇跡的に見えても、どんなに確率が低くとも可能性がそこにある限り、起こり得る現象は起こるものです。それを奇跡と呼び崇めるものだから面倒なのですがね」

「お世話になった司祭様も同じ事を言っていました。ゼロスさんは神がお嫌いなのですか？　それは罪深い事ですよ……罰を受けてしまうかもしれません」

「嫌いですねぇ。そのいい加減な神の不始末で実際に殺されかけましたから。しかも邪神に……。寧ろ神は敵です」

「「…………………………」」

二人の思考が停止した。

「「じょ、冗談……ですよね？」」

「さぁ～、どうでしょうかねぇ？　信じるか信じないかは、アナタ方次第♪」

嘘は言ってない。それどころか、邪神の呪詛によって実際に死んでいる。

その邪神を産業廃棄物の如く異世界の、しかもゲーム内の世界に封印したのがこの世界の神々なのだ。たとえこの世界に転生させられたとしても、理不尽に殺された事には変わりない。

故に神は敵だった。

未だ真偽を確かめようと色々聞いてくる二人を適当に躱し、教会の裏手に回って来ると、そこは無造作に雑草が生い茂る開けた空間であった。

元は墓地にする予定であったが、街の景観を損ねるという理由から頓挫し、そのままの形で残されている。この空いた土地を利用しようかと幾度となく話し合ったが、結局のところは妙案が浮かばずに放置される事となった。

新市街が作られてからは次第に忘れ去られ、孤児院となって現在に至る。

「おっちゃん、今日は何するんだ？」

「お土産は？」

「あの女の子、おっちゃんの彼女？」

「肉くれ、にくぅ～～」

子供達は元気が良過ぎる。

「今日は、ここに畑を作ろうと思いましてね。君達は邪魔にならないように、後ろで見ていてくれるとありがたいなぁ～」

「うん、分かった」

「土産はないのか。ケチだな、おっちゃん」

「にくぅ～…………」

「おっちゃんも、シスターを狙ってる？」

そして失礼でもあった。まぁ、子供なんてどこの世界でも似たようなものだろう。

「では、さっそく……【ガイア・コントロール】」

ゼロスが地面に手を当て魔法を行使すると、草が生い茂る地面は生き物のように動き出し、雑草や小石などを満遍なく分別して広い農地が出来上がる。

更にそこに畝を作る事で、直ぐにでも種や苗を植える事が可能な状態に変わっていく。

「す、凄い……これが可能性……。人を幸せに出来る魔法……」

「嘘、あの草叢がこんなに早く開拓されるなんて……。ゼロスさんは凄い魔導士だったんですね」

魔法を知る二人でさえ、目の前で起きた事が本当に魔法のように感じられた。

治癒魔法や攻撃魔法といったものとは異なる、開拓に特化した魔法であった。

「そんで、この畑の周りに壁を……【ストーンウォール（弱）】」

今作り上げた畑の周囲を低い壁で囲い、外敵の侵入を防ぐ。

だが、この畑は空からの外敵には弱いだろう。

「おっちゃん、すげぇ～～～っ!!」

「やるな。おっちゃん」

「シスターに良いとこ見せてんの？　スケベだな、おっちゃん」

「肉が……にくぅ～～～～っ!!」

畑が出来上がった事に対し驚く子もいるが、別の事を考えるマイペースな子供もいる。

「これで野菜が自給自足出来ますし、端の方で薬草なども育てれば臨時収入にもなりますね。こんな感じでどうですか？」

「凄いとしか言いようがありません。ですが、ここまでの事をしてくださったのに、私は何のお礼も……」

「言ったではないですか、『これは実験』だと。気にする必要はありませんて」

「聖人とはきっと、ゼロスさんみたいな方を言うのですね……。無償の奉仕、素晴らしい事です」

「買被り過ぎですよ。そんなだいそれた存在じゃありませんて、僕ぁ～」

何やら熱い視線を向けるルーセリス。

ゼロスは気付いていなかった。彼女が自分に対して好意を向け始めている事など……。

長い独身生活は彼をそこまで鈍感にさせていた。

「本当に凄いですね、先生。この魔法は魔力をどれほど使うのでしょう？」

「大体、85くらいかな。ある程度は自然界の魔力を使いますが、意外に負担が掛かるなぁ～。それに、範囲が広がるほどに必要となる魔力は増えるし、改良の余地はある」

「威力が大きければ、必要とされる魔力量も多い筈です。この広さの土地で使用するにしては、かなり負担は少ないと思いますよ？」

「術者の魔力は、自然魔力を引き寄せる程度に使うのが最も効率が良いんですが、予想より魔力を使いますねぇ。これでは普通の人が使ったら、直ぐに魔力枯渇で倒れる事になるかな。まだ一般向けじゃないね」

「ゼロスさんの作った魔法が完成したら、普通の生活を送る方々も農作業が随分と楽になる筈です。これでも充分に思えますが、違うのでしょうか？」

「建築現場でも活躍しそうですが、売り出すのはもう少し改良した方が良いかなぁ～？　消費魔力も多い事だし、限定仕様にしておいた方が戦場で使われなくなる筈なんだけど、そこが難しい」

便利な魔法も善し悪しである。確かに農作業や工事現場で幅広く活用は出来るが、使い方次第では戦場で陣営の構築や罠を作るために用いられるなど、使用用途の幅が広いだけに厄介な魔法でもある。

「う～ん。限定仕様にするとしても、必要となる魔力が増えますからねぇ。（更に使用出来る魔導士が限られてしまうかも……。魔法式も増えるし、その分の負荷が掛かる。個人の保有魔力量が多くないと発動しなくなるからなぁ～。どこまで単略化出来るか……。なるべく戦場で使わせたくはないんだが、個人の魔力制御力が高いと、制御魔法式すら意味をなさなくなるから厄介だ。そこが問題なんだよねぇ……）ブツブツ……」

思考が加速し、周りを無視して魔法の改良点を考え始めるおっさんだった。

「私には魔法の事は良く解りませんが、結局使うのは人ですし、どんな魔法でも使い手次第なのでは？　ゼロスさんの考え過ぎに思えますけれど……」

「そうなんですがね、これは拘りと言うものですよ。僕はねぇ、ルーセリスさん。自分が制作した魔法を戦争に関するところでは使って欲しくないんだよねぇ～。無理だと思うけど……」

便利な魔法も使い手によっては危険なものに変わる。

地面を操る魔法は戦闘には向かない仕様にはなっているのだが、敵の足止め程度には充分に使えるのだ。ルーセリスの言う通り使い手次第なのであろうが、そこが大きな問題でもあった。

「あの、ゼロスさん。これでも満足いかないのですか？　私には、本当に便利な魔法に思えますよ？」

「その便利さが欠点になっているから問題。用途が限定的でも数を揃えたら脅威になる」

「数……ですか？　土を動かすだけの魔法ですよね？　それほど問題になるとは思えませんが？」

「あっ……そう言う事ですか、先生。確かに危険ですね」

「気付きましたか、セレスティーナさん。そう、例えば前方から押し寄せる騎馬軍団に対し、百人でこの魔法を使用したらどうなると思う？　地面に敵を沈めるのが容易に可能。更に言えば、攻撃魔法と異なり制御が簡単だから、敵の動きにも充分に対処が出来る」

「ゼロスさん……それはつまり、人は殺さないけど『動きは封じる事が出来る』という事でしょうか？　そんな……こんなに便利な魔法なのに、戦争に使うだなんて……」

「便利過ぎるために、間違いなく農民が戦場に徴兵されますね。そんな事にでもなれば、国内の経済は一気に悪化しますよ。徴兵される人達の数が増える可能性が高いですから」

畑を効率良く耕す魔法。しかし、その使い勝手の良さが農民達を戦場に駆り立ててしまう事になるのだ。便利である故に権力者達の道具にされかねないのだ。

ルーセリスはゼロスが先の事まで見据えた深い事を考えている事実に驚きを隠せないでいた。同時に彼女はゼロスに対して、胸の高鳴りを覚えるのである。

実際はゼロスが『戦争するなら、多分こうなるよ？』という例を挙げただけなのだが。

「おっと、うっかり教師モードになっていたか。まぁ、そこはクレストンさんと相談しましょうかねぇ。どうせ僕一人が考えたところで良い答えは出ませんし、何よりも面倒だ。丸投げします」

「先生……かなり重要な問題だと思いますけど？」

「ゼロスさん、それは少し無責任なのでは……。無辜の方々が、命の危険に曝されるのですよ？」

「僕に出来る事は、精々使い勝手を少し悪くさせるだけですからね。面倒事は上にいる人達に押し付ける事にしますよ。無責任、大いに結構！

話を畑に戻しましょうか、ここには何を植えるんですか？　かなり広いですし、出来れば複数の薬草を植える事を薦めますが、どうします？」

話が脱線したが、本来は畑を作りに来たのだ。魔法に関しての授業を孤児院でやる必要はどこにもない。重い話から強引に戻す事にした。

余談だが、おっさんは【指導】スキルを覚えてしまい、現在も凄い勢いでカンスト中。

その影響か、時々こうして授業をやらかしてしまう。

「えっ？　そ、そうですね……野菜は勿論ですが、薬草の収入は魅力ですね。ですが、種自体も高価ですし……いざとなると悩みます」

「問題は肥料ですが、森から落ち葉を集めて腐葉土を作った方が良いかな？　残飯も肥料になるだろうし、出来れば鳥小屋を作って卵も確保してみたらどうでしょう？」

「ですが、畑の管理は私一人だけでは無理ですよ。仕事もありますし……」

「子供達に世話をさせるんですよ。今の内に働く事の大切さを教えておかないと、成人したらいきなり社会に放り出す事になりますからねぇ」

「教育と食料自給を促すのですね？　流石先生、素晴らしいお考えです♪」

「そんな、たいしたものじゃないですよ。単に、人に食料を恵んでもらうのが当たり前と思っている事がムカつくだけ。人はいずれ自立しなくてはいかんのです！」

子供相手に狭い了見だった。色々ガッカリ感が漂う。

「おっちゃん、けち臭いぞ？」

「貧乏性？　貧乏性なんだね、おっちゃん」

「いいじゃん。ケチケチすんなよぉ。いい大人なんだからさぁ～」

「肉、肉が食いたいんだよぉ～～～～！」

「……これですよ。人に甘えたら、その分の成果を出すのが当たり前。苦労は買ってでもしろと言いたい。かなり良い性格をしてますよ、この子達……」

「すみません！　本当にすみません!!　私が至らないばかりに……」

勢い良く頭を下げるルーセリス。そんな大人の苦労を知らない子供達は実にフリーダムであった。

「種はあるのですか？　一応畑を作ると聞いていたので、御屋敷から種を幾つかに分けて持ってきたのですが……」

「セレスティーナ様!?　すみません、本当に申し訳ありません!!」

「何の種ですか？　こう見えて農業は得意なので気になりますね」

「えぇ～と、【モッサリタマネギ】と【バビロントマト】、【トビゲリダイコン】、【マッスルポパイ】ですね」

「……どんな野菜ですか？　僕は大深緑地帯で拾った【マンドラゴラ】の種と、【癒し草】の種ですね。数が多過ぎて処分に困っていたところです」

「マ、マンドラゴラッ!?　そんな高価な種、頂けません!!」

「いえ、元はタダですし、まだありますから。お気になさらずに」

マンドラゴラは高値で売れる高級な薬草であり、漢方などにも使われる。魔法薬の代表的な素材で、その需要もかなり高いが常に品薄状態にある。

一つの苗で大量に種が取れ繁殖するのだが、魔物の餌になるために中々取れない希少な薬草である。

引き抜くと断末魔の叫びを上げ、その声を聴くと即死すると言われているが、実際は叫び声を聞いたところで死ぬ事はない。ただ、凄い罪悪感を無理やり呼び起こされるのだ。

しかも森では大量繁殖するために、基本的には雑草と同じで、食量とする魔物がいなければ森を埋め尽くすほどに生命力が強かった。一攫千金には持ってこいの植物なのである。

「さて、では君達にはこの種を植え、野菜や薬草を育ててもらいますよ。君達の生活が掛かっていますから頑張って育ててくださいね？」

「えぇ〜〜〜っ？　めんどぉ〜〜〜〜い」

「物乞いした方が、良いモン食えるよな？」

「楽して儲けるスタイル？」

「にくぅ〜〜〜〜〜っ!!」

子供達には不評だった。

そんな子供達にゼロスはにっこり微笑むと、傍にあった岩を素手で粉々に粉砕する。

「Ｈａｈａｈａ！、幾ら温厚なおじちゃんでも、最後には怒るかもしれないよ？　命を懸けて言いなさい。自分達で稼ぎ出せるなら僕は何も言いませんけどね？」

「「「「Ｙｅｓ，Ｍｙ，Ｌｏｒｄ!!　あなたは王様!!」」」」

子供達は変わり身も早かった。怒らせてはならない相手だと即座に理解したようである。

どうでも良いが、どこからこんな言葉を覚えて来るのだろうか？

「……私は、子共達の教育を間違えたのでしょうか？　女神様、教育とはかくも難しいものなのですね……」

「いえ……あの子達は結構、したたかに生きていると思います。気にしては駄目ですよ」

さめざめと泣くルーセリスと、それを宥めるセレスティーナ。

この日、二人には歳の違いを超えた友情が芽生えたのである。

その後ゼロスが陣頭指揮を執り、畑に種が植えられた。それが今後の孤児院経営に繋がる改革になろうとは、神ではない彼には分からない事であった。


何にしても、この孤児院はゼロスの影響を受け、次第に変革していく事になる。

孤児院での薬草栽培が主流になるほどに……。

余談だが、丁度この頃ツヴェイト君は床に倒れ伏していた。

デルサシスの左フックをまともに受けて、ＫＯされたのである。

領主館に仕合終了のゴングが鳴ったかは定かではない。

第十話　おっさん、教え子が増える

セレスティーナはメイスを振りかざし、マッドゴーレムを頭部から叩き潰す。

飛び散る泥も意に介さず、次の獲物に向けて身を翻し、横殴りの一撃を加えると、核を破壊されたゴーレムはその場で崩れ落ち、僅かな泥山を形成した。

マッドゴーレムは動きが単調で、その攻撃過程は至極読みやすい。現に数体のゴーレムが腕を突き出した瞬間、セレスティーナがその場から離脱すると、彼女がいた場所に泥の腕が一斉に襲い掛かった。これが人間であれば、殴りかかる瞬間に腕を伸ばし拘束、捕らえた後に倒すために止めの一撃を加える事だろう。その動きは緩慢で、幾ら数が多くとも冷静であれば対処はしやすい。

だが、流石に長時間戦闘ともなると辛い、しかも倒した後から術者が直ぐに補充してくるのだ。セレスティーナがちらりと横を見ると、師でもあるゼロスは状況を見て魔石を投げ、魔石内部の術式を起動させる事により三体のゴーレムを生成していた。

『増援は三体……大体戦力に加わるのに約二十秒、その間に三体倒します！』

セレスティーナは手近なゴーレムに狙いを定め、懐に飛び込んで核を破壊。すかさずその横で腕を伸ばそうとしたゴーレムを撃破し、後方から迫るマッドゴーレムを頭から一気に叩き潰した。

彼女はこの数日間で戦闘訓練にも慣れ、既にマッドゴーレムの動きに対して冷静に対処出来るようになっていた。

元より彼女は保有魔力こそ低かったが、イストール魔法学院では優秀な成績を収めるほどの秀才である。そんな彼女は戦闘訓練の授業は受けられなかったが、見学する事で状況判断や分析能力が異常に高くなっていたのである。

戦闘訓練と言っても、捕獲して来て訓練場に解き放ったゴブリンを相手に一方的に攻撃魔法を撃ち込むものであったが、隙を見せれば怪我をする事もあり、中には骨折するほどの怪我を負う者も見てきた。その状況判断がどのようなものであったかを分析し、自分自身に置き換えての脳内シミュレーションを繰り返してきたのである。

学院生の負傷の原因は状況判断と認識の甘さ、更に仲間がいるから大丈夫という、根拠のない安心感による仲間の過大評価と油断であった。

「マッドゴーレムは動きが遅いですが、時折奇抜な攻撃をしてきますね……」

彼女に油断はないが、それでも安全という訳ではない。隙を見ては真下から足を延ばして蹴りを入れて来たり、倒れた仲間の泥を利用して自分の体を強化したり、また一体かと思えば二体に分裂したりなどの融合攻撃もしてくる。似たような攻撃をスライムなどがしてくると知識としては知っていたが、実際に目の当たりにするとかなり厄介な攻撃であった。

「穿て、岩の槍よ、【ロックランス】!!」

地系統魔法を撃ち出し、数体のゴーレムを一瞬にして蹴散らすと、増援に向かってメイスを振りかざした。だが、マッドゴーレムは突然に姿を視界から消す。

「なっ!?」

一瞬、何が起きたか分からなかった。答えはマッドゴーレムが自らの体の構築を崩し、地面に崩れ落ちただけである。しかし、これは彼女にとって一瞬の隙に繋がる。マッドゴーレムはその崩れた姿のまま地面を這いずり、セレスティーナの足を絡め捕って動きを止める。

それと同時に他の二体も腕を伸ばし彼女を捕え、完全に身動きを封じる作戦を行ったのだ。

「う～ん、これでチェックメイトかな？」

「まだです！　【パワーブースト】!!」

「おっ？　無詠唱だね。いつの間に」

無詠唱で身体強化を使い、強引にマッドゴーレムの捕縛を振り解くと、セレスティーナは先に二体のゴーレムを倒し、最後の一体にメイスを振り落として破壊する。

「お見事。もう、このレベルなら安全に勝てるかぁ。次は実戦してみたいとこだけど……」

「ほ、本当ですか？」

「僕から見れば安定しているように見えるけど、実戦に出るには保護者であるクレストンさんの許可が必要になるかな……。許可が下りれば近い内に行こうかと思っている」

ゼロスの言葉を聞いたセレスティーナは、即座に訓練を眺めていたクレストン老に振り返る。

期待に満ちた目で見られ、一瞬爺さんは萌えたが、事の大きさを思い出して思案顔になる。

「うぅ～む……実戦か、まだ早いと思うのじゃが……」

「そんな事はありません！　学院の同年代の子達も、既にスライムやゴブリンを倒しているんですよ？　寧ろ遅いくらいです!!」

「しかしのぅ……。この辺りで実戦が出来る場所と言ったら……」

そう、この辺りで実戦を経験出来る場所はファーフランの大深緑地帯しかない。

魔物の強さが通常に比べて強く、同じ雑魚扱いの魔物でも油断すれば死ぬ事に繋がるほどの差がある危険地帯であり、多くの傭兵達が嫌厭する魔の森である。森の奥深くまで行かなければ、それほど強力な魔物に出くわす事もないのだが、それでも危険度に関しては遥かに高い場所なのだ。クレストン老が渋るのも無理はない。

『実戦じゃとぉ!?　もし万が一の事があったらどうするのじゃ!!　あそこにはゴブリンやオークなど、年頃の娘を襲う穢れた魔物が多いのじゃぞ!!　もし万が一、奴等にティーナがそんな事にでもなれば、儂は、儂はあああああああああっ!!』

どうやら別の事を考えていたようだ。ゴブリンやオークの中には時に異種族を苗床にし、繁殖活動を行う魔物がおり、中でもオークの繁殖力は凄まじく被害に遭う集落も多い。

特に辺境の農村などが襲われる事が多く、繁殖するためなら性別は問わない厄介な魔物であった。

無論、雄が襲うのは女性で雌は男性を狙い、過酷な環境下で種を残す事に命懸けである。

「御爺様？　どうしたのですか？」

「ハッ！　いや、何でもない……何でもないぞ？」

『この爺さん……。今、何を想像していやがりましたかね？』

ゼロスは人の思考は読めないが、勘は冴えるようである。


「よし、分かった！　ティーナのために護衛を一個師団用意させよう!!」

「一個師団!?　ちょ、御爺様!?」

「多い、多過ぎますよ、クレストンさん!?　そんな大規模で行軍出来る訳ないでしょう。大型の魔物が餌と勘違いして、集団で襲って来たらどうするんですかっ!?」

「ティーナのためなら、儂は有象無象を魔物の餌にする覚悟がある!!」

狂える老人は、関節がおかしくなりそうなポーズを取りながら、堂々と他者を犠牲にする発言を言い切った。そこまで孫娘を愛しているのだが、些か行き過ぎである。

「問題発言ですよ。どこまで親馬鹿――もとい爺馬鹿ですか……（やっぱりおかしいぞ、この爺さん）」

「なぁ～に、遺族にはそれなりの金を積めば何とかなるじゃろ」

「クレストンさん、あなたは何を考えているんですか。権力者が絶対にしちゃいけない最悪の行動ですよ、それは……」

爺馬鹿老人は本気だった。他人の命を犠牲にしてでも、孫娘を守りたいほどに頭がイカれている。

おっさんが思わずツッコミを入れるほどに……。

「そんなに大勢で森に入れれば動きが阻害されて、返って危険ですよ。危険度を増やしてどうするんですか！　孫を殺したいんですか？」

「奴らもティーナの身代わりになれれば本望じゃろぅ。笑って地獄へ行こうぞ」

「勝手に人を犠牲にするなど、迷惑ですよ。それが貴族のする事ですか！」

「貴族故に他人の命を弄べるのよ……。幸い騎士団長も、騎士達の練度が落ちていると嘆いておったからのぅ、丁度良いから鍛え直す事を名目に駆り出そう」

「……黒い。ドス黒い、ドブの臭いがするほどに真っ黒だ」

孫娘の事になると、途端に駄目になるクレストンの爺さん。

彼の暴走は止まらない。非常識な老人に、ゼロスは頭を抱えたくなる。

「せめて、上等な素材の装備を用意するべきでしょう。生存率が高くなりますし、たとえ用意する事が無理でも素材があれば僕も作れますから……」

「ほぅ……では、魔導士に相応しい装備が作れるのじゃな？」

「素材によりますけどねぇ。限界まで強力に作れますが？」

「ふむ、具体的にはどのような？」

「魔導士とは言え、防御力がそれなりにないといけませんし……革の鎧などはどうでしょう？」

——ピシッ!!

一瞬だが、空気が凍結したような音が聞こえた。

同時にクレストン爺さんの顔が増々険しくなっていく。

「待て、革の鎧という事は……当然、体の寸法も……」

「測りますね？　サイズが合わないと危険ですし……」

「ゼロス殿……。少し裏でO・HA・NA・SHIしようではないか」

「何故に!?」

爺さんの目がヤバかった。

両肩を手で押さえられ、ドアップで迫る老人には鬼気迫る何かが宿っている。

「それはつまり……ティーナの体をあます事なく、備に念入りに測定し、丹念に嬲るように調べるという事じゃろうがぁああああああああああああっ!!」

「何故にそのような考えに至るんですかねぇ、その思考はおかしくありませんか!?」

「儂の可愛いティーナを……くんずほぐれつ……舐めるように撫で回し、そして……」

「考え過ぎです。そこまで危ない橋を渡る気はありませんよ。成人前の年端もいかない子に手を出すなんて、人として間違っているじゃないですかぁ!!」

クレストンの爺馬鹿は常軌を逸していた。

目を血走らせ、鼻息を荒くした危機迫る形相は、ハッキリ言って怖い。

「まぁ、もう少し歳が上なら考えなくもないですが、現時点では子供と大差ないでしょ……」

「こ、子供……。私、子供扱いなんですのね……」

「儂の可愛いティーナに、魅力がないとでも言うのかぁああああああああああああっ!!」

「アンタは僕に、どうしろと言うんですか!?」

爺馬鹿の老人に理屈は通じない。セレスティーナのためなら平気で戦争を引き起こしかねない、溢れんばかりの愛情で無茶苦茶な理屈をのたまう。

この日、変な方向に感情を爆発させた老人の相手をして、不毛な時間が流れるのであった。

結論から言えば、セレスティーナの装備製作はお抱えの職人に頼み、ゼロスがその補助的加工を施す事で決着がつく事になる。

尚、この結論が出るまで、狂える爺馬鹿老人との壮絶なOHANASHIが続いたという。

◇　◇　◇　◇

セレスティーナの訓練風景を、窓から見ている者の姿があった。

その者はセレスティーナの異母兄で、ソリステア公爵の長兄ツヴェイトである。

彼はこの公爵家の跡取りと思われていたが、一人の女性のために街の中で危険な魔法を使用し、現在謹慎中の身の上である筈であった。

彼がこの別邸に来た理由は、祖父であるクレストンに鍛え直してもらうためである。

この国の貴族達の大半は魔法貴族と呼ばれ、各貴族家に伝わる継承魔法を保有している事に由来する。一族に列なる者は皆この魔法を継承し、そこで初めてその家系の貴族であると認められるのである。ソリステア公爵家の魔法はこの国の最大戦力の一つであり、秘宝魔法と呼ばれていた。

彼は十三歳でこの魔法を継承し、事実上後継者として認められた筈であった。

彼の家系に伝わる魔法は実に強力で、焔を好んだ事から【煉獄の一族】という異名を他者からうたわれ、その異名に恥じない功績を残してきた。

だが、その魔法はたった一人の魔導士によって、彼の自信と共に打ち砕かれる事となった。

しかも魔法は一切使わず体術で無効化したのだ。更に追い打ちをかけるようにその魔導士は、彼が心を奪われた女性――ルーセリスの孤児院を頻繁に訪れていた。

腹立たしい事に、ルーセリスと楽しげに会話などしているのを、彼は遠巻きに見ているしか出来なかった。完全にストーカーになり下がる寸前である。

そんな彼がこの別邸に来て驚いたのが、魔法の才能がないと言われていたセレスティーナの変わり様である。


「あれが、セレスティーナだと……？　信じられん。何をしたら短期間で……」

無論、毎日の戦闘訓練と魔力制御特訓を繰り返し、座学においても真剣に取り組んでいたからである。だが、最も驚いたのが、彼女が近接戦闘を率先して行っていた事であろう。

彼の知るセレスティーナはどこか暗く、言葉にすら感情の入らない人形みたいな少女であった。

ツヴェイトも幼い頃、事あるごとに彼女を泣かし、それを楽しんでいた記憶がある。

今の彼女にはそんな影は微塵もなく、率先して戦闘に赴く好戦的な一面を見せていたのだ。

冷静に状況を俯瞰し、相手の動きを先読みしては確実に仕留める。動きはまだ洗練されてはいないが、それでも目覚ましく成長し続けている事は確かだ。

その成長を促しているのが大賢者の魔導士ゼロスである。

「あれだけのゴーレムを一人で操れるのか……どれだけ魔力を持ってんだよ、クソッ！」

彼がこの屋敷に来た時に訓練が始まり、一時間以上はゴーレムを生み出し、精密なまでに操作していた事になる。そんな魔力を行使すれば、直ぐに魔力は枯渇し倒れかねない。

ゼロスの魔力量は彼の常識を遥かに超えていた。

ツヴェイトの知る限りでは、どんな高位魔導士でもゴーレムを二〜三体製作出来ればマシな方である。最高で六体ほど作り出せる者もいるが、数が増えると命令する術者にも精神的に多大な負担になり、そのゴーレムの動きが単調になりがちで制御する事が困難になる。

だが、ゼロスは三十体以上のゴーレムを作り、更にはそのゴーレムを巧みに操っていた。明らかに異常なまでの力を持つ実力者が埋もれている事自体、彼の常識から懸け離れていた。

魔導士なら誰もが国に属する事を夢み、そのために学院で魔法や戦略を学び、卒業して各派閥に属する軍属となるのが近道だ。賢者クラスの魔導士が権力や国に仕える事を求めず、寧ろ隠者の如く生きている事が信じられない。隔絶した実力差がある事を彼にまざまざと見せつけたにも拘らず、当の本人は権力に全く固執せず、寧ろくだらないと言い放つような魔導士など今までに会った事はない。彼にとっておっさんは常識の外側であった。

だからと言って、ツヴェイトが見てきた常識が間違いである訳ではない。

魔法研究に金が掛かるのは当然で、その研究費を得るには権力を持つ魔導士団の派閥に加わるのが最も安全である。多少派閥同士での対立はあるものの、国からの支援金が毎月下りるので困窮する事はない。何より、実力が伴わず国属になれなかった魔導士は後を絶たず、彼等による犯罪もかなりの数に及び、同時に全員が貧乏である事が統計で判明している。

それは資金繰りが容易ではない事を意味する。というのも有事の際でないと魔導士の出番がないからだろう。

一般魔導士は生活が困窮しているが、ゼロスのような魔導士がいるという事は、研究資金を自分で稼ぎ、その稼ぎを遣り繰りしながら魔法研究を続け、強力な魔法を生み出している事になる。

つまりは天才という事になるのだが、彼にはそれが納得出来ないでいた。


「何で、あの数のゴーレムを操れるんだ……。おかしいだろ」

「ところが、そうでもないようですよ？　ツヴェイト様」

「うおっ!?　ミスカか、いつの間に……」

気付けば、彼の傍らではメイド服を着たメガネの女性が同じように窓の外を見ていた。

彼女はセレスティーナの専属使用人で、名をミスカという。

かつては本宅である屋敷で女給長をしていた実力者で、教養と他者を立てる物腰から公爵家での信頼も厚い。ツヴェイトも幼い頃には世話になった人物だった。

「どういう事だ？　何か秘密でもあるのか？」

「ゼロス様にとっては秘密でも何でもないようですね。セレスティーナ様に簡単に説明していましたから。寧ろ、その程度の事が出来ない者を魔導士とは思っていないのかもしれませんよ？」

「馬鹿な、あれほどゴーレムを巧みに操れるのだぞ？　ある意味では決して口外出来ない高等技術だ。魔導貴族の秘術と思われても良いほどだぞ!?」

「そうですか？　ですが、それは私達にとってであり、大賢者様には取るに足りない事のようですよ？　面白半分にお嬢様に説明していましたから」

「チッ！　俺達の力は足下にすら及ばないという訳か……で？　どうやってあの数のゴーレムを操っている？」

彼も魔導士の端くれであり、知らない技術には興味があった。

ましてや、使い物にならないとまで言われたゴーレム操作を見事なまでに連携させているその秘密を知りたいと思うのは、彼がまだ権力に染まっていない魔導士としての証であろう。

いや、実のところ父親と殴り合って以降、何故か頭が妙に冴えていた。

まるで憑き物が落ちたかのように、やけに周りが良く見えるようになっているのだが、今の彼には自分に何が起きたのか分からない。

今ツヴェイトが気になるのは、無数のゴーレムを同時に操る技術である。

「興味がおありで？　御嫌いなのでしょう？　ゼロス様が」

「ちゃかすな、俺だって魔導士だ。優れた技術には興味がある」

「では、私が知る限りの事をお教えしましょう」

ミスカはメガネを指で押し上げ、楽しそうに説明をし出した。

先も言った通り、ゴーレムの数が増えれば制御が難しくなるのは常識だ。

しかし、ゼロスがゴーレムを操作する方法は、一般の魔導士が行うような直接操作という訳ではない。司令官の役割であるゼロスを起点に、ある程度の簡易的な指令を下す事の出来るゴーレムを分隊長とし、その下に簡単な命令を直ぐに実行するゴーレムを配置する。術者であるゼロスが指令を下し、分隊長ゴーレムがその指令を受けて命令を実行、それぞれのゴーレムがその作戦を遂行する。

ざっくり言ってしまえば、騎士達が戦う時の命令系統システムがゴーレムに組み込まれていた。

分隊長ゴーレムは大きめの魔石を使われており、自軍のゴーレムを自身で補充出来る。術者は精神的負担が軽減され、長期戦でも連携・作戦行動が出来るような細かい操作が可能であった。

「足りない魔力は魔石で補えますし、何より疑似的な魔物とは言えセレスティーナ様の格を上げるには丁度良い訓練ですね。魔石の魔力は後で補充すれば良いと言っていました」

「だが、それでも魔力は足りないだろ。少なくとも隊長格のゴーレムは魔力を大量に消費する」

「そこは、ゴーレムを製造するための魔法式に秘密がありますね。ゼロス様は【スペル・サーキッド】と仰っていましたが？　何でも、効率的に魔法式を処理出来る積層型だと伺っておりますが、細かい事は分かりかねます」

「自身の魔法で軍団を作り出せるのかよ……。化け物め……」

「ゼロス様は、『僕などたいした事はありませんよ。かつての仲間の方が、もっと凄い事をしていました』と仰っておりましたよ？　あの方は何でも熟しますが、基本的に攻撃魔法が専門だと伺っておりますが？」

「どんだけの猛者だよ、奴の仲間って奴等は……あれ？　前は剣が得意だと言ってたぞ？」

「まぁ、五人でベヒーモスに挑むような狂った魔導士の方々ですからね。私達のような者には理解出来ない事でしょう。身を守るために近接戦闘術は鍛えるでしょうし」

「全員が魔導士、しかもベヒーモスだとぉ!?　イカレてるにもほどがあるだろ!!」

研究者は挙って変人が多い。彼の所属する派閥にも頭がおかしい者達はいたが、ゼロスはそれ以上に群を抜いてヤバイ。研究のために災害級の魔物に戦いを挑むような無茶な真似をやらかすほどだ。

それはツヴェイトの常識の枠から完全に外れ、狂気的な何かに支配されているとしか思えない無謀さに、彼は戦慄と恐怖を覚えた。

同時にそれは世界がどれほど広いかを示し、高位魔導士の証でもある深紅のローブを着て浮かれていた自分が、どれだけ矮小であったかを思い知らされる。

「俺は……未熟どころか、取るに足りない雑魚だった訳だな……」

「そうなりますね。相手が悪いですよ、なにせ大賢者ですから」

「この世界は謎と神秘に満ちてやがる。あんな狂った魔導士がいるとは……」

「未知の探究とはそういうものでしょう？　ツヴェイト様も精進なさいませ」

改めて自分の愚かさを知ったツヴェイトだった。

「謎と言えば……ミスカ」

「何でしょう？」

「ガキの頃から思っていたんだが……お前、何歳だ？　全然姿が変わらないから気にもしなかったが、改めて考えると色々おかし……いっ!?」

言葉を言い終える瞬間、ミスカは俯き不気味な気配を放出した。

ドス黒い気配はツヴェイトに絡み付き、未知なる恐怖を誘発させる。

生まれて初めて感じる絶望的な何かに、彼は本能的に逃げられない事を悟った。

そこにあるのは絶対的な死。彼は愚かさを知っただけで改善されておらず、新たに愚かな真似をしでかしたのだ。

「あ……あぁ……」

怯えるツヴェイトの頬に手を当て、ミスカのやけに光り輝くメガネが眼前に迫り、恐怖心は否応なく煽られる。

『殺される』。彼はこの時、本気でそう思った。

「女性に……歳の事を聞くのは失礼ですよ？　笑っている内に事を済ませるのが得策だと……思いますが？　ねぇ……ツヴェイト様？」

「ごめんなんさい、もう二度と聞きません？」

「……今、何気に歳を聞きましたか？」

「滅相もない、ただ咬んだだけ、気の所為だぁ!!」

彼は本気の土下座でミスカに謝罪した。未知の恐怖に敗北したのである。

この世には、知ってはならない事があると、身を以て知ったのであった。

同時に自分の浅はかさもだが……。

◇　◇　◇　◇　◇　◇　◇

「えっ？　僕に鍛え直して欲しいと？　それはまた、何でそんな事に？」

その日の夜、己の小ささを知ったツヴェイトは即座に行動に移し、ゼロスに土下座覚悟で頼み込んでいた。

「格は確かに50を超えている。だが、アンタの実力を見ると、魔導士としての極みは遥か先にあるとしか思えん。俺はこの程度では終わりたくねぇ！」

真剣なツヴェイトの様子に、流石にゼロスも困惑する。

セレスティーナもかつては虐められた経験があり、その所為か彼に対しては苦手意識がある。

そんな因縁ある二人を『同時に見る事が出来るのだろうか？』という疑問はあるが、それ以上に、この変わり様には裏があるのではと勘ぐってしまう。

「魔導士の極みねぇ。僕はまだまだと思っていますが……派閥とやらは良いので？　君が言っている事は、その派閥から離れる事を意味するけど、その辺はどうなのかな？」

「うっ!?　しまった……面倒な奴等がいるのを忘れていた」

彼の所属する派閥はこの国の魔導士二大派閥の片方、【ウィースラー派】になる。

攻撃こそが魔導士の神髄と信じて疑わない好戦的な一派であり、本来なら攻撃系統の魔法や戦略を研究研鑽している派閥であった。ゼロスの指示を受ける事は、この一派から離れる事を意味し、魔導士達はそれを裏切りとして見るだろう。実際に彼は派閥で開発している魔法を見ており、秘密主義の魔導士は殊のほか裏切りを許さない結束力で繋がっていた。下手をすれば暗殺も辞さない覚悟である。もっとも、彼等の研究は未だ実っていない事も事実である。

「魔導の神髄と言いましてもねぇ、単にひきこもって自分の好き勝手に魔法を弄繰り回すだけですよ？　それはもう、他人の迷惑も顧みずねぇ～」

「……アンタが言うと、妙に説得力があるな？」

「ついた通り名が【殲滅者】だったからなぁ。まぁ、僕も含めてという意味ですが……」

「何をやらかしたら、そんな通り名がつくんだよ……。聞いても良いか？」

「聞かないでください。若さ故の過ちですよ、認めたくはないものですが……」

まぁ、ゲーム時代の頃の話だが、レイドで自軍の所属するプレイヤー達ごと開発した魔法で敵を一掃したり、ＰＫ《プレイヤーキラー》を捕えて製作中の魔法を使い的にしたり、面白半分で作った呪い付きアイテムを無理やり装備させ、その様子を外から嘲笑ったりとかなりの悪どい事をしていた。

そんな彼が実際に本物の魔導士になった時、いかに自分が危険な存在であるかという事を痛感したのだ。

実際にいたら充分な狂人であると知ったのである。

「あの頃は、僕も尖っていましたからね……。君以上に……」

「いや……そんな遠い目をして、何を言ってんだ？」

「製作中の広範囲殲滅魔法をうっかり暴走させて、仲間ごと巻き込んだ時には焦りましたね。彼等の報復は正直怖かったなぁ……。マジで死ぬかと思いました。本気で殺しに来てたし……」

「ヤベェ、何かとんでもねぇ事をやらかしてるぅ!?　つーか、仲間は死んでなかったのかよ!?　どんだけ頑丈な連中だったたんだ！」

「魔法抵抗・防御力は、みんな尋常ではないくらいに高かったですからね。その程度では死にませんよ。寧ろ、僕は彼等を殺せる方法があるのか知りたいくらいですが？」

「その程度⁉　広範囲殲滅魔法がその程度なのかっ⁉　それ以前に、アンタもそいつらと同類じゃねぇか‼」

「その後は凶悪な魔法による撃ち合いの応酬で、被害が拡大しましたねぇ〜。倒すべき魔物をそっちのけで……。いやぁ〜、砂漠の街で助かりました」

「何してんだよぉ、アンタはぁ⁉」

ゲーム内での話だが、彼にはその真偽を知る術はないので、言葉をそのまま受け入れてしまっていた。聞いているだけでも非常識で規格外、それ以上の狂気で突き進んでいたのだと悟る。

それは高位魔導士として歴史に名を記したい彼にとって、真逆の方向であった。

名声ではなく悪名。他人の事などお構いなしに暴走を繰り返した壮絶な日常である。これで賢者というのだから何かがおかしい。

「楽しかったなぁ〜……」

「どっちの意味でだぁ⁉　仲間と殺し合った事かぁ、それとも研究名目の破壊行動かぁっ⁉」

ツヴェイトは、賢者とは世間一般の常識から隔絶し、完全に自分の都合で魔法研究を繰り返し実践する愉快犯と知った。そこに他人の意思が入り込む余地は一切なく、思うがままに戦場で実証実験という名の破壊行為を行い、遊んでいたのだと感じたのだった。

完璧なまでに魔導士の反面教師である。

「それは兎も角……君はどんな魔導士を目指しているんです？　権力に溺れた実例を見るに、さほど大した目標ではないように思えるんだけど？」

「痛いところを……俺は歴史に名を残したい。それも英雄と呼ばれるくらいに……」

「権力者の都合の良い事に思えますけどねぇ。何かを守るのであれば傭兵でも可能ですし、英雄なんてこだわる必要性があるとは思えないんですがねぇ？」

「む？　戦いに強いだけでは英雄じゃないのか？」

「何をなしたかによるかなぁ。国で祭り上げる英雄など戦の犠牲者達の親族の目を誤魔化すためのものだし、敵側から見れば怨敵であり真っ先に殺す標的だから。歴史が証明していますよ？」

おっさんは暇な時に書庫から本を借り、この世界の歴史などを学び情報収集をしていた。

ツヴェイトの言う英雄とは戦場で仲間を救う力を持つ者の事であり、同時に敵対者からは仲間を殺した憎むべき存在で、再び戦になれば真っ先に狙われる標的なのだ。

恨みを買うような存在が祭り上げられれば、それはただの争いの火種の一つに過ぎなくなる。

それ以上に貴族間での派閥争いに巻き込まれ、中立を決め込めば殺されかねないので、とても気の休まる立場ではない。この国の歴史は書庫から持ち出した本である程度は調べており、中でも名を上げた戦士や魔導士はロクな死に方をしていない。

故にゼロスは英雄などになるものではないと思っている。

「他人に支持されない者が英雄など滑稽だと思いませんか？　どんなに小さい事でも人のために成し遂げ、死んだ後に英雄として崇められる者の方が僕としては好ましい。国で表彰されるような英雄なら酒場に行けば幾らでもいますよ。幾らでも挿げ替える事の出来る【都合の良い英雄】として、ですがねぇ。最低でも目標の目安は欲しいかな？」

「俺は漠然とした目標を見ているだけと言うのか？　御爺様のような魔導士を目指し、越えたいというのは間違いだと言うのかよ！」
「それが間違いだなんて言いませんよ。どうありたいかは個人の自由ですからねぇ。ただ、魔導士は自分の研究だけを見続けるヒッキーですから、戦場での功績は自分の命を縮めかねません。何のために戦うかが重要かなぁ～。まぁ、月並みなセリフですがねぇ～」

超一流の魔導士は傍迷惑な存在であったために、英雄とは言い難いが実力は本物。賢者の職業《ジョブ》を獲得するほどなのだ。結局は自身を鍛え行動して、初めて結果を出す事が出来、その上で多くの人々から支持される事により英雄となる。何も、戦いばかりが身を立てる手段ではないのだ。

ちなみに今のゼロスの心内は――『偉そうに何を言っちゃってんですかねぇ、僕は……。そんな事を言える立場ではないでしょうに……』だった。

表と裏側の落差が激しかった。

「まぁ良いでしょう。契約では二ヶ月の家庭教師ですから一人増えようとも同じ事です。が、半端な気持ちで講義を受けるならその程度で終わると心してください」
「ありがたい……。学院に戻るまで絶対に何かを掴んでやる」
「何を掴むかは君次第ですがね。僕はそこまで教える事は出来ませんよ？　それはもう、好き勝手やってきましたから」
「それは承知している。俺は今の自分から脱却したいだけだ」

世界の広さを知ったツヴェイトは、方向は定まらないが自分の行く道を歩き出していた。

「では、明日からセレスティーナさんと共に実戦形式の訓練を受けてもらいましょう。詠唱魔法から脱却しないと、先に進めないと思ってください」

「よし、やるぞ！　俺は魔導士の最高峰を目指すんだぁ!!」

圧倒的な敗北は、彼の心に大きな影響を与えた。

それが良い事なのか悪い事なのかは分からないが、少なくとも欲に目を奪われず前を見つめる事になったのは確かだ。

結局は、自分の答えは己の力で見つけなければならないのだから……。


そして翌日……。


「クソッ!!　隙がねぇぞ、どうすんだよ、こんな状況！」

「兄様……真っ先に敵陣に突っ込んでどうするんですか……。それも密集している場所に……」

「泥ゴーレムだから行けると思ったんだよぉ！　こいつ等、えげつなさ過ぎるぞ？」

「動きが遅いですけど、その分狡猾なんですよ。だから慎重にと言ったではないですか！」

「マッドゴーレムの強さじゃねぇぞ!?　詐欺だぁあああああああああああああっ!!」

二人の兄妹はマッドゴーレムに囲まれ、散々ボコられていた。

時には気の合わない者同士でチームを組む事があるので、ゼロスは格好の訓練になると踏んだのだが、意外にも好調のようである。

まぁ、その結果はセレスティーナなら何とか攻略出来る戦闘が、今や大ピンチの脱出劇と化したのである。直情型のツヴェイトは、こうした戦闘が苦手のようであった。

「ふぅ、まだまだだね……」

「苦難に挑むティーナ……良い、ふつくしい……」

そんな二人を他所に、ゼロスは厳しい採点を下すのであった。

その横でゴーレムにボコられている孫娘を見て、萌えていた老人がいた事は言うまでもない。

色々駄目な人であった。

第十一話　おっさん、訓練後マンドラゴラを収穫しに行く

セレスティーナに実戦経験を積ませると決まってから、訓練の内容は次第に苛烈なものへと変わっていった。マッドゴーレムの中に、時折素早さ重視の個体が混ざるようになったのだ。

他の個体に比べて体格は全体的に細長く、脆弱さが際立っているように思えたが、実はそこが曲者で機動力を重視した変則的な攻撃を加えて来る個体である。

泥で作られた個体とは思えない機敏な動きで翻弄し、尚且つ他のゴーレムの合間を縫って腕を伸ばし、足掛けや捕縛、時には死角からの攻撃をして来るのだ。

実にいやらしい攻撃だが、実戦において何が起きるか分からない以上、こうした訓練は重要となってくる。そもそもファーフランの大深緑地帯には、スライムやゴブリンだけが生息している訳ではない。大型の肉食獣や猛禽類のような飛行タイプ、更には植物型の魔物も多数生息し、弱肉強食の食物連鎖を構築しているのだ。

咄嗟の判断や自己診断、己の技量を弁えて動き、時には引き返す戦況判断力も養う必要がある。

自然界特有の罠を見抜く知識などは更に重要なのだが。セレスティーナとツヴェイトは暗殺者や盗賊などのスキルは持ち合わせておらず、知識で埋め合わせをしなくてはならない。

そのために二人には図鑑などで魔物などの知識を調べさせていた。こうした知識は他人が教えるよりも、自分で調べ実際に検証する事で血肉となる。

無論、魔力操作の訓練も常に行っていた。


「このっ、しつけぇんだよっ!!」

ツヴェイトはロングソードでマッドゴーレム（細）を力任せに倒し、肉薄していた通常のゴーレムを縦に両断した。かなり余裕のない強引で力任せの攻撃である。

対するセレスティーナは慎重で、横から攻める事を重点に置き、盾で防御しては離脱を繰り返す事で安全性を重視している。最近は必要な時に痛烈な一撃を与えるような技巧を見せ始めていた。

「兄様、先行し過ぎです。今のままでは囲まれてしまいますよ!!」

「つせぇ～な、分かってんだよぉ！　だが、この細い奴がマジでムカつく……」

遠巻きで見ているゼロスとクレストンは、二人の戦い方を冷静に観察し、その評価をボード板の紙に書き記していく。二人の役割は横から戦い方を備に観察し、問題点を記録し、後で二人に教える事で成長を促す事にある。

「どうも、ツヴェイト君は直情型のようですね。力で押し切るパワータイプのようです」

「ティーナは技巧派じゃな。小柄な体格と力のなさを考慮し、一撃離脱を繰り返しとる」

「コンビとしては相性が良い筈なのですが……。少し連携にバラつきが目立ちますなぁ」

「ツヴェイトの奴が感情優先で行動してしまう傾向があるからのぅ。咄嗟に魔法攻撃をして魔力を温存せぬから、後半が追い込まれる事になりやすい……」

「こればかりは経験不足でしょう。今は剣の使い方を覚える事に集中しているようです。恐らく自分でも理解しているから、一つの事に集中して鍛えているように思えますね」

「ティーナは、元から何も覚えておらぬから色々試しているようじゃな。動きを変えると直ぐに分かりおるわい。あの手この手と目まぐるしく対応が変わりよる」

乱戦において問題なのは仲間を巻き込む事である。

ツヴェイトはその辺りは実戦訓練をして弁えているが、だからと言って安心出来るほどの実力はない。感情的になると直ぐに襤褸が出る。セレスティーナは元からこの訓練を続けていたために、常に冷静に行動しては後の先を取る事を重視していた。安定性はあるのだが、逆に言えばそれだけで致命的な一撃を与える事が出来ない。

今まで善戦してこられた要因は、マッドゴーレムが比較的脆いからである。

「ストーンゴーレムやロックゴーレムにしても良いんですが、今の二人じゃ大怪我ですね。一撃で倒せなければ意味がない」

「無茶を申すのぅ。そんな事が出来るのはお主くらいじゃぞ？」

「剣のスキルを極めれば誰でも出来ますよ？　どれくらい時間が掛かるかは知りませんけど」

「毎日戦いの中に身を置かねば無理じゃろ。悪魔か、お主は……」

ゲームとは異なり武術関係のスキルは、一生涯の時間を費やさねば極める事は出来ない。ここに来て現実と非現実の齟齬を知ったゼロス。スキルを極めるには相応の時間と弛まぬ努力が必要不可欠だった。

無論、特定の訓練で覚える事は可能だが、覚えた技を更に極めるとなると相応の場数を踏む必要がある。おっさんは、現実とゲームの違いをようやく理解し始めた。

「兄様、左っ!!」

「何っ、うおっ!?」

巨体のマッドゴーレムの股の下から、マッドゴーレム（細）が下半身を崩し、腕を鞭のようにしならせ攻撃してきたのだ。予想外の場所からの攻撃に、ツヴェイトは直撃を受け弾き飛ばされる。

「奇抜で変則的過ぎます。これは不味いですね……」

「やってくれたな……【ファイアーボール】」

倒れた状態からの魔法攻撃だが、それはマッドゴーレム（細）に向かい一直線に飛んでいく。

だが、機動力では通常のマッドゴーレムより素早く動けるので、ツヴェイトの苦し紛れの攻撃は実にあっさりと躱されてしまった。

「や、野郎っ!!」

「焦れば先生の思う壺です。多分、動きが単調な兄様を集中的に狙っていますね。恐らくは連携を取れなくするため……」

「なっ!? つまり……俺が足を引っ張っていると言いたいのかぁっ！」

「事実です！ 先生は弱点を見逃さずに的確に攻撃してきますよ。今までも似たような攻撃を何度もしてきましたから、恐らくは今も……」

「マジモンで実戦形式かよ……容赦ねぇ」

忌々し気にゼロスを睨むツヴェイト。

だが、本当の実戦ではやり直しがきかないのだ。厳しくなるのは当然である。

「……当然の事ですよ。訓練する以上は真剣に取り組んでもらいます。隙があれば魔物は遠慮なく狙って来ますよ？　これは生き残るために必要な事ですから、念を入れるに越した事はありません。特に、あの森では魔物の方が狡猾でしたし……」

「なるほど……実戦では死んだら終わり。魔物が手心を加える訳がねぇってか？」

「せめて三時間は粘ってください。広大な森の中の孤立は死と隣り合わせですから、生き残るために必要な事は冷静な洞察力と純粋な力、後は生き残ろうとする原始的な意思のみ。余計な自尊心や見得は自分だけでなく、仲間を殺す事に繋がりますよ？　あの森では命の値段は安いですからねぇ～」

「クッ……ムカつくが正論だ。アンタは、これ以上の地獄を渡り歩いたんだろうよ」

「こんなのは序の口でしたねぇ……。油断すら出来ない状況が終わる事なく続くんですよ。ワイヴァーンの群れが相手では逃げられませんから……。アレには参りましたよ、ホント……」

「言ってくれる……。確かに俺は甘かったようだな、もっとやべぇ魔物はごまんといる……」

鍛え直して欲しいという言葉は真実のようで、彼はゼロスの言葉を真摯に受け止めている。

少しの油断が死を招くのが自然の摂理であり、人の世界のような安全はどこにも保障されておらず、常に強者や狡猾な知恵を持つ魔物が生き延び、熾烈な生存競争が繰り広げられている。

人の生活圏以上の危険な環境が、広大な領域で広がっているのだ。

「一朝一夕で力が付く筈がありませんよ。この世に絶対などという概念はありませんし、たとえ強者でも少しの油断が命取りになります。ならば生き残るために何度も訓練を積むしかない。安全で楽な道など、世界にはどこにも存在していません」

こんな偉そうな事を言っているゼロスだが、内心は『何を偉そうな事を言っているんだかねぇ、僕は……。これで二人が死んだら僕の教え方が悪い事になるだろうし、それ以上に責任問題になりかねネェー。現実とゲームとでは環境が違うのに、これで技量や生存率が上がらなかったら、隣の少々アレな爺さんが黙ってない……』。小心者故に、かなり臆病風に吹かれていた。

誰だって他人の命を背負いたくはないだろうし、自分の教え方次第ではこの二人が死ぬ事に繋がりかねない。チートの自分とは異なり、二人の教え子には適切な訓練を施さねばならず、レベルが低いままでは一撃で殺される環境に向かう事自体かなり危険が伴う。

そのため、二人が生き残る技術を得られるように、思い付く限りのえげつない攻撃をゴーレムに実行させせていた。

「良いねぇ～……変われそうな気がするぜ！　学院じゃこんな事は教えてくれなかった」

「随分とぬるいんですね、その学院は……。ここでは幾らでも失敗して構いません。自分が理想とする戦い方を模索し、存分に戦い試し、そしてモノにしなさい。それがあなた達自身の血肉となり、力になります」

『マジで、何を言っちゃってんのぉ!?　そんな事を言える立場じゃないでしょう。単に、これ以上の授業が思い付かなかっただけだろうに……。ハァ、僕も鍛えないと駄目ですかねぇ～……』

……言っている事と心の中は別だった。だが、家庭教師の立場である以上、弱腰姿勢では誰もついては来ない。どこぞの映画で有名な軍隊方式と、どこかのカンフー映画のパクリである。

「やっぱり先生は厳しいです……。ですが、自分に見合った戦い方が出来るのは嬉しいですね」

「ゴブリンを野放しにして的にするより、こっちの方が性に合うぜ。なんせ手痛い反撃までしてくるからな」

「怪我をしたら僕が治療しますよ。こう見えて回復系の魔法も得意ですからねぇ」

仮に倒され、多少の怪我をしても強制的に回復させられ、終わりのない地獄の訓練が続く。安全性も確保されている事から二人のやりたいように鍛錬が出来るのだ。

しかも、決められた通りに動く敵は存在しないし、不測の事態が起こる事すら学べる。まして圧倒的不利な状況が断続して続くので心構えも養えた。

そういった面では、この訓練は結構良く考えられていると言えるだろう。

たとえ元が、ゲーム時代の仲間をレベルアップさせるための訓練だったとしても、だ。

オンラインゲーム時、この方法は新たに加わった新規プレイヤーを鍛えるため、各ギルドで行われた方法で、スキルやレベルを一定に底上げし、そこからパーティーを組んでクエストに向かっていた。新人を鍛えるには丁度良い訓練だが、現実はゴーレムをコントロールしなくてはならないのでかなり精神力を使う。この訓練はゲーム時代の模倣だが、現実に行うと手間が掛かるものだった。

「よし、来いやぁ!!」

「熱くなるのは構いません。ですが、心は常に冷静に徹するべきです。でなければ、直ぐに死に繋がりますよ？　敵は目の前だけでなく、自分の内にもいると思ってください」

「限りなく実戦に近い訓練……たまんねぇ〜なぁ……。超えてやろうじゃねぇか!!」

「僕は君達に答えを教える事は出来ません。そこまで人生を達観していませんし、何よりも君達の人生は君達自身のものですからね。僕が出来る事といえば、精々経験した乱戦の状況を思い出す限り再現し、二人に体験してもらう事だけです」

「ちょっと待て!?　て、事は……この状況は……」

「そう、僕が若い頃に体験した地獄ですよ。この時、多くの同胞が命を落としました……」

「マジかよ……。通りで、えげつねぇと思った」

無論、ゲームのレイドで大量繁殖したオークを殲滅するのがクエストの内容だった。

この時、作戦指揮を執っていたギルドマスターの采配ミスで、仲間の大半が死に戻りしたのである。それ以降、ギルドという組織自体から足を洗い、ソロで活動するようになったのである。

単に所属したギルドのマスターが、適当過ぎた事が原因であった。

「たとえ知能が低い魔物でも数が揃えば脅威になる。ましてや、広範囲攻撃魔法が使えない乱戦では、個人の技量と連携が何よりも重要となるでしょう」

「近接戦闘が出来なければ死ぬか……。実戦に裏打ちされた訓練、最高じゃねぇかよ」

「不本意ですが、同感です。先生の御心が分かった気がします……死なないために、生き残る手段を得るのですね」

「必要な時に魔法が使えない魔導士など、ただ邪魔なだけ。ましてや撤退出来ない状況下で戦えず、味方の足を引っ張る事にでもなれば、殺されるのを待つだけになるだろうね。仲間にも損害が出ますし……。まぁ、その時の状況にもよりますが」

ゼロスもかなりの暴言を吐いていると自覚はしている。

しかし、彼の内心は既に混乱の中にあった。元よりオンラインゲームでもかなり好き勝手に動いては、周囲に多大な迷惑を掛けていた。寧ろそれを楽しんでいた傾向が強い。

集団での戦闘を想定したレイド経験は少なく、数人の同類と暴れ回っただけである。

こんな調子なので、最早ノリと勢いで行動するしかない。

「確かに……『乱戦になったら速やかに後退しろ』と教えられたが、戦場が思うような状況になるとは思えん。時には包囲され、こんな状況になるか……」

「そもそも、後退なんて出来るのでしょうか？　戦争は自分達だけでなく、相手も作戦を練って来るのですよね？　都合の良い状況なんてある筈がないですし」

「本当にぬるいですねぇ。『常に最悪を想定せよ』、これが常識でしょうに……」

「返す言葉がねぇな……。確かに学院の訓練はぬるい、敵が弱い奴ばかりとは限らねぇしな」

ゼロスは懐中時計を取り出し、今の時間を見ると不敵な笑みを浮かべた。

「二時間……これより二時間、乱戦状態になります。その時間内を無事に生き延びてみてください」

「先生、今にも魔力が切れそうなのですが……？」

「魔力が切れたという理由で敵が待ってくれますか？　そんな状況下で、いかに生き残るかが重要になるんだ。生き残れば敵の情報を持ち帰る事が出来るし、後の作戦に生かす事が出来ます」

「つまりは魔力が切れたところから正念場という事か。やり直しの利く実戦……良いねぇ……」

「……分かりました。絶対に生き延びてみせます！」

「では、これから本気でゴーレムを操作します。きついでしょうが、死ぬ覚悟で挑んでください」

マッドゴーレムが隊列を組み始め、陣形を整えていく。

魔物の中でも、時に知能の高い個体が指揮し、こうした戦法を取る事が良くある。

正に実戦さながらの訓練に、二人は緊張と高揚感を感じていた。

『これだ！　コレなんだよ、俺が求めていたものは……。流石、賢者だ。半端なく容赦ねぇぜ！』

前々から、ツヴェイトは学院の鍛錬そのものに物足りなさを感じていた。

そんな彼にとって、ここ数日から急激に難易度の増したこの訓練はやり甲斐があった。

『先生は私達が死なないように、敢えて厳しい訓練を選んでいるのですね。ならば弟子として、その思いに応えねばなりません！』

対するセレスティーナも実戦に勝る経験はないと理解し、何としても食い付いて行くと言わんばかりに真剣である。その上で増々ゼロスの株は上がる一方であった。

二人の教え子は万事こんな調子だが、対するゼロスはと言うと……。

『あぁ～失敗したかな？　あの時のレイドって、際限なくオークが出てきて地獄だったっけ……。これは少し調子に乗り過ぎたかねぇ～？　それどころか、恨まれたりしないだろうなぁ～？』

ゲーム時の状況を思い出し、現実と比べて不安に苛まれ、内心では右往左往していた。

デジタルな世界と現実は似てはいるが、完全に異なる世界だ。どれだけ現実に近かろうとも、実際においては細かいところで差が出てくる。その線引きをどうするかで悩んでいた。

そして、ゴーレム達は一斉に動き出す。

悪夢の二時間が始まったのである。

「しかし、何じゃのぅ。ティーナの装備は、何とかならなかったのかのぉ～？」

「クレストンさん……無茶を言いますね？」

セレスティーナの装備は安物のレザーベストに鋼のバックラー。そしてメイスという駆け出し装備だが、相手がマッドゴーレムなだけに、着衣の全てが汚れても良い安物の衣服なのである。

「どうせ汚れますし、消耗品なのですから安物で充分でしょう。相手は泥人形ですよ？」

「そうなのじゃが……残念過ぎる。せめて純白のドレスに鎧姿の方が……」

「返り血で赤く染まりますよ……。しかも繊維に着いた血液は洗っても落ちませんが？」

「ぬぅ……屈辱じゃ。可愛いティーナが、あのような装備を着る事になろうとは……」

「純白衣装じゃ、『どうぞ狙ってください』と言っているようなものでしょうに」

とことん孫娘優先のクレストン爺さんであった。

「もう一人の孫は良いんですか？」

「ツヴェイトは男じゃし、別に良いのではないか？」

「…………………………」

ツヴェイトも学院指定の訓練装備なのだが、いかにも駆け出し感が出ている。

しかし、同じ孫でも性別の違いで極端に差別感が出る。この老人を尊敬しているツヴェイトは浮かばれない。ツヴェイト君が報われる日が来るのかは神のみぞ知るである。

◇　◇　◇　◇

二時間後、二人は殆ど気力だけで立っているようなものであった。

長時間に上る戦闘訓練はこれが初めてで、実戦を想定した修練がいかに苦しい戦いかを、彼等は文字通り身を以て体験したのである。

「どうですか？　本物の戦場は今の状況が最低でも六日、長くても一月は続くものなのですが、極めてそれに近い状況を経験した感想は？」

「く、苦しいです……。こんな状況が、そんなに長く続くのですか……？」

「スゲェ辛い……これが実戦……。学院はぬるいなんてもんじゃねぇ……甘過ぎる……」

「こんなの、ただの小競り合い程度ですよ。大規模な戦争はこんなものではありません。複数の部隊が独自の指揮官の元、統制して作戦を遂行するんですよ？　これ以上の地獄です」

「マジかよ……ハハハ、最高だ！　こんな訓練が受けられる俺は運が良い」

魔力が枯渇寸前でありながらも、二人はやり遂げた充足感に包まれていた。

そんな二人にゼロスは小さな酒瓶を手渡す。

「先生……これは？」

「【マナ・ポーション】です。孤児院でマンドラゴラを栽培していまして、少し分けてもらったので作ってみました。あの繁殖力は凄いですねぇ～、驚異的成長速度で危うく畑が埋め尽くされるところでしたよ……数日で」

「孤児院で、そんな物を栽培してんのかよ！　つーか、アンタの差し金だろ！」

「薬草も栽培していますねぇ。これからは良い収入源になるでしょう」

孤児院に植えたマンドラゴラは、成長速度が尋常ではなかった。たった一日で芽を出し、三日後には収穫可能なまでに成長したのである。問題は、あまりにも成長が早過ぎて畑の大半が埋め尽くされそうになり、急いで引き抜いて間引きしたのだ。

マンドラゴラに埋め尽くされれば、野菜を育てる事が出来ず、畑の栄養分が全て奪われてしまう。天敵になる草食の魔物が存在せず、外敵に喰われる心配がないので増える一方なのだ。

そのため、成長しきらない若い内に間引き収穫し、そのマンドラゴラで製作したのが彼等に手渡したマナ・ポーションである。

「どうでも良いが……」

「はい……」

「どうしました？」

「「何で、酒瓶!?」」

「専用の小瓶がなかったので代用したのですが、それが何か？」

確かに中身はマナ・ポーションだろう。しかし、これでは良い若者が昼間から酒を飲んでいるようにしか見えず、見た目には体裁が悪い。ゼロスにしてみればただのリサイクルの積りでも、それを使用する者の立場は目撃した者から見ればかなり印象が悪い事だろう。

互いに価値観が違う故に生まれた些細な事なのだが、世間の体面を気にする大貴族のご子息・ご息女にとって、これは流石に問題だった。

「今日の訓練はこれまで。明日は通常通りに行きます。そう言えばクレストンさん、二人の装備はどうなっているのですか？　実戦の予定日も差し迫っていますよねぇ？」

「それは問題ない。近い内に完成すると連絡が来おった」

「それなら良いですが、護衛の騎士達はどうするんです？」

「若い奴等を何名か廻してくれるそうじゃ。全く、デルサシスもケチ臭い事を申す。二個師団ぐらい軽く出さぬか、嘆かわしい」

「「無茶苦茶な事を言ってる!?　つーか、倍に増えてるじゃねぇか!!」」

「御爺様……。幾ら何でも、それは無茶ですよ……」

この老人はファーフラン大深緑地帯に実戦を積みに行くと決まってから、領主でもあるデルサシスに護衛として騎士団の出向要請を頼んでいた。それも一個師団である。

こんな事のために騎士団が派遣されたら、国民に対して申し訳が立たない事であろう。

爺さんの爺馬鹿は止まる事を知らない。最愛の孫娘のためには、いかなる暴挙も実行するのだ。

この老人の暴走はどこまでも続く。

◇　◇　◇　◇　◇　◇

戦闘訓練後、ゼロスは孤児院に顔を出していた。

これからマンドラゴラを収穫するので比較的ラフな格好で訪れたのだが、何やらルーセリスが眉間に手を当てて悩んでいるようである。

声を掛けるべきか僅かに悩んだものの、やはり気になったので声を掛けてみる事にした。

「どうしました？　ルーセリスさん」

「あっ……ゼロスさん、ようこそお越しくださいました」

「何やらお悩みのようですが、何か問題がありましたかね？　元気がないようですが？」

「実は、マンドラゴラの事で問題が発生しまして……」

「聞きましょう。で、どのような？」

「そうですね……こちらに来て見てくだされば解ります」

「はぁ……？」

ゼロスの腕を取り、畑へと引き連れて行くルーセリス。

その時のゼロスの心境は、偶然にも腕に掛かった彼女の胸の感触に酔い痴れ、戸惑い気味である。

『こ、これほどの巨乳！　凄いボリューム感。これはヤバイ！　不味い、ケダモノになりそうだ。生きていて良かった……』

彼は彼女いない歴四十年の独身中年である。

ムッツリなだけではなく、こうした無自覚の行為の接触にも耐性がなかった。

彼は不味いと思いながらも、この感触が何時までも続いて欲しいなどと思ってしまう。

そして連れて来られた畑には……。

――ウギャァアアアアアアアアアアアアアアアアッ!!

断末魔の叫びが響き渡っていた。

まるで、どこかの魔導具店のようである。

「こ、これは？」

「マンドラゴラを引き抜いたら、あのように……。子供達がそれを面白がって……」

「…………」

畑を見てみると、四人の子供達が楽しそうにマンドラゴラを引き抜いていた。

――イヤァアアアアアアアアアアアアアアアァッ!!

――ヤメロォオオオオオオオオオオオオオオオオッ!!

「アハハハ♪　面白ぉ～～ぃ!」

「僕の方が大きい声だよ?」

――ヒャギャアアアアアアアアアアアアアアアアアアァッ!!

「あははははは、おもしれぇ～!　もっと叫ばせてみよう」

――ヒトゴロシシィイイイイイイイイイイイイイイイイイイイッ!!

「アタイの方が凄かったよ?　人殺しだって、おもしろ～ぉい♪」

子供達は無邪気にマンドラゴラを引き抜いているだけなのだが、陰惨で残虐な行為をしているかに思えてくる。嬉々としてマンドラゴラを引き抜く度に、この植物は異様な叫びを上げる。

まぁ、マンドラゴラにとっては拷問を受けているのと同じ事なのかもしれないが……。

「何故か……邪な感じがしますね。教育上、宜しくない。まさか、これほどとは……」

「間引いた時のマンドラゴラは叫ばなかったのに……。どうしたら良いのでしょうか?」

「僕に聞かれてもねぇ……。慣れるしかないのでは?」

「慣れたくありません!　精神に直撃してきますよ、この叫びは……」

成長が早いマンドラゴラはその繁殖力が凄まじく、直ぐに畑を埋め尽くすほどに増えるのだ。

その間に出来るだけ若い物を間引く事により、良質な効果を持つマンドラゴラを作り出せるのだが、そのマンドラゴラは引き抜いた瞬間にこうした絶叫を上げる特性がある。

成長が若い内は引き抜いたところで叫ばないのだが、収穫段階に入った物はこのように派手に叫びまくるのだ。まるで惨劇に遭った被害者の如く絶叫するその声は、収穫作業をする者達の精神を粉々に粉砕する。マンドラゴラはメンタルブレイカーなのである。

「近所に誤解されそうですよね、これ……。通報されかねませんなぁ～」

「既に何度も誤解を受けて、その都度衛兵の方々にこの畑を見せる羽目になるんですよぉ～……」

古い教会の裏から響く絶叫、ちょっとしたホラーな展開を想像させる。

それを嬉々として引き抜く子供達は、残虐な小悪魔なのだろうか？

――タスケテェエエエエエエエエエエエエッ!!

「助けてだって？」

「いまいちだね？」

「捻りが足りない……ちんぷ」

「もっと、こう、心の底から響く声が聴きたい……」

子供達は残酷だった。彼等は小さな悪魔、悪戯好きの悪魔である。

「まぁ、これが孤児院の収入になるのですから、気を取り直して引き抜きましょう」

「無理です……。罪悪感が半端ではありませんよ、心が壊れそう……」

「重傷ですね。仕方がない、僕も引き抜くとしましょう」

そう言いながら手近なところに生えていたマンドラゴラの茎に手をやり、力一杯引き抜く。

――イヤァアアアアアアアア!!　オカサレルゥウウウウウゥゥゥゥゥッ!!

「この手できましたか……人聞きの悪い。しかし、これは……」

ゼロスはマンドラゴラを甘く見ていた。まさかこの手のパターンで来るとは思ってもおらず、流石に冷や汗が止まらない。こちらを見ていたルーセリスの目も何故か冷たい。

「ゼロスさん、あなたという人は……」

「……僕は何もしていませんよぉ!? マンドラゴラの絶叫ですからねぇ!!」

これは色々と不味いだろう。何しろマンドラゴラを引き抜いただけで犯罪者になりかねないのだ。

「分かりましたでしょう? これは精神的にかなり危険です」

「まだ甘く見ていました。まさか、ここまでの物とは……。マンドラゴラの所為で冤罪が続出しかねませんねぇ。満員電車で痴漢の冤罪をでっち上げるJKのようですよ……」

「じぇーけーが何かは分かりませんが、冤罪になりそうなのは同感です……」

何も知らないご近所さんに通報されでもしたら、猟奇的な変質者として補導されかねないレベルである。しかし、マンドラゴラは引き抜かねばならないのだ。

でなければ畑一面がこの植物に埋め尽くされ、折角植えた野菜が根こそぎ絶滅してしまう。

更に今が収穫に相応しい成長具合であり、マンドラゴラを売り渡すには最高の期間とも言える。

これを逃せば種を放出し、無差別に繁殖した手の付けられない状況になるだろう。

――――ヒトオモイニコロセェエエエエエエエエエエエエッ!!

――――オレハオマエタチニクッシナイィイイイイイイイイイッ!!

――――ノロワレヨ、アクマドモメェエエエエエエエエエエエエエッ!!

「「「あはははははっ! 凄くおもしろぉ～～～～い♪」」」

なまじ大人は良識があるだけに、精神的なダメージが大き過ぎる。

無邪気に引き抜く子供達が実に羨ましかった。

――アァ……モットォ～～～。モット……ハゲシク……アッ……アァ……♡

「あれ？　違うパターンだ」

「えろ～ぉい♪」

「何が激しいの？　シスターに聞いてみよっか？」

「そうしよう。もしくは、おっちゃんに」

「「やめて――――っ!!　聞かないでぇ、君達にはまだ早過ぎますから!!」」

意図してなのか偶然なのか、マンドラゴラは子供達の好奇心を刺激してきた。

分かる事は、確実に大人二人の精神を責めてきている事であろう。

恐るべし、マンドラゴラ。植物とは思えない知的な孔明の罠である。

彼氏いない歴十八年のルーセリスと結婚未経験の中年オヤジには、子供達の純粋無垢さが凶悪な凶器と化したのである。

「とんでもない植物だ。まるで狙ったかのようにこちらの精神を巧みに攻撃してくる……」

「生活は楽になりますが、その前に私がおかしくなりそうですよぉ～……」

この日、ルーセリスとゼロスは、今後の子供達の教育の仕方に頭を悩ませる事になる。

後になって、大地操作系魔法【ガイア・コントロール】で収穫すれば早いと気付いた時、二人の精神は鬱になりかねないほどネガティブにまで落とされた後であった。


――それから六時間後。

収穫が終わる頃、おっさんとルーセリスは満身創痍であった。

肉体的な疲れではなく、精神的に追い詰められて二人の表情は危険な兆候を見せている。

目は虚ろで虚空を見つめ、薄ら笑いを浮かべながら空中に向けて誰かと語っていた。

「シスターとおっちゃん、どうしたんだろ？」

「知らね。それよりコレ、どうすんだっけ？」

「日陰に並べて干すんだよ。おっちゃんが言ってたじゃん」

「肉、食べたい……にくぅ〜〜〜……」

元気なのは子供達だけである。

勤労意欲があるかは分からないが、子供達はゼロスが教えた保管方法を直ぐに実行し、マンドラゴラを孤児院裏の物置の中に並べ干している。

子供達の頑張りのおかげで孤児院の財政は潤い、二日後からまともな食事が可能となった。

だが、この日から孤児院は【絶叫教会】と陰で呼ばれるようになる。

また、マンドラゴラの噂を聞いた泥棒が畑に忍び込み、マンドラゴラの絶叫でご近所さんに捕縛される事が立て続けに起きた。

ある意味、マンドラゴラは有効な防犯装置なのかもしれない。

◇　◇　◇　◇

数日後、深夜。

――ゴウトウヨォオオオオオオオオオオオオオオオオッ！！

マンドラゴラの絶叫が、静かな宵闇の中に響きわたる。

「なっ!?　黙れっ、クソッ!!」

「ヤベッ！　逃げろっ!?」

「「「「泥棒だぁ、捕まえろ!!」」」」

「なっ、何でこんなに人がいるんだよ!?」

「知るかっ!!」

今夜もまた、馬鹿な畑泥棒がマンドラゴラの所為で捕まるのだった。

同時に、彼等泥棒はご近所さんの臨時収入として僅かな金貨と交換されるのである。

周辺住民達は泥棒が来るのを待ち続け、直ぐ捕縛出来る組織体制を敷いている事をルーセリスは知らない。

ご近所さんは今夜も待ち続ける。新たな獲物が掛かる事を……。

第十二話　おっさん、領主と会う

ツヴェイトには二人の異母弟妹がいる。

一人が同い年の弟で、名はクロイサス。歳は十七歳。

周囲からは同時期に生まれた事から家督争いのライバルでもあるように思われていたが、クロイサスは他人に全く興味を示さず、常に冷静な物腰の態度で受け流していた。

昔から何かと喧嘩腰であったツヴェイトだが、実のところクロイサスは兄であるツヴェイトという人間を全く見ようとはしていなかった。人間そのものに興味を示さず、彼の興味はもっぱら魔法研究のみに注がれていた。

人間嫌いという訳ではなく、本気で研究以外の事はどうでも良いと分かった時、ツヴェイトは実の弟に対して絡むような事をやめた。

まぁ、この二人の態度が周りに影響を与え、勝手に跡目争いに発展しているのだが、ツヴェイト自身もこの事に関しては特に問題視していない。

興味のない事に無関心なのはツヴェイトも同様であった。

もう一人は、今彼の直ぐ傍で魔法式の分解解読作業に専念しているセレスティーナである。

これは彼等の父親でもあるデルサシスが、当時公爵家で女給をしていた女性に『思わず、ムラッときて』手を出したがために生まれた妾腹の子だった。

彼等異母兄弟の母親である第一・第二公爵夫人達はこの事実を知ると、真っ先にセレスティーナの母親を屋敷から追放させた。

これは、家督争いという面でこれ以上敵が増えるのを防ぐための手段であると同時に、夫でもあるデルサシスの目を惹き付ける彼女を出来るだけ遠ざけたかった目論見があった。

結果、セレスティーナの母親の身柄は祖父のクレストンが引き受けたのだが、生まれたのが女児であったがために溺愛してしまった。

その後、セレスティーナの母親は病で若くして他界し、セレスティーナはクレストンの男手一つで育てられる事になったのである。だが、母親譲りの彼女の容姿は公爵夫人達には目障りであり、目の敵にするようになる。

その影響は夫人達の子供でもある二人の兄弟、特にツヴェイトがモロに受け、彼は幼い頃から陰湿な虐めをするようになり、クロイサスは当然の如く無視を決め込んだ事により、セレスティーナは増々ひきこもるようになる。


ツヴェイトからして見ればソリステア公爵家はこの国の王族の分家筋に当たり、一五〇〇年以上も昔から国を守ってきた魔導士の一族であった。当然ながら、先祖の偉業を誇りとし、自分もいつかは国や民を守る存在になりたいと夢見るようになる。

しかし、妹のセレスティーナは何故か魔法が使えないにも拘らず、敬愛する祖父の元で過ごしているのが気に入らない。【煉獄の魔導士】と名を馳せた祖父の元にいながら、無能なくせに自分の妹である事が許せず、何よりも母親が毛嫌いしている事から影響を受け、何の疑問も抱かずに彼女を冷遇していた。だが、セレスティーナは才能がなかった訳でなく、当たり前だと思っていた魔法式が実は問題だらけの欠陥を抱えていただけと知る事になる。

彼が聞いた噂では、セレスティーナは魔法自体の発動が困難だったが座学では優秀。魔導士としては落ちこぼれではあったが、他は全て優秀な成績を収めていただけに、決して無能という訳ではないという事だ。そして現在、セレスティーナの問題は全て解決している。

目の前にいる家庭教師、大賢者の手によってだ……。

「え〜、という訳で、ここの魔法式を解読すると『魔力流動を収束、必要魔力量は一〇〜五〇』となる訳です。これは、魔法行使で必要な魔力の幅と制御出来る限界の魔法量を示し、魔法式の限界値である耐久魔力量としての意味合いでもありますね。魔法式には予め決められた魔力が必要とされますが、それ以上の魔力を込めたところで威力は上がらず、寧ろ余剰魔力は逆流して魔法式から拡散してしまう事になる……」

彼は正直、この大賢者が好きではなかった。

だが、尊敬する祖父が認め、何よりも他を圧倒する実力者であるが故に利用しようと考えただけである。つい数日前までの話ではだが……。

「それはつまり、その魔法式の必要魔力量幅を増減させれば、威力の強弱幅も変わるという訳ですか？　簡単な魔法式で威力が変わる訳ですよね？」

「簡単に言えばそうですが、それほど単純ではありませんよ？　魔力量が大きくなるという事は、同時にそれを貯え現象へと変換する魔法式の耐久力に影響を与えますからね。

どれほど魔力を込めても、魔法式を構築する魔法陣が脆弱では魔力が拡散するだけで意味はないですし、更に言えば魔法陣崩壊から暴走現象を引き起こし、周囲に多大な被害が出る事になりかねません。まぁ、その前に魔法式の崩壊現象が起きて発動しない事の方が多いんですけどねぇ〜」

気の抜けたような言動で、おっさん魔導士が魔法式の授業を続けている。

正直ここまでの内容だとは思っていなかったために、ツヴェイトはこの講義が楽しくて仕方がない。寧ろ知らなかった事を分かりやすく説明してくれるので、すんなり頭に入れる事が出来るほどだ。それが新鮮で毎日が楽しくなってきていた。

「難しいですね。必要魔力の他に、魔法陣の強度を上げる術式が必要となる訳ですか……」

「それを可能とするのが積層型術式であり、二つの魔法式により魔力を循環させるのが【スペル・ライン】というものです。強大な魔法術式、そうですねぇ……例えば範囲型の魔法ですが、通常の魔法陣はかなり広い紙に描かないと構築出来ないでしょう。それを複数に分割し、処理魔法式を間に入れる事で魔法陣がよりコンパクトに纏まる事が出来るんですよねぇ～」

予想以上の優秀さであった。

彼が、初めて祖父以外に強い憧憬の念を覚える人物に出会ったのは、これが生まれて初めての出来事である。何しろゼロスは権力者に媚びない。寧ろ敵対者には容赦なく戦いを挑むほどに自分の生き方を尊重し、魔導士としての生き方に誇りを持っている。

これはツヴェイトの価値観に変化が起きた事から来る誇張かもしれないが、彼の目から見れば、実戦と実践による検証を行い魔法の極みを歩き続けた格上の存在に思えていた。しかも尊敬する祖父が認めるほどの逸材である。


祖父であるクレストンは権力に固執した魔導士に対し、常々魔導士のあり方に異を唱えては各派閥に波紋をもたらした。これは、かつて所属していた派閥であるウィースラー派に裏切りと取られたが、実力差があり過ぎて暗殺や警告といった真似が出来ないでいる。それ以前に王族の血縁関係にあり、迂闊に敵対出来ないのが現状でもある。

クレストンは『権力に固執するような奴は魔導士ではない、己を高める事が魔導士本来の姿だ』と言い切り、派閥に係る事を一切止め小規模だが独自の派閥を作り上げた。

目の前のゼロスはそんな魔導士の理想を体現したような本物なのだ。

自らの稼ぎで研究し、僅かな無駄も許さずに理論と実践を繰り返してきた賢者である。

しかも実戦経験が豊富であり、戦場での生き方までも熟知する狂える叡智の探究者。

ゼロスに比べれば他の魔導士がいかに取るに足らないものであるか、否応にでも分かってしまう隔絶した実力の差であった。

「さて、他に何か質問はないでしょうか？」

魔法文字すら解読するような魔導士が、どうして優秀ではないと言えるだろうか。

彼の目には、尊敬する祖父を凌駕するこの魔導士が雲の上の存在として映り、自分がその足元にすら及ばないヒヨッコだと理解する事は、この数日間指導を受けて充分に理解出来ていた。

イストール魔法学院の講師陣営よりも優秀で、それでいて派閥など意にも介さぬ傲慢なまでの愚かさが気高く、誰よりも魔導士らしく見えた。

大半の魔導士は貴族に取り入るか、もしくは国の機関に入る事が望ましいのだが、この魔導士はそのどちらでもない例外だったのである。

「魔法文字が解読出来るのは分かった。だが、個人で魔法を覚えられる数は異なるんだろ？　どうやって自分に合った魔法を選べば良いんだ？　アンタの理屈では全属性魔法の得手不得手の垣根は存在せず、誰もが全ての魔法を覚えられる事になるが、実際は使う魔法は個人の資質によって別れているぞ？　現時点では属性派閥なんて連中も出ているんだぜ」

「それはきっと、個人の好みの問題でしょうねぇ。実際、僕は全属性魔法全てを使えますが、好んで使うのは複合魔法……それも雷系をベースした魔法をメインに使用していますねぇ。状況に応じて他の魔法も使うけど、要するに好みの魔法は死ぬ気で覚えるが、そうでないものはおざなりになりがちになるという事かなぁ～。個人の自由という事になるね」

実際に得意とする系統魔法に依存し、他の魔法を学ばない学院生は多かった。

多少は納得出来る回答である。

「覚えられるが、使いこなせていない訳か。だが、潜在意識領域《イデア》内に魔法式を刻むのにも限りがある。使える魔法の数を増やすにはどうすんだよ」

「それは術式の構築幅が大き過ぎるからかな。無駄を省いて緻密にすれば潜在意識領域《イデア》内に収める魔法陣そのものは小さくなりますし、集約された分だけ許容量があまる訳ですから他の魔法の数を覚える事が出来ます。要はどれだけ魔法式を理解し、それを上手く使うかが魔導士の腕の見せどころな訳だね」

「今研究中の魔法は、魔法陣が小さなコロッセオの面積分あるからな、確かに無駄だな」

「コロッセオ？　殲滅魔法でも研究しているんですかねぇ～？　まぁ、平面の魔法陣を使えばそうなるでしょう。しかも膨大な魔力を必要として使い物になるとは思えませんが……」

「見て来たように言うな、アンタ……」

「魔導士なら一度は通る道ですからねぇ。強力な魔法ほど魔法式は複雑化するのだから、直ぐに分かりますよ。それをいかに小さくするかで魔導士の技量が測れるね」

最新の研究魔法は先もツヴェイトが述べた通りだが、ゼロスの魔法式は上下左右に立体化した見た事もない術式であり、魔法文字の循環によって組まれた難解なパズル形式なのだ。

少なくとも、56音式魔法陣の100年先を行っている。それを学べる事にツヴェイトは言いようのない優越感のような感情が芽生えていた。

「一度は通るか……どんだけ先に行ってんだよ」

「さぁ？　僕は自身の研究を他人と比べる気はないですからねぇ。興味もないですし、他人に教えるつもりもありませんが」

「つまりは、自分で辿り着けって事か？　その極地までに……」

「当然、そうなりますねぇ～。血反吐を吐く思いで辿り着いた研究成果を、何故他人に渡さなければならないんです？　継承させた人物が何に使うか分かったものじゃないですし、何より危険過ぎますよ。特に広範囲を殲滅出来るような魔法はね」

「俺達に教えるのは、あくまでも初歩か？　そこからヤバい魔法を生み出したらどうすんだ？　56音式魔法でも作れるんだろ？　アンタの話だとかなり高密度な魔法式になるようだが……」

「そこまで責任は持てませんよ。ましてや僕の研究成果を知ったところで、誰にも使えませんからね。他者に譲り渡す意味がないでしょ」

　ツヴェイトの背筋にゾクゾクとした感覚が走る。

　これは恐怖によるものではなく、寧ろ高揚感に近いものであろう。

　ゼロスの言葉は要するに、製作したのはあくまでも自分専用の魔法であり、他人が使えるような魔法ではないという事だ。他人が使えない以上は存在するだけの魔法に意味はない。

　この賢者は既に高みに存在し、ツヴェイトはそんな人物に魔法の神髄を教えてもらっている事実に、言い様のない喜悦を感じたのである。

「君達は若いですからねぇ、先ずは基礎から自分自身の手で極めるしかない。人から教えてもらって有頂天になっているのは、最早停滞と同義だと覚えておいてください」

「俺自身の魔法は、自分で生み出せってか？　とんでもねぇな、教師の言う事じゃねぇぜ」

「基礎を知り、応用を尽くせば簡単ですよ。後はいかに努力し続けられるかです。常識を疑い、自身との戦い……理論と実践、魔導士は常に孤独なのさ……フッ」

「いや、何故そこで格好つけるんだ？」

この数日で、ソリステア魔法王国の魔導士がいかに遅れているかを知った。

この賢者を知ってしまった今では、国中の魔導士達がどれほど盛大に勘違いしているかを痛感したのである。魔法文字の意味・解読法・魔法陣の構築・自身と自然界の魔力の利用法、そして操作・応用。どれも知らなかった事ばかりなのだ。

更に実戦での心構えなどや、接近戦での技術を考えると、圧倒的な技量の差が良く解る。

「簡単……ね。俺にも出来るという事か？」

「出来ますよ。まぁ、後は本人の努力と、どれだけ世界の摂理を理解しているかに掛かっていますがね。物理法則くらいは知っておいた方が良いでしょう。これは基本だから覚えておくと良い」

「物理法則か、なるほどな、楽しいじゃねぇか……。こんなにワクワクする話は初めてだぜ。どんだけ講師連中は駄目だったんだよ」

「兄様……講師が悪いのではなく、その魔導士を教えた方々が間違っていただけなのでは？　邪神戦争以降、魔法に関する文献の多くが紛失したのは誰もが知っている事ですし、自分達が研究している事が間違いなんて誰も思わなかったのでしょう。指摘する知識を持つ方もいなかったと思いますし、全てが手探り状態のまま今に続いていたのでしょうね」

粗暴だが、ツヴェイトは魔法に関しては真摯である。

知らない事を知りたい。知っている事の先に何があるのか、その先が見たいのだ。

そのため真面目に講義を受け、その度に自分なりに検証し始めている。

目の前には極みに辿り着き、それでも飽き足らずに研究を続ける魔導士がいる事に対し、その領域に辿り着いてみたいと思うのは魔導士の性というものだろう。

「さて、そろそろ時間ですね。続きの講義は明日にしましょう」

「えっ、もうですか？　早いです……」

「かれこれ、三時間ほど延長していますよ？　そろそろ休まないと、詰め込み過ぎても身に着きませんよ。休息も大事だと思いますけどねぇ」

「残念です。でも、明日が楽しみですね」

「近い内に二人には積層魔法陣に挑戦してもらいます。簡単なものですから、気負わずに遊んでください」

こうして今日の講義は終わった。

ゼロスが退室した後も、セレスティーナは復習する事も忘れない。そんな妹の姿に、ツヴェイトは驚きを隠せない。

以前なら自分に近付く事すらしなかったのだから……。

「なぁ、セレスティーナ……」

「何ですか？　兄様……」

「お前、凄く変わったな。以前のお前なら、真っ先に俺から逃げ出していたぞ？」

「そう……ですね。ですが、今は私も魔法を使えますし、先生ほどではないですけど魔法式はおおよそなら解読出来ます。もう、以前の私とは違うのかもしれません。自覚はありませんが……」

「とんでもねぇ魔導士だな、奴は……。お前が変わるのも良く解る」

あくまで二人の主観に過ぎないのだが、ゼロスと比べれば全ての魔導士は格下なのだ。

そんな最高峰の魔導士の教えを受けられるのは、未熟な魔導士としては名誉な事であった。

現在教えてもらっている講義は、魔法式の構築法で基礎に当たるものである。それも、学院とは明らかに視点が異なる上に実証されたものなのだ。

「奴に比べれば俺は雑魚も良いところだ。何であんなのに喧嘩を吹っかけてたんだ？　まぁ、賢者の教えを請うのは魔導士にとって最高の名誉に値するけどよ。良いよなぁ〜お前、弟子じゃん」

「……兄様も弟子になるのでは？　講義を受けているではありませんか」

「俺には派閥があるしなぁ〜……。正式な弟子入りは無理だろ、卒院したら軍属だし……。あぁ〜クソッ！　あんな派閥に入らなきゃ良かったぜ!!」

現在のウィースラー派は権力志向が強く、魔法や戦略研究など二の次だった。

そんなところに長くいたために、彼は精神的にも汚染されていたのである。

周囲にもてはやされ、増長し、その結果が手痛い失恋。ある意味で洗脳されていたと言っても過言ではない。いや、実際に洗脳されていたのではと疑いを持ち始めていた。

何故ならここ二年あまりの自分の行動を振り返り、あまりにも不自然な行動が多かったのだ。

それが何らかの理由で解除されたのだと思うと、最近になって妙に感じる頭のすっきりしたような気分に説明がつく。だからこそ言っておかねばならない事もある。

「これは俺なりの忠告だ、学院に戻ったら派閥に関係する連中には注意しろ。奴等が陣営に引き入れようとするぞ？」

「珍しいですね？　兄様が私に忠告するなんて……。初めての事ですよ？」

「俺だって馬鹿じゃねぇ！　今のお前は随分変わった。魔法を使えるようになり、魔法文字も解読出来る。派閥連中が放っておけないくらいに、な……」

「面倒ですね。私は派閥など、何の価値もないのですけど……」

「全くだ。大賢者なんて化け物を知ったら、奴等の講義など杜撰も良いところだ。基礎からして完全に間違ってるじゃねぇか！」

二人の数日間は濃厚であり、何よりも充足感があった。

今まで止まっていたものが一気に流れ出したかのように、二人の学習力は大いに跳ね上がった。知れば知るほど魔法というものが面白く、基礎とは言え、それを学ぶ事に対して新たな発見が導き出される。何よりも、疑問に思っていた事が解消され新たな可能性を見られる事が楽しかった。

「学院になんか戻りたくねぇ〜〜〜〜っ!!　ここにいた方がよっぽど研究が捗る」

「そうですね……。後、一ヶ月後には、戻らないといけないんですよね……」

ゼロスとの契約は二ヶ月。

約一月後には学院に戻り、つまらない講義を受けなければならない。

二人には時間の無駄遣いに思えていた。

「そう言えば、クロイサス兄様は戻って来ないのですか？」

「クロイサスぅ～？　奴はサンジェルマン派の重鎮候補だからな、研究に明け暮れているだろうよ。研究棟に入り浸ってな。無駄なのによ……」

「そうですね。無駄です……。貴重な時間を無駄にしていますよ」

「やろう……『実家に戻るのですか？　なら、父上によろしく言っておいてください。それくらいは良いですよね？　実の兄なのですから……』なんて、人をメッセンジャーにしやがった！」

「相変わらずですね……。よほど、研究が好きなのでしょう」

次男のクロイサスは研究にしか興味がなく、他人と関わり合いになる事すら時間の無駄と思っている。他人に関心を持たず効率だけを優先し、研究に打ち込む姿は魔導士らしいと言えよう。

しかし、彼の言動がツヴェイトにとっても鼻に付くのだ。

「相変わらずだ、あの気障野郎は……。だが、奴は運が悪い。ククク……」

「あぁ……確かに運が悪いですね。大賢者の講義を受けられないなんて……」

「だろ？　奴の顔を見る日が楽しみだ……」

敢えてたとえるなら火と氷。全く異なる性格なので、決して相容れぬ存在として互いに認識していたのだ。単に腹を割って話した事がないだけなのかもしれないが……。

「だが、あいつの姿勢は魔導士らしい……。考えさせられるな、最近は……」

「行動が先生に似ていますからね。けど……知識が足りない上に間違っています」

「そこが残念だな。俺にとっては嬉しい事だがよ。て、そうか……奴の事が気に入らなかったのは、クロイサスの奴に似ているからか……」

「クロイサス兄様の事、そこまで嫌いなのですか？」

「大っ嫌いだ！　アイツは俺を見ようとはしねぇ、周りの事はどうでも良いんだよ！　いつか、あのスカした面に拳を叩き込んでやる！」

性格が合わないが故にすれ違い、その結果が公爵家の跡目争いの原因になっている事を彼は知らない。別に反目している訳ではなく、ただ気に入らないから互いに近付かないだけなのだ。

彼も魔導士であり、他人の噂話など、どうでも良かった。

そんな二人の兄の状況を考え、セレスティーナは溜息を吐く。

彼女はただ、内乱にならない事を祈るばかりであった。

◇　◇　◇　◇　◇　◇

翌日、ゼロスは客用の応接間に来ていた。

理由は単純で、孫娘を溺愛する狂気的な老人クレストンに呼ばれたからである。

「フフフ……ついに……、ついにセレスティーナの装備が完成したのじゃ！」

「いつになくテンションが高いですね？　その装備はここに見当たりませんが？」

「嬉しくなって、ついセレスティーナに渡したわい。直に来るじゃろうが……」

「もう、試着させるんですか……。行動が早過ぎる……」

この老人はいつになくハイテンションで、装備を纏った孫娘が来るのを待っていた。

クレストンが暴走すると、ついツッコミを入れてしまうゼロス。

「あんな安物の装備など、いつまでも着せられぬわい。何しろ、初めてあの子のために装備を作ったのじゃからな。さぞかし似合う事じゃろう」

「……もう一人の孫の方は？」

「前に新調したやつがあるから構わんじゃろう。男の装備なぞ、武骨過ぎて美しくないからのぅ」

「……清々しいまでに酷い爺さんですね。ツヴェイト君も不憫な……」

孫娘を溺愛し過ぎで依怙贔屓だ。ツヴェイトが浮かばれない。

「今回は儂の小遣いを奮発し、素材から吟味させて最高の装備を用意したのじゃ」

「何の素材かは気になりますが、恐ろしく金が掛かっているのは理解していますよ……」

「当然じゃ！　可愛い孫娘のためなら、儂は魂すら悪魔に売り渡す!!　他人の命をじゃが……」

「清々しいほどに外道な爺さんですね」

無茶苦茶である。しかも、この老人は本心から言っているのだからタチが悪い。

恐らくだが、セレスティーナのためなら本気で悪魔に生贄を差し出すだろう。

罪深いまでに孫への愛情は業が深かった。

「いずれ嫁に行く身なんですよ？　その時はどうするんですか？」

「……認めん、儂は認めんぞ！　そこいらの有象無象に可愛いティーナを嫁に出せるかっ!!」

「その可愛い孫娘が行き遅れたらどうするんです？」

「その時は……そうじゃな、ゼロス殿に嫁にもらってもらおう。安心せい、この国では魔導士の男は一夫多妻じゃ！　その逆もおるがな」

「何気に僕を巻き込まないでください！」

とんでもない事を言い出す爺さんであった。

「なぁ～に……曾孫がデキたら、どこへなりとも消えて構わんぞ？　無論地獄でも……」

「種馬にした後に殺る気満々じゃないですか、返り討ちに遭う覚悟はありますか？」

「可愛い孫に手を出すのじゃ、その程度は覚悟してもらおう」

「清々しいまでに腐ってますね、ジジィ!!」

こと孫娘に関しては、どこまでも外道な爺さんだった。巻き込まれる身としては堪ったものではない。寧ろ理不尽過ぎる。

ゼロスのツッコミも次第に遠慮がなくなってきていた。

馬鹿な事を言い合っている間に隣の扉が開き、そこに真新しい武具を装備したセレスティーナが姿を現した。白いドレス調の衣装の上から、白銀の光沢を持つ鋼のブレスプレートを装着、同色の片手用の盾を持ち、メイスに至っては簡単だが品の良い装飾を施された一品である。

ガントレットや、履いているブーツに至るまで金細工が派手にならないように施され、まるで戦場へ出陣するかのような仰々しさを感じてしまう。

「……あのぉ～御爺様、魔物を相手に実戦訓練をするのですよね？　こ、これは……」

「ミスリス繊維をアルケニーの糸と混ぜて織った装甲ドレスに、ミスリルと白蛇竜のスケイル・ブレスプレート。更に同系統のガントレットにブーツ……メイスに至ってはオリハルコンも混ざり、魔法杖としても使用可能。爺さん……アンタ、幾ら使ったんです？」

「な、何の事じゃ？　それほど大した額ではないぞい……」

「この装備……宝物級じゃないですか！　しかも、思いっきり趣味に走ってますし」

「えっ!?　ええええええええええええええええっ!!　そんなに高価な装備なのですか!?」

素知らぬ顔をするクレストンだが、ゼロスの鑑定眼は誤魔化せない。

明らかに領地を一年間運営するだけの予算が使われている。とても貴族だけの小遣いでどうにかなる代物ではない。

「クレストンさん……まさかとは思いますが、税金を着服していないですよね？」

「失礼なっ!?　きちんと儂の金で作らせたわい……。多少、宝物庫の貴金属を売ったがのぅ」

「宝物？　現領主殿の許可は取ったのですか？　こうした事は、相応の手続きが必要になるような気がするんですけどねぇ？」

クレストンは思いっきり顔を逸らした。

つまりは無許可であり、隠居した身である以上は横領に値する。どうやら孫娘のために犯罪に手を染めたようである。

「良いではないか……。デルサシスの奴、護衛に七個師団は呼べぬと言いおった。ならば、娘のためにこの程度のはした金を用意しても構わんじゃろ？」

「護衛が更に増えてるじゃないですか、しかも横領した上に反省すらしていない!?」

「ちゃんと儂が若い頃にもらった貴金属だけを選んだわい！　そこまで落ちぶれてはおらぬわっ!!」

「手続きぐらいするべきです。巻き添え喰うのはあなたの孫娘ですよ！」

「……うっ!?　しもうた。そこまでは考えが及ばんかった……」

「迂闊過ぎるでしょ、どれだけギリギリの精神状態だったんですか……」

この老人の暴走は酷過ぎた。たとえいかなる理由があろうとも、貴族であるなら用途に応じた金銭の正当な手続きは必要なのである。でなければたとえ貴族でも横領罪が適用されるのだ。

この老人は、その過程を一気にすっ飛ばしたのだ。

「むぅ……これは不味い。仕方がない……デルの奴に頭を下げに行くか……」

「御爺様……幾ら何でも酷過ぎます」

「仕方がないと言う時点で反省していませんしね。自己中心的なのは魔導士らしいと言えますが、公爵家として見たら最悪でしょうねぇ」

「全くだ……。父上にも本当に困ったものだ、呆れ果てて何も言えん」

「誰？」「ぐっ……デルサシス」「御父様……」

三人同時に振り返れば、そこにゼロスと同年代の身なりの良い中年紳士が立っていた。

先ほどの言葉から推測し、彼がセレスティーナとツヴェイトの父親であると判断する。

「大賢者殿とは初めて会うな、そなたの話は父上から聞いている。私がセレスティーナとツヴェイトの父で、そこの面倒な老人の子でもある現領主のデルサシスだ。そなたには、随分と迷惑を掛けているようだ。特に……そこのジジィが……」

「これはご丁寧に、僕はゼロス・マーリンと申します、しがない魔導士ですよ。大賢者は止めて頂きたい。にしても、領主殿はご苦労なさっているようで……」

「この糞親父、無断で宝物庫の鍵を抉じ開け、中に保管されていた幾つかの貴重な魔石を売り払いやがった。しかも念入りに痕跡を消して、アリバイ工作まで……。その所為で仕事がどれほど遅れた事か……」

「爺さん……アンタ、何してんの!?」

クレストン爺さんは滝のような汗を流している。

そんな放蕩老人を冷たい目で見据える現当主デルサシス。

「な、何故分かった……？　証拠は……残さなかった筈だ……」

「アリバイ工作が裏目に出ましたな。時間的に無理な状況な上に、距離的にも些か不審なところがありましたからな。念入りに調べたら直ぐに分かりましたよ。まさか替え玉を用意するとは……金で雇われたと白状しましたよ」

「クッ……やはりあの酒場は距離的に……しかも奴め、裏切りおったか!!」

「言いたい事はそれだけですか？　あなたの所為で警備担当をしていた者が自殺未遂を起こしたのですよ？　責任は取ってもらわねば……」

「有象無象がどうなろうが知った事か！」

反省の色が全くない。それどころか、さも当然の如く超然とした態度である。

見方を変えれば開き直っているとも言える。

「ハァ……。まぁ、私の火遊びが原因だから、あまり責める事が出来ないのだが……、出来れば手続きぐらいしてもらいたかったものだ。そうすれば、こんな騒ぎにならなかったものを……」

「確かに……。よくよく考えれば、この爺さんがこうなった間接的要因はそうですが。時に火遊びを止める気はないのですか？」

「ないな。心に悲しみを背負う女に、喜びを与えるのが私の使命だ！」

「言い切った……。この親にして、この子ありか……。似た者親子」

「御爺様……。何も、そこまでしなくとも……」

セレスティーナにしてみれば、自分の所為で自殺未遂を起こした者がいた事になる。

それも、彼女のために仕出かした祖父の暴走が原因でだ。

「見なさい。セレスティーナが傷ついているではないですか、父上の暴走の所為で……」

「うぐっ!? ……確かに、些かやり過ぎたやもしれん。じゃが……宝物庫の警備兵は、妻が若い男と浮気している事で悩んどったらしいぞ？ 結婚して半年だったとか……」

「醜聞の問題です。自殺未遂の本当の理由は問題ではありませんよ。そんな訳で父上、後始末はきちんとしてください。私はやりませんよ？ 父上の暴走が原因なのですからな」

「仕方がない……不本意じゃが、後始末をして来るか……チッ……」

「舌打ちしましたよ、このジジィ……。しかも、嫌々じゃないですか……」

おっさんの言葉使いが更に悪くなり、完全にジジィ呼ばわりである。

この老人に対しては最早、遠慮する気はないようだ。

「ところでデルサシス殿、この爺さんは、いったい何を売り払ったんですか？」

「ワイヴァーンの魔石を二個だ。掌サイズの貴重な魔石で、コレを手に入れる事など今では不可能に近いだろう。王家から賜った大事な物だったのだが……」

「ワイヴァーン程度が……ですか？ ありますよ？ ワイヴァーンの魔石が……」

「何っ!? ぜひ譲ってくれ。流石に私も、実の親が処刑されるところなど見たくはない」

「良いですが……爺さん、貸一つですよ？」

「うぬぅ～……仕方がないのぅ。世話になろう……」

前段階を踏んでいれば、こんな事態にはならなかったのだが、それでもこの老人の態度は頑なであった。こと孫娘が係ると修羅になるようである。

ゼロスは溜息を吐きながらもインベントリーを操作し、ワイヴァーンの魔石を三つほど取り出して、デルサシスに手渡す。だが、この場にいる三人の表情が一瞬で固まる。

「なっ!? 何と大きな……保管されていた物の倍はあるぞ!!」

「ぬぅ……流石はファーフラン大深緑地帯、これほどの魔石があるとは……」

「せ、先生が倒されたのは話に聞きましたが、これほど大きな魔石のワイヴァーンて……」

「元はタダですし、遠慮はしないでください。あと四つほどありますし、お世話にもなっていますからねぇ」

三人は絶句する。

それはつまり、七頭のワイヴァーンと正面から戦い、その上で倒した事を意味する。

元々群れで狩りをする魔物なので、一頭だけというのは可能性としてはあり得ず、大半の傭兵は集団戦で多大な犠牲者を出すほどなのだ。

同時にそれは、目の前の魔導士一人でそれだけの戦力に匹敵する事を意味する。

「……恩に着る、大賢者よ。この埋め合わせは必ずさせよう、この馬鹿親父にも……」

「地位も名誉もいらないので、土地をください。農業が出来る程度の細やかな土地で良いですよ」

「むっ……そう言えば土地の事があったな。最近、ゴタゴタが続いていた故に忘れていた……」

「ドジじゃのぅ、デルサシス……」

「誰の所為だと思ってんだ、この糞ジジィ……」

この爺さんが原因だった。

「手配はまだだが、この糞親父と娘を救ってくれた礼だ。この別邸の一角を切り開いて、そなたの土地として譲渡しよう。ついでに家も進呈する」

「ありがとうございます。やっと……やっと宿なしから卒業出来るか……。長かった……」

「例の【絶叫教会】の裏手の方が都合も良かろう？　周りは我が領地であるし、静かに暮らせるとは思うが、それで良いか？」

「家が手に入るなら多少の事は気にしませんよ。無職宿なしなんて体裁が悪いですから……て、絶叫教会!?　何ですか、それは？」

「知らぬのか？　最近話題になっておるぞ、悲鳴の飛び交う悪夢の教会と、な。家に関しては屋敷に戻り次第手配しよう」

孤児院がまさか、変な二つ名で呼ばれているとは思わなかった。

しかも領主にまで噂が伝わっている。どうやらマンドラゴラの栽培は、世間体がかなり悪過ぎたようである。

それは兎も角として、デルサシスは意外に話の通じる領主であった。これで女癖が悪くなければ良いのだが、本人は火遊びを止める気は更々ない。

そんな彼は踵を返し、直ぐに部屋を出ようとする。

「では父上、私はまだ仕事がありますので帰りますが、くれぐれも面倒は起こさないでくださいよ？」

「解っておる！　今回は少しやり過ぎたわい……チッ……（次は足がつかぬようにせねば……）」

「「このジジィ……。全然、懲りてねぇな!?」」

細やかな時間の領主との邂逅であった。

何にせよ、ゼロスはやっと念願の土地と家を手に入れる事になる。

まだ少し先の話だが、その家がこれからの活動拠点となるのである。

「そう言えば、ツヴェイトの奴が見当たりませんな。あいつは何をしているんです？」

「あれ？　言われてみれば、確かに今日は見かけていないないなぁ～？」

「兄様は多分、予習でもしているのではないでしょうか？」

「気が付かなんだ。どうでも良かったからのぅ」

哀れ、ツヴェイト君は忘れ去られていた。

そんな彼が何をしているのかといえば……。

「ハハハ♪　解る！　なるほど、これが魔法式の解読か!!　こんなに楽しいのは、久しぶりだ♪」

……上機嫌で魔法式の解読を実践していた。

普段の態度はどうあれ、彼は優秀で真面目な魔導士なのである。

この日より三日後、彼等はファーフラン大深緑地帯に出発する事になる。

魔物がうろつく大森林で、実戦訓練という名のブートキャンプが始まるのであった。

第十三話　おっさん、教え子達と危険地帯へ行く

ソリステア大公爵家、別邸。……その日の早朝は賑やかだった。

いや、寧ろ武器や鎧をフル装備した騎士達が歩き回り、賑やかというよりは酷く物々しい印象を与える。何しろ騎士達は皆表情が険しく、これから行く場所に緊張が隠せないでいた。

彼等騎士の人数は約十五名、その任務は公爵家のご子息・ご息女を護衛するのが役割である。

この騎士達を手配したのがクレストン元公爵であり、その理由が最愛の孫娘の護衛という名目で魔物の生贄にするためである。

「騎士が十五名……コレは、分隊と言うんじゃないですかねぇ？」

「うぅ～む……デルサシスの奴め、まさかこれだけしか寄越さぬとは……」

「いや、充分だと思いますけど!?　どれだけ贄を増やす気なんですか」

彼等の多くは護衛が任務だが、それ以上に実戦経験を積ませるために若い騎士が多い。

魔導士は一人もおらず、これだけで騎士団と魔導士団との仲の悪さが良く解るであろう。

魔導士団は魔導士を護衛に回す気がないのである。

「魔導士団長め、後で抗議してやろう。実戦を積まない魔導士が何の役に立つ」

「それは同感ですが、クレストンさんは別の目的があるでしょうに……」

無論、セレスティーナの身代わりである。

元より、王族の縁戚であるソリステア公爵家は、クレストンが立ち上げた派閥であるソリステア派が騎士団と友好的で、他の派閥からしてみれば面白くない状況が続いている。

「クレストンさんも派閥を持っているんですよね？　そっちから魔導士は呼べなかったんですか？

鍛えるには丁度良い機会だと思うのですが」

「うむ。残念じゃが、実戦を積ませるほどの技量は持ち合わせておらぬのよ。誰もが生産職でな、戦闘職ならこちらに回せたのじゃが、残念な事に全て断られた」

「そうですか……」

ゼロスは内心では『アンタの爺馬鹿ぶりを知っているから、本能的に危険を直感して逃げたんじゃないですかね？』と思ったが、敢えて口に出す事はなかった。

言ったところで意味がない事は既に分かっているからだ。

こんな会話をしている前では、騎士達が荷物を数台の荷馬車に積み込み、出発する準備を着実に進めていた。食料は勿論の事、テントや調理器具といった必需品も当然の如くある。物量的には一週間分もの戦闘訓練に必要な量を出来るだけ用意していた。


「大公爵閣下、もう直ぐ準備が整います」

「ご苦労、此度は孫達の事をよろしく頼むぞ？」

「お任せを、一命を賭して御守いたします」

「うむ、期待しておる」

クレストンに恭しく頭を下げる騎士は、直ぐ傍にいるゼロスを一瞥したが、ふいに何か違和感を覚える。彼の知る魔導士は後方から魔法を撃ち込むだけの砲台のような者達で、前線では攪乱や援護すら行わない。そのくせに偉そうな態度をとる鼻持ちならない連中だった。

だが、目の前の魔導士は明らかに自分達と近い印象を受けるのだ。その理由は、もう一度おっさんに目を向けた瞬間に判明する。

「剣……それも二刀流？　魔導士が……ですか？」

「魔導士とて近接戦闘はやりますよ。でなければ戦場で死にますからね」

その答えで理解した。目の前の魔導士は戦場を渡り歩いた猛者であり、近接戦闘の重要性を理解している事に。この国とはまるで異なるスタイルの魔導士を見て、彼は世界の広さを知った。

「戦場ですか……あなたは魔導士ですよね？　近接戦闘の重要性を理解しておいでのようだが……」

「無論ですよ。魔力が底をついただけで戦えない魔導士など、何の役に立つと言うんですか。自分の身を自身で守れないなら死ぬだけですからねぇ」

彼は目の前の魔導士が只者ではない事を理解する。

戦場では死ぬと言い切れるほどの実戦を潜り抜け、魔法と剣技を極めようとする明らかな異端者。身に纏う気配から相当な実力者と推察出来る。

「異国の魔導士は良く理解しておいでだ。この国の魔導士達に聞かせてやりたいですね。彼等は近接戦闘訓練なんてやりませんから」

「そういった魔導士が真っ先に死んで行くか、しぶとく生き残って権力を持っていたりするんでしょうねぇ～。……聞けば、真面目な魔導士達の足を引っ張るらしいじゃないですか。不憫な話ですなぁ～」

「そこが頭の痛いところでして、騎士とも友好的な魔導士は隠れて連絡を取るしかないのが実情です。他の魔導士に見つかれば、裏切り者扱いにされるらしいですし……」

「厄介ですなぁ。騎士は剣にして楯。その役割は体を張って敵を食い止め、撃ち滅ぼす事にあります。魔導士はそんな騎士を補佐し、生存率を高めると同時に、戦いを有利にすべく動く裏方でなくてはいけませんよ。互いに対立してどうするんですかねぇ？」

「この国は、その役割が果たせず分裂しているのが現状です。お恥ずかしい限りですが……」

「クレストンさんから聞いていますよ。魔導士が権力を持ってどうするんですかねぇ。僕等のような魔導士は、魔法を鍛え挑戦し続ける探究者でなくてはいけないと思うんですがねぇ」

ゼロスと騎士との間に妙なシンパシーが生まれた。

「申し遅れました。私はこの分隊で隊長を務めます、アーレフ・ギルバートという者です」

「これはご丁寧に、僕はゼロス・マーリン。ただの求道者です」

互いに握手を交わす。

「ゼロス殿は、孫二人に魔法の神髄を教えてくれる優秀な魔導士じゃ、そなた達も学ぶ事が多いかもしれぬぞ？」

「ほぅ……。この国の魔導士達とは違う気配を感じましたが、なるほど……それほどまでに優秀な御仁なのですか。魔法も、そして剣の腕も……」

「うむ、二人共毎日しごかれておる。実戦形式でな」

「それは素晴らしいですね。御二人は身を守る術をお持ちか……」

「まだ拙いが、心構えは叩き込まれておるぞ？」

それはつまり、近接戦闘の重要性すら叩き込まれている事を意味する。

魔導士の大半はそうした戦闘を好まず、魔力が切れれば直ぐに撤収してしまうのだ。

だが、実際の戦争において、そんな都合の良い事態がいつもある訳ではない。

最悪、全滅覚悟の泥沼のような乱戦すらあり得るのだ。

「やはり実戦を知る者は違いますね。現実を良く解っておられる」

「買いかぶり過ぎですよ。僕は足りない物の所為で何度も死にそうな目に遭いましたからねぇ。出来れば、それを教えるのが年長者の義務だと思っていますが、いかに上手く伝えられるか難儀しています。何せ、教師なんて初めての経験ですからねぇ」

「自分の経験を他者に伝えるのは難しいですからね、それで充分ですよ。騎士団長も良く言っています、『最近の魔導士共は腐っている。アレでは戦場では生き残れない』と。私も同感ですよ」

「戦場は何が起きるか分からない魔物ですから、出来る限りの手段は必要だと思いますね。この国は、それほどまでに人材に困窮しているのですか？」

「それはもう、魔法以外はたいした事のない連中が我が物顔ですからね。仮に戦争などが起これば、彼等は戦場で全員死ぬでしょう」

要するに、魔導士達は相当に甘いという事が判明した。

後方は安全という根拠もない安心感に溺れ、実際の戦場を経験した事がない故に、自分達がいかに愚かなのかを理解出来ていない。

平穏な時間が長過ぎたために、彼等は戦いの悍ましさを忘れてしまっていたのだ。

それを理解出来るのは小競り合いなどで人を殺した事のある騎士であり、後方から魔法を撃つだけの魔導士には間接的過ぎて、命を奪う事の意味が理解出来ないのである。

「長い平穏が人を腐らせるか……。『平時において乱を忘れず』、かなり重要ですよ？」

「良い事を言いますな。正にその通りで、彼等は戦いを知らな過ぎるんですよ」

「権力欲か、研究欲しかないからのぉ～。あ奴等は……。嘆かわしい事じゃて」

この国の魔導士達は、どこまでも極端であるようだ。だが、平和などはあくまで幻想に近く、どこにいても争いは絶えない。小さな喧嘩や村同士の対立から、果ては大陸国家同士の大戦など、実際は争い事の絶えないのが現実である。

同じ人間同士でも国が変われば習慣や文化が異なり、宗教なども交えれば争いの種など事欠かないだろう。それが何らかの状況により爆発し、一気に広がる事で戦乱は起きるのだ。

規模が大きいか小さいかの違いだけで、本質的なものはさほど変わりなく、そこに正義などという言葉は存在しない。別の視点から見れば、どこにでも存在している酷く曖昧なものだ。

魔導士は中立だったが、権力を手にした事で愚かに変貌を遂げてしまい、その争いに巻き込まれる者にはいい迷惑であった。

「そろそろ準備が整いますね。大公爵閣下、お孫さん達の準備は如何なものなのでしょうか？」

「こちらも、そろそろとは思うが……遅いのぅ？」

「僕は着の身着のままだから構わないんですが、そんなに手間取るものなのでしょうかね？」

だべる三人の後方で玄関入口の扉が開き、その件の孫二人が凄い荷物の量を持って現れた。

セレスティーナは巨大な鞄に荷物をこれでもかと詰め込み、ツヴェイトも同様に、どこで売っているか分からないような一際デカいリュックであった。

よほど重たいのか、二人は荷物を懸命に震えながら何とか引きずっている。

「じゅ……準備が整いました……」

「少し……詰め過ぎたか？　重い……」

「「何で、あんな大荷物に!?」」

どうやらセレスティーナの荷物の大半が着替えであり、ツヴェイトに至っては様々な実験道具の類のようである。ゼロスが錬金術も使えるために、彼も挑戦しようという向上心から機材を買い集め、結果として荷物が増えたようだ。見た目はどこぞのゲームの主人公のような行商人に見えるのは、果たして気の所為だろうか？

「荷物を減らす事は出来ないのですか？」

「女にとって着替えは必要です！　後は興味深い書籍がありまして、書かれている事が本当か、現地で確かめてみようかと……」

「薬草の類もあるんだろ？　現地で試したくなってな、殆どが調合機材なんだが？」

二人共本気だった。そこには並々ならぬ熱意が籠っている。

若者二人の熱意を無碍にする事は出来ず、仕方なくゼロスは自分のインベントリー内に荷物を収納する事にした。

「便利な魔法だな？　どんな原理なんだ……」

「それが分かれば苦労はしませんねぇ。似たような道具は作れない事もないですが、魔導具は荷物に制限があるからなぁ～。正体不明の魔法だし……正直、作れる気がしませんねぇ」

「【アイテムバッグ】の事ですか？　あれば便利ですね、欲しいです。ところで、先生でも分からない魔法があるのですね？」

「当然ですよ。僕は神ではありませんからねぇ、全知全能の存在から見れば塵芥の存在だよ」

そもそも女神達の不始末を地球にいる神々が尻拭いする時、ゼロス達を転生させる際に与えた力がどんな原理なのか、矮小な人の身で分かる筈もない。

魔法式自体は理論上可能だが、必要となる魔力とその膨大な魔法式は、とても制御出来るような代物ではないのだ。

実はこっそりインベントリーを単略化した魔法を作成してみたのだが、結果は使えないものと判明出来てしまい、理論だけではどうにもならない難解で厄介な代物である事を知った。

「兎も角、準備は整いました。一週間ほどお世話になります」

「心強い魔導士がいてくれて助かりますよ。こちらからも、お願いします」

アーレフとゼロスがあいさつを交わす中、後方では……。

「ティーナよ、くれぐれも気を付けるのじゃぞ？　もし騎士の馬鹿共が手を出して来たなら儂に言いなさい。直ぐに手を打ってみせよう」

「な、何をされるおつもりですか!?　御爺様……」

「なに、お前が心配する必要はないのじゃよ。知らない方が良い事もあるのじゃ……」

「御爺様ぁ!?」

クレストンの爺さんがドス黒い気配を放出して、孫娘としばしの別れを惜しんでいた。

『こ、この人……今更だが、孫娘が絡むと普段と別人だ。病気としか言いようがない』

普段は民を思う優れた人物なのだが、セレスティーナが絡むと途端に暴走する。

それはもう、同一人物とは思えないくらいにハジケるのである。それだけ孫娘を愛しているのだろうが、些か危険な兆候に突入していた。

ツヴェイトはといえば騎士達と話し合い、現地での予定を聞いていた。

騎士達も訓練でファーフラン大深緑地帯に赴くからだ。この辺りの手続きは彼も慣れているのであろう。

そして一行は馬車に揺られ、ファーフラン街道を東へ進むのであった。

◇　◇　◇　◇

揺れる馬車の中で、ツヴェイトは前々から思っているゼロスへの疑問を聞いてきた。

「なぁ……」

「何ですか？　ツヴェイト君」

「アンタ、何でそれほどの実力がありながら、セレスティーナの家庭教師をしてんだ？　権力者に利用されるのは嫌いなんだよなぁ？」

「当然ですよ。それが何か？」

「その上、御爺様から報酬で土地をもらうんだよな？　矛盾してねぇか？」

ゼロスは遠い目をして青い空を見上げる。

「ツヴェイト君……。いい歳をしたおっさんが、住所不定無職なのはどう思いますか？」

「それ、ただの浮浪者と変わりねぇだろ」

「そうです。そんな根なし草では人として最悪だと思いませんか？　人は懸命に働き、僅かな稼ぎで細やかに生きるのが健全だと思うんですよ。そして、土地をくれると言うのなら、ありがたくもらいます。帰れる家があるのは大事な事だと思いますがねぇ？」

「……意外に太い性格だな」

「権力者には力を貸しませんが、未来ある若者に多少の道を指し示すのはアリだと思うのですが？日々平穏がどれほど幸せな事か、いずれ理解は出来るでしょう」

「そうか……わりぃ、何か裏があるんじゃねぇかと勘ぐっちまった」

「気にしないでください。実際に胡散臭いですからねぇ」

そんな会話がなされたのだが、彼の内心はというと……。

『家、欲しいじゃん！　この国では何の伝手も信頼もない胡散臭い中年オヤジだぞ？　仕事なんてそう簡単に見つかる訳がない。第一、魔法はヤバイし、錬金術を使ったらこの辺りの相場が暴落しそうだし、下手すると国のウザい連中が挙って来そうな気がする。まして、殺伐とした傭兵家業なんてやりたくもない!!』だった。……結構ギリギリのようである。


ゼロス・マーリン　四十歳。

結婚したいし、温かい家庭が欲しい。自分の歳に焦りを覚えるお年頃なのである。

もう、遊び半分で世界を廻れる年齢ではないのであった。

そんな彼の細やかな夢は、小さい家に温かい家族と共に暮らし、畑を耕す事であった。

◇　◇　◇　◇　◇　◇　◇

馬車に揺られて約二日、一行はファーフランの大深緑地帯の端、サフラン平原の一角に陣を敷く事となった。騎士達はテントを張り、ゼロスはその周囲を地系統魔法で岩の防壁を作り囲い、弟子二人はその周囲に溝を掘り落とし穴を設置している。

この辺りに出没するのはゴブリンと草食の魔物ぐらいのもので、ごく稀に捕食者でもある肉食の魔物も出没するが、今の戦力ならさほど問題でもない。

過剰戦力とも言えるが、仮にも公爵家子息達の護衛であるので、少ないと言えるかもしれない。

彼等騎士の役割は二人に実戦を積ませると同時に、自分達のレベルを上げるための修練期間とも言えるのだ。問題は、この期間内に手頃な相手がいるかどうかなのだが……。


「おい、し、師匠……何してんだ？」

「師匠？　僕が……ですか？」

「あぁ……俺もアンタに魔法を教わる身だ。個人的な感情は兎も角、相応の態度で接するべきだろ？」

「気にしなくても良いんですけどねぇ。で、どうかしましたか？」

「アンタが何をしてんのか、少し気になってな。魔法紙だろ？　それ……」

ゼロスは何の魔法も記されていない魔法紙を縦長に切り、ペンで魔法文字を書き綴っていた。恐らくは【魔法符《アルカナ》】類であろうが、その魔法文字は恐ろしく精密で、今の魔導士では解読出来ないものであった。ツヴェイトはたまたまそれを見かけ、興味を持ったようである。

「これですか？　使い魔を作ろうと思いましてね」

「使い魔？　呪符なのか？　もしかして、この辺りの魔物を捕えるつもりなのかよ」

「いえ、そんな物は必要ありませんよ。まぁ、見ていてください。面白いですから」

ツヴェイトはしばらく、その光景を眺めていた。

迷いなく走るペン先は、彼の知らない魔法式を綴り続け、次第に魔法符《アルカナ》の形が出来上がっていく。

無数の文字で形作られた魔法陣は緻密で美しく、感嘆の息が漏れるくらいに見事なものである。

しかも、ゼロスはこの魔法文字で書かれた意味を理解し、それを操る事で彼の知らない魔法を構築していたのだ。

ツヴェイトも魔導士であるが故に、この魔法符《アルカナ》が何のための物なのか興味が尽きない。

「まぁ、こんなものでしょう」

「出来たのか？　それより何の効力があるんだ？　その魔法符《アルカナ》」

「試してみましょうか？『我が目となりて羽ばたけ、偽りの鳳』」

魔法の始動キーを唱えると、魔法符《アルカナ》は周囲の魔力を取り込み鷲の姿となって顕現した。

この魔法符《アルカナ》は生物を魔法で縛って使い魔とするのではなく、魔力で構築された人工の魔物を生み出す物なのである。無論、魔力で構築されているので、いずれ魔力が拡散し消滅するが、食費や世話をする手間がないので随分と安上がりな使い魔として使用出来る。

制限時間があるが、偵察をするには便利な魔法具なのである。

「こ、これはスゲェ……」

「使い魔と言うよりはゴーレムに近いですかね？　周囲の塵を集めて体を構築し、その内側に魔力を封入しているので割と長く使用出来ます。攻撃にも使えますし、こうして……」

ゼロスが魔石を鷲に与えると、嘴で咥えて呑み込む。

「今のは、何だ？　魔石を食わせる……？　そうか、魔石を与える事で長時間使用出来るのか！」

「正解、制限時間がありますが、魔石を与える事で延長して使えるんですよ。便利でしょ？」

「下手な使い魔よりも使えるんじゃねぇか？」

「そうでもないですよ。ゴブリン程度なら問題はありませんが、大型の魔物が相手となると術者の格《レベル》がモノを言いますからね。未熟な魔導士では役立たずです」

「ふぅ〜ん、そんなもの……待て、格に応じてだとぉ!?　それじゃ、アンタが召喚したその使い魔の強さは……？」

「ワイヴァーン程度なら楽に勝てるかもしれんなぁ……。過剰戦力だぁ〜ねぇ〜」

非常識な使い魔であった。

例えばツヴェイトのレベルが57（あれから若干上がった）として、使い魔のレベルがリンクして57。強さで言えばハイ・オーク一頭分（レベル抜きの身体能力のみで数値）の強さにしかならない。

だが、桁外れに高レベルのゼロスの場合、使い魔のレベルは軽く1000超え、その強さは高位のドラゴン並みとなる。当然、必要となる魔力も半端なモノではない。

はっきり言えば化け物レベルである。

「ば、化け物じゃねぇか……そんな使い魔、聞いた事ねぇぞ？」

「魔力を大量消費しますがね。まぁ、僕の事はどうでも良いんですよ。使ってみますか？　面白いですよ？」

「………い、良いのか？」

「この程度の物が作れなくては、とても魔導士なんて呼べませんよ。存分に参考にしてください」

「ヒャッホォーッ！　さっそく試してみらぁ♪」

子供のように燥《はしゃ》ぎ出すツヴェイト君、十七歳。

根は単純だった。そんな彼の後ろで、羨ましげな視線を送っているセレスティーナ。

結局ゼロスは魔法符《アルカナ》を作り、彼女にもあげるのであった。そして……。

「こいつは面白《おもしれ》ぇ♪　まるで、自分が空を飛んでいるかのようだ」

「そうですね♪　それに、この世界はこんなにも広いのですね。知りませんでした」

……使い魔の視線を自分にリンクさせ、偵察の実地訓練を自主的に行う二人。

二人にとって、魔法符《アルカナ》は研究価値のある変わった玩具であり、その効力を確かめながらも空からの景色を存分に楽しんでいる。実際のところ彼等は地上にいるのだが、使い魔の見た景色はダイレクトに彼等の脳裏に映るのである。

それは初めて3D映画を見た時の感覚を思い浮かべれば良いだろう。リアルなまでの臨場感は二人の気分を高揚させ、二日間の旅路の疲れが吹き飛ぶほどのものであった。

そんな二人を他所にゼロスはというと……。

「おっ、オークの群れを発見……近いな………」

しっかり偵察をしていた。視覚のリンクを切り、彼は分隊長であるアーレフの元へと向かう。

「アーレフさん！」

「どうかしましたか、ゼロス殿！」

「近くにオークの群れがいますね。数は大体二十、レベルは大体30前後……。群れでこちらに向かってきますが、どうしますか？」

「オークが!?　これはいけません。総員、戦闘準備!!」

騎士達は号令を聞いた途端、一斉に装備を整え出した。

陣地構築の作業を中断し、普段の厳しい訓練通りに戦うための作業に移る。

手馴れたように鎧を装着し、剣を抜いて状態を確かめ、ある者は弓を取り出して弦を張る。

「速い……中々練度が高いですね」

「そう言って頂けるのは嬉しいのですが、全員の格《レベル》が25前後なのですよ」

「ならば、今は稼ぎ時ですね……」

「ぜ、ゼロス殿？」

そこにいたのは魔導士のゼロスではなく、獲物を狙う獰猛な肉食獣を連想させるような狩人《ハンター》だった。インベントリーから騎士団に借りた弓と矢筒を取り出し、不敵な笑みを浮かべる。

「さぁ……狩りの始まりだ！」

彼は再び野性に返る。一週間もの間サバイバル生活であった、あの頃に……。

後に騎士達から、【あの頃のゼロス】モードと呼ばれるようになる非常識な夜叉が再臨した。


騎士達の動きは迅速だった。

ツヴェイトやセレスティーナの報告を聞き、直ぐに対応出来る陣形を組み立て、オーク達が森から出て来るところを狙う。空からは常に監視しており、先制攻撃の準備は万全である。

「奴ら、警戒しているな……」

「群れは？　分けてますか？」

「いえ、そのままの状態で停止しています」

オークは豚だけに鼻が利く。運悪く風上にいたために、彼等が待ち構えている事に気付かれていたのだ。そのためオーク達はその場を動かず、こちらの様子を窺っているのだろう。

「豚の癖に知恵が回るな。野生の世界では、慎重でないと生き残れんか……」

「意外に頭が良いのですね、オークって……。正直、ここまでとは思っていませんでした」

「待つのは性に合いませんが、攻め込むのも迂闊ですし……」

「では、焙り出してやりましょうかねぇ。【天より降りし裁きの矢】」

「「「えっ!?」」」

魔力が凝縮した弓で、輝く矢を空に向けて撃ち出したゼロス。

その矢は空中で無数に分裂すると、周囲の塵を集めて高速で飛来する岩の矢となり、オークの群れ後方に降り注いだ。魔法を操作し、殲滅しないように注意を払う。

いきなり攻撃に曝され混乱したオークは、真っ先に森から逃げ出して来た。

「弓、構えぇ――――――――っ!!」

騎士達が一斉に弓を構え、番えた矢を放つべく弦を引き絞る。

慌てているオーク達は騎士達には目もくれず、ただ魔法攻撃から逃げるべく必死に走っていた。

出来るだけ曳き付け、一斉掃射で数を減らすためにギリギリまでオーク達の接近を待つ。

そして……。

「放てぇ――――――――っ!!」

一斉に矢は放たれた。混乱していたオークは罠とも知らず、確実に数を減らしていく。

「今ので七頭が死亡、五頭が重症、数の面ではこちらが有利ですね」

「騎士隊、抜剣！」

一斉に引き抜かれる鋼の剣。

「かかれぇ――――――――――っ!!」

「「「「オオオオオオオオオオオオオオオオオッ!!」」」」

騎士達が猛然と突撃した。

全員が盾を持ち、完全フル装備である。

オークは手にした無骨な棍棒で殴りかかるが、盾に遮られ正面からの攻撃が出来ない上に動きが単調。更には人間相手の戦闘を想定した技がないため、確実に剣でのダメージを受ける羽目になった。

また、力任せの攻撃が得意でも、その動きは大振りが多く、懐に入られれば実にあっさり刺し貫かれ倒れていく。

「てぇえええええいっ!!」

セレスティーナはメイスでオークの頭部を殴り付けた。

「ここで、【エアーカッター】！」

至近距離で真空の刃に刻まれたオークは倒れ、一頭倒す事に成功した。

対するツヴェイトも簡単な魔法で牽制し、弱ったオークをロングソードで確実に仕留めている。

「遅い！　これなら泥人形の方がよっぽどつえーぜぇ。単純過ぎて相手にならねぇ！　食らえ、【ファイアーボール】！」

ツヴェイトとセレスティーナの戦い方は似通っていた。

接近する魔物は武器で応戦し、隙を見せたところで初級魔法で牽制し、怯んだところで止めを刺す。

違いはツヴェイトが前衛向きで真っ先に敵に挑んで行くのに対し、セレスティーナは慎重に相手の出方を見計らい、隙を見せたところで致命的な一撃を叩き込むスタイルだろう。

一撃必殺型と防衛優先型の違いである。

「油断は駄目ですよ！　これは実戦で、命の保障はないのですから」

それでも相手にならないのは、ゼロスが毎日行っていたエゲツない訓練の賜物だろう。

二人は軽く言葉を交わす余裕もあり、近接戦闘でも集団戦は未熟だが、それでも充分対応出来るほど実力をつけていた。

逆に言えば、ゼロスの訓練はそれほど酷い物というものになる。

「ところで、先生は？」

「知らん。乱戦になったからな、どこかで豚を倒してんじゃねぇか？」

「大丈夫なのは分かって……兄様!?　危ない!!」

「げっ!?」

魔法攻撃からの被害を免れたオークが棍棒を振り上げ、ツヴェイトに向かって襲い掛かって来た。

そのオークは頭部を突然矢に射貫かれ、何も出来ずに倒れていくのを目にした。

「何が……？　どこから矢が？」

「兄様、あそこに先生が！」

いつの間にか木の上で狙撃しているゼロス。

場所が悪いと感じると腕からワイヤーを撃ち出し、木々の間を飛び回る。

「………魔導士、なんだよな？」

「……その筈ですが、アレでは暗殺者ですよ」

「やべっ!?　新たにオークの一団がこっちに来てんぞ！　数は……十五!?」

別のオーク部隊がこちらと接触寸前であった。

それに気付いているのか、ゼロスは弓をその方向へ向け、一撃で三頭のオークを仕留める。

弓をインベントリーに仕舞い込み、取り出したのが白銀に輝く【グルガナイフ】である。

狩人がオークに襲い掛かる。そこに感情の色はなく、淡々と狩りという作業を熟すだけであった。


五人の仲間と共に殲滅者と言われたゼロス。その力の恐ろしさは開発した魔法だけでなく、いつの間にか敵を瞬殺している隠密性にあった。言うなれば彼はモンスターの殺戮者なのだ。

気付けば敵の内側に入り込み、広範囲殲滅魔法で雑魚を蹴散らし、接近戦で容赦なく斬り殺す。

戦い方が魔導士とは真逆な戦士系なのに、実は生産職であった事はあまり知られていない。

「弱っているオークは確実に仕留めろぉ!!　無傷な奴はゼロス殿に任せるんだ！」

「「「「オオオオオオオオオオオオオオオオッ!!」」」」

オークは生命力が強く、体は頑丈であり、しぶとい魔物なために中々仕留めきれない。

その中で異様な強さを誇るゼロスは、いきなり背後からオークの首を切断し、次の獲物に向けてナイフを投擲する。完全に魔導士の戦い方ではない。

この戦闘は、全てのオークが殺されるまで続いた。その結果は……。

「おっ？　格が上がってる！」

「俺もだ！」

「結構苦戦したな」

「まぁ、初日にしてはハードだったな。早く休みてぇ～」

騎士達のレベルは格段に上がっていた。それというのも、ゼロスは何も全てのオークを殺した訳ではない。ある程度の数を間引いたところで、他のオークを出来るだけ弱めるように動いていたのだ。

例えば毒を用いたり、麻痺させたりと状態異常を誘発させるのは当然で、出来るだけ必殺しないように細心の注意を払っていた。

無双しているように見えて、これが訓練の一環である事を忘れてはいなかったのだ。

「俺も格が上がってる……59だ……」

「私は32……」

初日でレベルアップを果たし、ツヴェイトとセレスティーナは些か不安げなようである。

これが一週間も続いたとしたら、強くなった自分達の人格がどうなるか分かったものではない。

何しろ彼等の師でもあるゼロスが極端過ぎる。

「ゲッ、何て事だ……まさか、そんな……」

「どうしたんだよ、師匠。急に変な声を上げて……何で、顔色真っ青なんだ？」

「……奴だ。奴が来ます。……恐るべき奴が……」

ツヴェイトの声は聞こえないようで、ゼロスは使い魔とリンクしたまま恐怖に震えていた。

「ゼロス殿。あなたがそれほどまでに恐れる魔物が……こちらに向かって来ているのですか？」

周囲に緊張が走る。

ゼロスの強さを知っただけに、騎士達はそれの意味する事がどれほど危険なものかを理解していた。

「来ています。別の意味で危険な奴が……。そう、クレイジーエイプが!!」

「「「「ハァ!?」」」」

間抜けな声が一斉に上がる。

クレイジーエイプは確かに強い魔物だが、群れの中で弱い個体は単独で行動するために、今の戦力で充分対応が可能である。ゼロスが恐れるほどの事はない。

誰もが首を傾げるのは当然の事だが、真なる恐怖は次の一言で理解した。

「奴は……何故か男の尻を狙う。僕も……危うく掘られるところでした……」

――――ビシィイッ!!

空間が凍り付いた。それどころか亀裂すら入った。

「な、何ですと……？」

「ク、クレイジー……そんな魔物が、オークだけじゃないのか？」

「ヤバい、俺達の貞操が特に……」

「奴にとって、ここはハーレムだ。逃げなくては……」

「嘘だろ、別の意味で危険地帯じゃねぇか!!」

そして奴は姿を現す。白い体毛の全長二メートル弱な大猿で、その顔は酔払ったかのようにだらしない。しかし、極一部がケダモノと化し、見事なまでに凶悪なバベルの塔であった。

そんなクレイジーエイプは、舐め回すような視線で騎士達やゼロス達を見て『アハァ〜♡』と声を上げげた。全員の背筋に極寒の嵐が吹き荒れる。

「「「「に、逃げろぉおおおおおおおおおおおおおおおっ!!!!!!」」」」

オークを前に勇ましく戦闘を繰り広げた彼等だが、一匹の大猿の前に瞬く間に瓦解する。

彼等は全力で逃げた。脇目も振らず、真っ先に、持てる力の全てを振り絞って逃げた。

中にはズボンを脱がされた者もいたが、辛うじて大切なものを失わずに済んだ。

全員が無事で逃げ切ったと知ると、彼等は互いに抱き合い、喜びに泣いたのである。


ファーフランの大深緑地帯、そこは魔物が闊歩する魔の森。

この地には、色んな意味での危険な魔物が存在する、デンジャーフィールドであった。

◇　◇　◇　◇　◇

白い猿から逃げ出した一行は、野営陣地で少し早い夕食を摂っていた。

中央にくべられた焚火の前に騎士達は輪を作るように並び座り、手にした皿に温かなスープが注がれて行く。香辛料とハーブの香りが実に食欲をそそる物であった。

ゼロスは手にした固めのパンを千切るとスープに浸し、感慨深く口に運んでいた。

「……この世界に来た時とは比べ物にならないくらい豪華だな。何より、肉に味があるのが良い♪」

誰に聞かれるまでもなく静かに呟いた一言。そして、美味そうに味のある肉を咀嚼する。

決して贅沢なものではないが、素朴な味わいが口に広がり、僅かにだが口元が綻ぶ。

思い出す一週間ものサバイバル生活。食べる物は肉だけであり、その肉も狩りで手に入れなければならず、更に水すら簡単に入手は出来ない。森を進むだけで魔物に襲われ続けた毎日であった。

普通の料理なのだが、それだけで充分に幸せな事である。

ツヴェイトは本を読みながら調合に関する事を研究し始め、他の者達も今日の戦果や武勇伝を自慢げに話している。中には戦闘に関しての反省点を冷静に語り合う者達もいた。

一番目に付くのは、膝を抱えて青褪めた表情で怯える男達だが、彼等の事はそっとしておく。

彼等はアンビリーバボーな体験をした者達だからだ。

「さて……実戦訓練は始まったばかり。一週間後にはどうなっているのかねぇ？」

誰にも気付かれず、ゼロスは含みのある笑みを浮かべていた。

ファーフランの大深緑地帯の恐ろしさは、ゼロス自身が身を以て体験し理解している。

比較的安全なこの場所も、魔物の強さはそれなりに高いのである。決して油断出来るものではないが、何にしても今は満足出来る食事を楽しむ事にした。


危険な森は闇に染まり始め、僅かに地平の先が赤く染まっている。

本当に危険なのはこの後である事を知りながら、おっさんは呑気に食事を済ませ、食後の一服に煙草を一本取り出し【灯火《トーチ》】の魔法で火を燈す。

静かに吐き出した紫煙が風に流され、星が瞬く空に流され消えて行った。

短編　イリス、転生す

【入江《いりえ》　澄香《すみか》】十四歳。

近所の市立中学に通う、ごく普通の中学生である。

父親は商社の中間管理職、母親は近所の惣菜店でパートをしており、弟はジュニアリーグのエースという、本当にごく普通の家庭で育っていた。

交友関係はあまりなく、基本的に周囲の者と話が合う事はなく、世間一般な常識から少しズレていると自分でも自覚していた。何しろ芸能人やファッションといったおおよそ女の子らしい話には興味が湧かず、寧ろ忌避する傾向が強かった。

同年代の少女達と同じものを見る事が出来ず、主にゲームのストーリーやキャラクター、昔の漫画・お笑い芸人といったものが大好きな彼女は、当然他の女の子達とは話が合わない事が多く、コンプレックスとなっていた。

結果として孤立するのも時間の問題で、周りからは『人とは異なる冷めた視点で物事を斜めから見ている』という風に思われ、周囲から『暗い』とか『オタク』と言われている子である。

家庭内でも不満がある訳ではないが、何故か部屋にひきこもりがちになるため、彼女は影の薄い存在となっていた。寧ろ弟の方が可愛がられていたが、澄香にとってはどうでも良い事である。

趣味はラノベとゲームであり、その日も半年ほど前にお年玉をつぎ込んで購入しハマったオンラインゲーム、【ソード・アンド・ソーサリスⅦ】で魔法職を極めようと、日夜レベルを上げる行為を繰り返していた。

そう、この日までは、だ……。


「……ここ、どこ？」

気が付けばそこは草原であった。

周囲はまだ明るく、太陽が真上に見えるから昼下がりであろう事は分かる。

しかし、彼女が目を疑ったのは月が二つある事だろう。思わず瞼を擦り、自分の目がおかしくなったのではと何度も確かめてみたが、やはり月は二つある。

「これは……。もしかして異世界召喚!? 嘘ぉ、マジで!? 剣と魔法の世界？ もしかしたら勇者なんて呼ばれたりしたりして、やったぁ────ぁ!! 冒険だぁ!!」

普通ならここで困惑し、状況判断が整うまで慌てるものだが、そこは現役中学生。

厨二病という言葉があるように、彼女は非現実的状況を望む傾向があったらしく、あっさりと自分の状況を飲み込むと次にする事を模索し始める。

当然、何もない草原にいる事から、街を目指すのはお約束である。

だが、その前にしておかねばならない事がある。

「お約束なら、ステータスが見られるかもしれないよね？ ステータス、オ───プン!!」

異世界物のお約束で行動、やけに力強く叫ぶ澄香。

だが、想像の通りにステータス画面が開かれ、彼女はその状況に興奮した。が……。

「メール？ 誰だろ……あっ、もしかして神様かな？ 若しくは召喚した誰か、かな？」

メールの題名が『今、あなた方に起こった事について』である事からして、何故自分がこの世界

に来たのかを説明するものであると感じた。

澄香はそのメールをワクワクしながら開く。

『私は風の女神ウィンディア。説明かぁ～、面倒だから掻い摘んで話すわね？』

かなり適当な内容のようである。

『昔さぁ～邪神を勇者と倒したんだけどぉ～、殺し切れなくて封印するしかなかったのよねぇ～。でさぁ～、その封印が弱まっていたから、どうするか悩んだ末にくじを引いて異世界に再封印する事にしたのよ。そう、あなた達が遊んでいた世界の事ね。その邪神を倒してくれたのは良いんだけどぉ～、まさかその世界で遊んでいた人達を巻き込んで自爆するなんて思わないじゃない？

向こうの神様達に内緒でやったから苦情が凄くてぇ～、仕方なくこちらの世界に転生させてあげたのよ。まぁ、適当に生きて勝手に死んで頂戴。

生き返らせてあげただけでも親切でしょ？　ついでにゲームの時の持ち物を全てこちらの世界で再構築してあげたから、ありがたいと思ってね。それだけぇ～』

本当に適当だった。無責任ここに極まれり。女神とやらは管理責任を完全に放棄していたのである。しかも他世界の神々に迷惑を掛けたのにも拘らず、そこに一切の反省の色が見えない。

澄香に理解出来たのは、自分が死んだという事だけである。

「異世界召喚でなく、異世界転生だったかぁ……。お母さん達に、もう会えないんだぁ……」

考えるまでもなく酷い内容であった。

他人ならぬ他神の管理世界に勝手に邪神を封印しておきながら、多くの人命を奪う結果となり迷惑を掛けたにも拘らず、この文面からは全く反省した様子が見られない。

それどころか開き直っている感じが読み取れた。行動が適当過ぎる。

勇者とか世界の滅亡を防ぐためとか、そんな背景が全くなく、ただの人為的な事故と邪神の自爆テロであった事に澄香は少なからずショックを受けた。

要するに何の理由もなく殺され、その責任逃れのためにこの世界に転生させられただけであり、この世界の神々はその事に関して何の反省もしていない。

寧ろ『生き返らせてやったんだから、ありがたく思え。後は勝手に生きろ』と言っているのだ。

これで納得しろと言うのには無理がある。まぁ、普通ならばの話だ。

澄香は別に理由なんか必要はなかった。

退屈な日常から解放され、寧ろ未知なる世界に足を踏み入れられた事が嬉しく、これから冒険の生活が待っていると思うと胸の高鳴りが抑え切れない。

彼女は要するに、比較的に軽い厨二病であった。

「何はともあれ、異世界に来たんだから定番はこなさないとね♪　先ずは街を見つけて、と」

何もない草原にいても意味はなく、目的を持って行動するために先ずは街を目指す事にした。

別にアテがある訳ではないが、何にしても【衣食住】は必要であり、拠点である街を探さねば始まらない。

澄香は現代社会で生活していた女の子であるからして、当然野宿なんて出来る筈もない。

そこで一つ、ある事に気付いた。

「……サバイバルなんて、私出来ない。どうしよう……」

衣食住の中で【食】は最も重要である。インドア派の澄香はサバイバルな技術を当然持っている訳がない。家に帰ればゲーム三昧で、それ以外はお菓子を食べながらテレビを見るのが日課だった。寝泊りする場所がなくとも体を休める事はどこでも出来るが、問題は食事であり、狩りをした経験がない以上、食糧確保は困難。澄香の冒険は早くも躓く事になった。

歩きながらステータスを見た限りでは、ゲーム時のアバターのスペックを保持している事が判明。それでも彼女のレベルは237。この世界の基準で言えば一流の魔導士。駆け出し傭兵よりは遥かに強いだろう。だが、それでも近接戦闘などの能力面では酷く乏しい攻撃型魔導士の設定である。仮に【ワイヴァーン】や【バジリスク】などが現れたら、前衛職のいない澄香には絶対に倒す事は不可能。逃げるしか手がない。

もし出会う事になれば死ぬ事は確実で、折角の新たな人生がそこで幕を閉じる事になりかねない。

「うぅ……お腹空いたよぉ～。街はどこぉ～？」

悲しいかなインベントリー内には食料がなく、回復アイテムや素材しかない。

一人で歩いていると不安ばかりが過り、次第に涙目になってきた。

幸いにして澄香は運が良かった。

「あっ……村がある」

日も暮れ、辺りが闇に染まり始めた頃、澄香は一時間ほど歩いた丘の先に簡素だが村と思しき人工物を発見する。近付くにつれて分かった事だが、さほど大きな村ではないようだ。

里を求めて彼女は走り出した。

村の周囲には板を張り付けた壁が張り巡らされ、これが防衛を目的とした防壁である事は澄香でも理解出来る。そうなるとモンスターが生息している可能性が高い。

「人がいるのは間違いないよね？　何とかお願いして食料を分けてもらおう！」

意気込みを新たに大事な警戒心を吹き飛ばし、澄香は全力で走り出した。普通に考えれば危険な兆候だが、この時の澄香は喜びのあまり暴走特急と化していた。

村の前に辿り着き気付いたが、盗賊といった悪人が出る可能性もある。

村ぐるみで犯罪に手を出しているものもラノベにあったので、澄香は土壇場で警戒心を取り戻し、いつでも攻撃出来る体勢を整えながらも慎重に村の門を潜った。

幸いな事に普通の村であったが、様子が少しおかしい事が直ぐに分かる。

手に農具を持って男達はうろつき、場所によってはバリケードが張られている。

まるで、何かの襲撃を警戒するかのように、男達は辺りを見回して警備をしていた。

多少警戒しつつ、澄香は手近な村人に声を掛ける事にした。


「どうしたんですか？　何か、凄く物々しいんですが……」

「ん？　何だ、嬢ちゃん。旅人にしては随分と身軽だな　どこから来たんでぇ？」

澄香の持ち物はインベントリー内にあるので、村人であるおっさんから見れば、旅をするにはさぞ軽装に思えただろう。

「道に迷っちゃって、街へ行きたいんですけど、どう行けば良いのか分からなくなって……」

「そいつは難儀だな。それに運も悪い」

「…………はいィ～？」

澄香にとっては人里が見つかっただけでもありがたいのだが、それがどうして運が悪い事に繋がるのかが分からない。農民の男は溜息を吐いて親切に説明してくれた。

「この村はなぁ、最近ゴブリンに襲われ続けてんだよ。まだ村の衆には被害は出てねぇが、いずれは被害が出んとも限らん。このところ毎日だ」

「うわぁ～……大変ですね」

「大変なんだよ……。ゴブリンの上位種に率いられているみたいでなぁ、統制が取れていて厄介だし、村で作っている野菜を根こそぎ奪おうとしやがる。街から傭兵も来ているが、女二人でどうにかなるもんじゃねぇだろ。傭兵ギルドは人手不足かぁ？」

厄介な村に来てしまったようである。

だが、お金も持ち合わせていない澄香にとっては、この村に世話になるしかない。

何としても寝食が出来る場所を確保しなくてはならないのだ。

「あのゴブリン共も、しつこいったらありゃしねぇ」

「上位種って、ゴブリンキング？」

「いや、【ゴブリンナイト】らしい。【ジェネラル】だったら、この村はとっくに潰されてるよ」

澄香にとっては渡りに船。ゴブリンやゴブリンナイトなら倒せるだけのレベルがある。

もしキングであったら厄介だが、ナイトであるなら規模は二十～三十。澄香の魔法で蹴散らす事が可能である。ここで交渉すれば食料や一晩眠れる場所くらいは確保出来そうだと考えた。

そして、思い立てば即実行である。

「おじさん。私も手伝おうか？　こう見えて魔導士なんだよ」

「あぁ？　嬢ちゃんがかぁ～？　それが本当ならありがてぇが……けどよ、遊びじゃねぇぞ？」

「分かってるよ。その代わり、寝泊りする場所と食料を分けてくれないかな？　ここに来る前に怖いおじさん達に追われて、お金と食料を落としちゃったんだよぉ～」

「魔導士なら返り討ちに出来たんじゃねぇのか？」

「数が多いと、幾ら魔導士でも逃げるしか出来ないよ。囲まれたら終わりだし」

「……分かった。先に来た女傭兵二人よりはマシだろ。女の内一人が子供等を見る目がやべぇし、背に腹は代えられねぇ」

田舎の男達は気前が良い。

何よりも人情を優先するので、困った者に対してはかなり親身である。

ましてや少女一人で旅をしているとなると、色々と親切なのだった。

「商談成立♪　ゴブリンはいつ頃現れるの？」

「夕暮れ時……丁度今頃だな」

言うが早いか、悪い意味での丁度良いタイミングで、見張り櫓の警鐘が甲高く鳴らされる。

「ゴブリンだぁ!!　ゴブリンが来るぞぉ～～～～～っ!!」

「来やがった。来て早々、災難だな」

「いつもどっちから来るの？　ゴブリンなら森から来る筈だけど」

魔物の習性から言ってもゴブリンは森か岩山辺りに生息し、食料を求めて集団で行動する。

定番だがその行動は統率が取れており、リーダー格が上位種なら群れや戦力は大きくなる事が普通だ。畑を含めて村の周囲は板張りの壁で覆われているが、それでも体力は人より上であり、雑魚とは言え決して侮る事の出来ない魔物である。

「東側の森からだな。嬢ちゃんは後からついて来てくれ！」

「任せて、全滅させちゃうんだから！」

男と澄香は東側にある畑の方へ走る。

レイド経験も何度かしているので、魔物の動きはある程度の予測は立てられた。

ゴブリンの目的は第一が食料であり、次に繁殖のための牝を確保する事である。要するに人間の女性の事だ。ゴブリンは自然界の中では比較的弱い魔物であり、他の魔物に捕食される側にいる。種を残すためには食料の存在は重要だが、それでも狩りをすれば返り討ちとなる事も多く、どうしても繁殖のために他種族の牝を確保する必要性があった。

狙われた側からしてみれば災難だろう。


畑に辿り着くと、既に外壁に小さな穴を開けられて侵入を許していた。

ゴブリンの相手をしているのは二人の女性傭兵で、無造作に伸ばした、赤毛のロングストレートの髪が風になびく長身の女性は、ゴブリンを一薙ぎで一蹴している。その背後を護るかのように、バックラーをかざして攻撃を受け逸らし、手にしたシミターで手数を持ってゴブリンを斬り刻む。

甘栗色のボブカットの女性で、目元のほくろが色っぽい。

澄香が見た限りでは、赤い髪の女性はEカップ、甘栗色の髪の女性はCよりDカップに近いとみた。胸のない澄香からしてみれば実に羨ましい。

「見事に揺れてるなぁ〜……」

「おじさん、どこを見てるのよ……。今、緊急事態じゃないの？」

「おっと、そうだった！」

「男って……。胸なの？　やっぱり胸なの!?　女の魅力は胸なのぉ!?」

澄香、心からの叫び。

澄香の母は一般女性ながら胸が大きい。幼い頃から母親の下着を見ては、自分もいずれはと思っていたのだが、残念な事に彼女の胸は平均より下のAカップギリギリ。

体形も小柄なために実年齢よりも下に見られがちである。

以前、同級生が母親を見て頬を赤らめていた姿を目撃したが、後日その同級生が見ていたのは母親の巨乳であった事が判明し、男は全員モデル体型の女性にしか興味がないと認識した。

澄香自身可愛がられてはいるのだが、その認識は子供扱いなのが現状で、体形を気にしている澄香は面白くない。

思春期の少女からしてみれば、その心境は色々と複雑であった。

それは兎も角として、澄香はゴブリンの群れが次々と侵入して来る穴に向けて魔法を構築する。

「聞いていたよりも多いじゃない！　行け、【アイスブラスト】!!」

氷塊を生み出して撃ち込み、着弾地点を一気に氷結させると、穴の周囲に群がっていたゴブリンは瞬時に凍結。趣味の悪いオブジェと化した。

何が起きたのかも分からない内に凍死するので、ある意味では最も優しい魔物の倒し方なのかもしれない。

「嬢ちゃん、スゲェな……」

「穴も塞いだけど、また別の穴が開けられるかもしれない。今の内に侵入したゴブリンを倒しちゃおう。数はそんなにいないだろうから」

「おぅ、任せろやぁ!! こいつらの厄介なところは数だからな」

農民の男は鉈を振りかざし、ゴブリンの頭を叩き割る。

脳漿が飛び散り、衣服を赤く染める姿を見て澄香は口を押えた。

さながら殺人の瞬間か猟奇的なホラーのようで、見ていて気分の良いものではない。

その間にも傭兵の二人は次々にゴブリンを倒し、村の男衆も加わる事で侵入したゴブリンは粗方片付いていく。

「外の奴等がまだいるぞ? いつもなら逃げ出すのによぉ」

「まさか……、今まではただの偵察だったのか?」

「て、事は……ナイト以上の上位種がいる!?」

ゴブリンは弱い魔物だが、それなりに知能は高い。

事実、群れで狩りを行うために複数の群れに分かれ偵察をし、獲物を発見すれば報告して先回りなど戦略を立て、獲物が弱るまでしつこく食い下がる戦い方をする。

動物で言えばハイエナに近い習性だろう。武器を作り使用する事で損耗を抑え、攻撃力を高めるので、村人が相手をするには意外に厄介な相手だった。

実際この村を囲う壁は櫓状の構造をしており、内壁と外壁の間を通り抜けられる通路となっているのだが、そこに穴を開けられ侵入を許している。

恐らくは何度も襲撃を重ねて、内部構造を調べたのだろう。

今襲撃して来ているのは侵入するための囮で、本命は隠れて少しずつ壁に穴を開け続ける事により、村への侵入に成功したのだ。魔物とはいえども、その知能は決して侮る事は出来ない。

「外壁に上れぇ!! 弓で迎撃する」

「何だよ、こいつら……こんなにもいたのかっ!?」

「いいから、急げぇ!! 村には一歩たりとも侵入を許すなぁ!!」

「俺、この戦いが終わったら、彼女と結婚するんだ……」

「良いな。じゃぁ、戦いが終わったら酒場で一杯やろうぜ! とびっきりの酒を奢ってやる」

「サラダも用意してくれよ? パイン入りの奴だ」

死亡フラグを立てる連中もいたが、澄香もまた外周を覆う外壁の上に急いで上がり、外側の様子を見てみる。

ゴブリンの数は優に百は軽く超えているだろう。それが周囲に散開し、村の防備が最も手薄なところを狙って攻めて来ていた。

先も述べたようにゴブリンは決して馬鹿な魔物ではなく、大自然で生きる上で状況を理解し、敵の弱点を狙い確実に攻めてくる知能を持ち合わせている。

ゲームではあっさり倒される雑魚キャラだが、現実は最も狡猾で勤勉な生物であり、弱さを数で補う事を知っているのだ。

何度か村を襲撃し、相手の戦力を推し量っていた可能性が高く、集団で攻めてきた以上は侵入する経路を確保する目安が整った事を意味するのだが、澄香にはそんな事までは分からない。

これもまた生存を懸けた戦いの一つなのである。

「先ずは、固まっているところを狙わないとね。【ガイア・ランス】」

澄香が使用した魔法により、地面から突如として無数に生えた岩の槍が、ゴブリンを足元から串刺しにした。ひき続き範囲魔法【ロックニードル・フィールド】を使用して、ゴブリンが簡単に近付けないようにする。

元よりゴブリンは靴などを履いている筈もなく、棘だらけの地面を突き進む事は出来ない。

そんな状況下で浮足立つゴブリンに対し、村人達は弓で矢を放ち応戦した。

「無詠唱かよ、若いのにスゲェな」

「そんな事言っている場合じゃないでしょ！　どんどん行くよ」

「おっしゃぁ!!　ちっこい嬢ちゃんに続けぇ、ゴブ共を皆殺しじゃぁ!!」

「「「「おぉおおおおおおおおおおおおおおおっ!!」」」」

村人達は勢い付き、一気果敢に弓で攻撃を繰り返している。

だが、弓は確かに有利ではあるが、一撃でゴブリンを倒すには頭部を狙うしかない。しかしながら村人の技量はそれほど高くはなく、狙いをつけず闇雲に矢を放っているだけであった。

だが、それでも足止めには有効で、ゴブリン達は迂闊に攻め込む事が出来ないでいる。

「チャーンス！　【トルネード】」

ゴブリン達を巻き込むように発生した竜巻は軽々と群れを飲み込み、そこから放り出されたゴブリンは【ロックニードル・フィールド】の上に落ちる事となった。

無数の棘が突き刺さり、苦しみのた打ち回るゴブリン。

「……嬢ちゃん、エグイな……惨《むご》い」

「…………………………」

偶然の結果だが、その光景はあまりに残酷である。

まるで、針山で裁かれる咎人のようで、阿鼻叫喚の地獄絵図だ。

「そ、そんな事より、他にゴブリンは？」

「西側が攻め込まれているぞ!!　誰かそっちに回ってくれぇ!!」

「おじさん、ここをお願い。私が行くね！」

「気を付けろよ？　特に流れ矢が怖い」

「ありがと。大丈夫だから、ここはお願いね！」

防壁の上を走り西側へと向かった澄香。ゴブリンは複数に部隊を分けて襲う気だったようだが、一番数の多い部隊は既に澄香の手により壊滅状態である。

しかし、肝心の上位種の姿が見えない。ゴブリン自体はたいした事はないが、数が多過ぎて困る。

まだ外壁の外だから良いが、侵入でもされたら厄介な事になるだろう。

走り続けた澄香は、群れ成すゴブリンが防壁に取り付き、攀じ登ろうとしている光景が目に留まる。すかさず魔法を発動。

「【エクスプロード】」

――ドゴォオオオオオオオオオオオオオオオオオオオオオオオオオオン!!

炎系最大魔法【エクスプロード】。

この異世界で、この魔法を使える魔導士は実はかなり少ないだろう。

広範囲魔法であるが故に威力は最大級。更に余波である熱波が襲い、ゴブリン達に熱傷を与える。範囲を絞って被害が出ないようにしたが、群がっていたためにその被害は大きく、まるで灼熱地獄である。火達磨になって転げまわるゴブリンが哀れに見える。

「ふっふっふっ、有り金を全部奮発して魔法スクロールを購入したのは正解だったね。……あっ、魔力が足りない。ヤバ……眩暈がぁ〜………」

この魔法の欠点は、未改造の魔法なので魔力消費が激しく、乱発すれば直ぐに魔力が枯渇する事になる。まぁ、乱発出来るほどの魔力はないだろう。

澄香は急いでマナ・ポーション【エナジーチャージ・グゥ〜レイト！】を飲んで魔力を回復させる。ここで戦線離脱は不味い気がした。

この回復アイテム、ゲームの街を歩いていた時に、街角でアイテム販売をしていた【あやしい行商人】から購入したものである。効果は抜群だった。

ちなみにだが、ゲームの時は既存の未改良魔法を普通に魔法店で購入出来た。

「スゲェ……どこの子だ？」

「ウチの村の子じゃねぇだろ。傭兵か？　にしても、凄いな……」

「あぁ……ゴブリンが塵のようだ……」

今の一撃によりゴブリンが粗方蹴散らされ、村人達でも対処は出来そうである。

「ねぇ、他にゴブリン達はいない？」

「こっちにはいねぇ。ただ、奴の姿が見当たらないな」

「ヤツ？　あぁ！　ナイトゴブリンね」

「普段なら奴等の中にいるんだが、今は姿が見えねぇし、どこへ消えたんだ？」

ゴブリンや他の魔物にしても、群れを率いるのはその中で一番強い魔物である。

その魔物の姿が見えないのはおかしい。これだけ大規模に攻め込んで来ている筈なのに、リーダーである魔物が姿を見せない訳がない。どこかで戦況を見ているか、またはどこかで何かを仕掛けてくる可能性が高いだろう。

VRRPGのゴブリンもまた、そうして作戦を立てて攻め込んで来た事を思い出す。

「おじさん達、どこか手薄な場所はないかな？　多分だけど、この外の連中は陽動よ？」

「この数が、かぁ!?　しかし……ゴブリンだぞ？　そこまで頭が良いとは思えん」

「だよなぁ、ゴブリンだし……」

魔物の知識がない一般の村人は、ゴブリンも野生の獣と同等程度の知能しかないと思っている。

これが一般人の認識であり、人間のように作戦を立てて攻め込んで来るとは思っていないのが、この世間の常識であった。だが、その認識は間違いである。

弱い者だからこそ、いかに効率良く敵を倒すかを考えるものであり、人間もまたそうして生き延びてきた種族でもある。何故ゴブリンが違うと言えようか。

「畑に敵襲!!　奴が出たぞぉ――――――――っ!!」

全員が畑に目を向けると、先ほど澄香が塞いだ穴の氷を破砕し、一際大きなゴブリンが現れた。

だが、それはゴブリンナイトではなく、その上位種である。

「ゴブリンジェネラル……ナイトじゃないよ？」

「「「何ぃ――――――――――っ!?」」」

ゴブリンジェネラルは、ゴブリンキングやクイーンに次いで強い魔物である。ここまで来るとゴブリンとは思えない強さを持ち、並の傭兵では歯が立たない。

どうやら最初から潜入する部隊にいたようだが、澄香の魔法で穴が塞がれた事により、防壁の内壁と外壁の間から出られなかったようである。

ゴブリンジェネラルは他のゴブリンと共に、村人達に襲い掛かった。

「逃げろぉ!! ゴブリンジェネラルだぁ、相手をしたら死ぬぞ!!」

「クソォ! 外にはまだ、ゴブリン共がいるんだぞ!!」

「今は逃げて畑の門を閉じろ! こいつらの相手は無理だぁ!!」

一騎当千という訳ではないが、上位種ともなると魔物の強さは跳ね上がる事になり、危険度もそれだけ引き上げられる事になる。

村人が相手をするのは流石に無理があった。

「格闘戦は苦手なんだけどなぁ～」

澄香は魔導士専門職ではあるが、格闘戦が出来ない訳ではない。

村人達が戦うよりは遥かに強いのは間違いなく、直ぐに畑に降りて【ルーンウッドの杖】を振りかざし、我が物顔で畑を歩き回るゴブリンを殴り倒した。

女性二人組の傭兵もゴブリンの相手をしているようだが、いかんせん数が多い。

全てのゴブリンに対応出来る筈もなく、同時に外のゴブリンも侵入して来ており、このままでは村は落とされる事になるだろう。

何よりもゴブリンジェネラルがいる。そのゴブリンジェネラルが赤髪の女性に猛然と迫る。

「ジャーネ!?」

「なっ!?　チィ!!」

ゴブリンジェネラルの剣による攻撃をかろうじて防いだが、その一撃は重く赤髪の女性は吹き飛ばされる。仲間の女性は動揺したところを狙われ、辛くも避けたのだが、今度はゴブリン達に囲まれてしまった。

「【ホーミング・サンダーアロー】!!」

どれほどの電気が込められているか分からない追尾性のある雷の矢が、ゴブリン達を一瞬に絶命させる。感電したゴブリンは痺れ、その隙にジャーネと呼ばれた赤髪の女性は、大剣でゴブリンの首を跳ね飛ばす。血液が噴き出し、彼女を赤く染め上げる。

「うっ……グロイ」

「助かった。アタシはジャーネ、もう一人がレナ、この村の依頼で雇われた傭兵だ。しかし、あいつは厄介だぞ？」

「私は……イリス、さすらいの魔導士よ。ふふぅ〜ん、それじゃぁ補助魔法で強化するから、お二人は一撃離脱を繰り返して」

うっかりゲーム感覚で名乗ってしまったが、澄香は『まぁ、良いか』と気にしない事にした。

今は名前の事で気を取られている状況ではない。

「分かったわ。でも、思ったよりタフよ？」

「まぁ、ゴブリンジェネラルだからねぇ……て、来たぁ!?」

仲間を殺され頭に来たのか、それとも単に自棄を起こしたかは分からないが、ゴブリンジェネラルは剣を闇雲に振り回しながらこちらに突進して来る。

「散開!!」

ジャーネの声に合わせて、三人は各自散開する。

【パワーブースト】【フォースシールド】【スピード・エンチャント】」

「多重魔法展開!?　あの若さで、信じられない！」

「何にしても助かる。てやぁあああああああああっ!!」

ジャーネが斬りかかると、ゴブリンジェネラルは受け止め薙ぎ払おうとするが、いち早く後方に飛びのく事でゴブリンジェネラルの斬撃に乗る形で間合いから離れる。

「レナ!!」

「ハイハイ、任せなさい!!」

離脱して直ぐに間合いを詰め背後から攻撃し、再び離脱するレナと呼ばれた女性。その隙に澄香は魔法を発動して牽制する。畑の中で炎系統の魔法は使えないので、地系統魔法の【ロックブリット】で攻撃を加えていた。

その隙にジャーネとレナが攻撃し、澄香が援護する事で上位種を翻弄している。

『あれ?　このゴブリンジェネラル……弱くない?』

オンラインゲーム時に現れるゴブリンジェネラルは、レベル差もあるがそれなりに手強いモンスターであったが、澄香には物足りない感じがした。

「まぁ、良いか。ぶっ飛べ、【プラズマ・ブレイク】！」

頭上から極太の雷がゴブリンジェネラルに落ち、黒焦げになった瞬間にレナが背後からシミターを突き刺し、すかさずジャーネが首元から袈裟斬にした。

ゲームとは異なり、僅かな隙すら逃さずに一撃を与えれば、たとえ上位種でも倒す事が出来る。

今は澄香の攻撃により体が麻痺したために、ゴブリンジェネラルはなす術がなかった。

やはりゲームとは違い、現実はゴブリンの躯が消える事なくその場に残されている。

村の外でも戦闘が終わったのか、周囲を囲う防壁から村人達が下りて来ていた。

「スゲェ、ジェネラルを倒したのかよ！」

「おじさん、外のゴブリンはどうなったの？」

「みんな逃げちまったよ。しばらくは安泰だな」

「ゴブリン自体は弱いけど、数が揃うと厄介だからね」

「全くだ。これでしばらくは安心して眠れらぁ。さて、もう一仕事するか……」

村の男達はナイフをゴブリンに突きさすと、腹を引き裂いて内蔵を引きずり出している。あまりにも酷い光景に澄香は気を失いかけた。

だが、これは解体して魔石などの希少素材を確保するための重要な行為である。

ゴブリンはそもそも、『使える素材がない』役立たずの魔物と呼ばれ、精々魔石を確保出来ればありがたい程度の存在だ。

その魔石も売ったところで大した金にはならないが、それでも多少の収入にはなる。

「チッ、こっちは魔石がねぇ。若い奴だな」

「こっちは一応、魔石はあったが、小さい……。これ、売れるのか？」

「俺が解体した奴は、それなりにデカかったぞ？　運が悪かったな」

嬉々としてゴブリンを解体して行く光景は、ちょっとしたホラーである。男達は笑いながらも人型の生物を解体しているのだから、澄香の目にはかなり異様な光景に映った。

女性傭兵の二人もゴブリンジェネラルを解体しているようで、何かの惨劇の舞台に見えてしまう澄香であった。

「嬢ちゃん、解体が終わったら死体を焼き払ってくれや。殆ど嬢ちゃんが倒したもんだしな」

「う……うん。私、少し疲れたから休んでるね……」

「おぅ、魔導士だからな。あれだけ魔法を連発したんだ、魔力切れも起こすだろうさ」

澄香は別に魔力切れを起こしていた訳ではない。まだ半分くらい魔力は残っており、特に疲れた様子もない。単に解体風景を見て気分が悪くなっただけである。

その後、一か所に集められたゴブリンの死体を焼き払ったのだが、ゴブリンの死体は高温で焼かれると異様な臭いを発生させる。

それはもう、吐き気を催すぐらいに……。


三十分後。

「ねぇ、イリス……あなた、『さすらい』って言ってたけど、何で一人旅なんかしているの？」

「退屈な日常から飛び出したかったのよ……。刺激的な冒険がしたくて……おえぇ～！」

「【解体】出来なくてどうするんだ？　傭兵には必要なスキルだぞ？」

「私は魔法専門……。こっちで頑張るから良い……解体は無理だから」

現代社会で生きていた澄香に、先ほどまで生きていた生物を解体する事など出来る筈もない。

だが、この出会いが三人でチームを組み行動するようになるなど、今の彼女には分かる筈もなかった。選択肢は気付かない内に表れているのだ。

その後、一仕事を終えたこの村で、細やかな宴が開かれるのであった。

◇　◇　◇　◇　◇　◇　◇

ゴブリンの死体処理を続けて二日目。村は未だにお祭り騒ぎであった。

長い事ゴブリンに苦しめられた事もあり、害獣が消えてくれた事で街への往復も頻繁に行われるらしく、澄香もようやく街へ行ける事になる。

僅かではあるが路銀も手に入り、数日は宿を借りられそうである。

「いやぁ～嬢ちゃんが村に来てくれて助かったぜ。まさかジェネラルが出てくるとは思わんかった。大したもんだぜ！」

「それ、昨日も聞いたよ？　それよりお金ももらっちゃったけど、良いの？」

「解体が出来ねぇんだろ？　村を救ってくれた礼に比べれば細やかなもんさ」

ゴブリン全てから魔石が獲れる訳ではないが、それでもソレなりの量はあった。村に唯一ある雑貨屋が奮発して換金してくれたおかげで、澄香も懐が少し温まる。

「嬢ちゃんは、これからどうすんだ？」

「ん～、ジャーネさん達と街へ行った後に傭兵登録をして、実力をつけてダンジョンなんかにも行ってみたいかなぁ～」

「一攫千金か？　博打も良いとこだぞ、命懸けだ」

「お金より冒険かな？　今まで見た事もない世界を見てみたいの」

「冒険かぁ～……俺も若い頃には夢見たもんだ」

澄香は明日になればこの村を出て、街へ向かう事になる。そこで傭兵登録をし、新たな世界を自由に見て回るつもりであった。

「サントールの街に行くのか？　気を付けろよ、ロクでもない大人も大勢いるからな」

「ありがと、頑張ってみるね」

数日の間ではあったが、村人達と交流も出来、それなりに親しくなった。

この村から離れるとなると少し寂しい気もするが、澄香が初めて選んだ自分の道である。

「イリス、レナの奴を知らないか？　どこにも見当たらないんだが……」

「えっ？　見てないけど……レナさん、いないの？」

「あぁ……まさか、手を出したのか？」

「何の事？」

澄香が首を傾げていると、宿からそのレナが出て来るところが見えた。

肌をツヤツヤにして……。

「今、宿から出て来たけど……凄くツヤツヤしてるよ？」

「やっぱりかぁ……」

途端に頭を抱えるジャーネを、澄香は不思議そうに眺めながらまた首を傾げる。

「何がやっぱりなのぉ、ジャーネ？」

「レナ……お前、またやったのか？」

「えぇ……やっちゃった。可愛かったぁ～♡」

この時の澄香はレナが何をしてきたのか分からなかった。

彼女の性癖を知るのは、これから少し先の話である。

「皆の衆、宴じゃぁ！　大宴会じゃぁあああああああああっ!!」

「長老、テンション高けぇよ」

「また、血圧が上がって倒れるぞ？」

こうして今日も宴会が始まり、深夜までその馬鹿騒ぎが続いたという。

その翌日、澄香は二日酔いのジャーネ達と共に馬車に乗り、拠点となる街サントールに向かう事となる。約五日間の馬車の旅だ。

澄香は自分の名をイリスと変え、新たな世界での生活を歩き出すのである。

夢と希望を小さな胸に抱いた彼女を乗せて、馬車は街道をゆっくりと進んで行く。

イリスの異世界生活はこうして始まったのであった。


それから一ヶ月半後に、イリスは再び新たな出会いを果たす事になる。

最強の座に君臨した五人の魔導士の一人であり、彼女も憧れた【殲滅者】。

おっさん魔導士との付き合いが長くなる事を、この時の彼女はまだ知る由もなかった。

アラフォー賢者の異世界生活日記

MFブックス

アラフォー賢者の異世界生活日記 1

発行 2016年 9 月 30日 初版第一刷発行
2017年 1 月 13日 第四刷発行

著者 寿安清
発行者 三坂泰二
発行所 株式会社KADOKAWA
〒102-8177 東京都千代田区富士見2-13-3
0570-002-001(カスタマーサポート)
年末年始を除く平日10:00～18:00まで
印刷・製本 株式会社廣済堂
ISBN 978-4-04-068641-7 C0093
©Kotobuki Yasukiyo 2016
Printed in JAPAN
http://www.kadokawa.co.jp/

※本書の無断複製(コピー、スキャン、デジタル化等)並びに無断複製物の譲渡及び配信は、著作権法上での例外を除き禁じられています。また、本書を代行業者等の第三者に依頼して複製する行為は、たとえ個人や家庭内の利用であっても一切認められておりません。
※定価はカバーに表示してあります。
※乱丁本・落丁本は送料小社負担にてお取り替えいたします。KADOKAWA 読者係までご連絡ください。
(古書店で購入したものについては、お取り替えできません。)
電話:049-259-1100 (9:00～17:00/土日、祝日、年末年始を除く)
〒354-0041 埼玉県入間郡三芳町藤久保 550-1

企画 株式会社フロンティアワークス
担当編集 中村吉論/丸山朋之(株式会社フロンティアワークス)
ブックデザイン Bee-Pee(鈴木佳成)
デザインフォーマット ragtime
イラスト ジョンディー

本書は小説投稿サイト「小説家になろう」(http://syosetu.com/)初出の作品を加筆の上書籍化したものです。
この作品はフィクションです。実在の人物・団体・事件・地名・名称等とは一切関係ありません。

ファンレター、作品のご感想をお待ちしています

宛先
〒102-0071 東京都千代田区富士見 2-13-12
株式会社 KADOKAWA MFブックス編集部気付
「寿安清先生」係 「ジョンディー先生」係

二次元コードまたはURLご利用の上
本書に関するアンケートにご協力ください。

http://mfe.jp/fkv/

●スマートフォンにも対応しております(一部対応していない機種もございます)。
●お答えいただいた方全員に、作者が書き下ろした「こぼれ話」をプレゼント!
●サイトにアクセスする際や、登録・メール送信時にかかる通信費はご負担ください。